魅丽文化 花火工作室

美景多珍重

原成 著

YUAN CHENG WORKS

江苏凤凰文艺出版社
JIANGSU PHOENIX LITERATURE AND ART PUBLISHING, LTD

图书在版编目（CIP）数据

美景多珍重 / 原成著. -- 南京 : 江苏凤凰文艺出版社, 2017.10
ISBN 978-7-5594-1150-1

Ⅰ. ①美… Ⅱ. ①原… Ⅲ. ①长篇小说－中国－现代 Ⅳ. ① I247.5

中国版本图书馆 CIP 数据核字 (2017) 第 234402 号

书　　名	美景多珍重
作　　者	原　成
出版统筹	黄小初　邹立勋
选题策划	黄　欢
责任编辑	胡小河　姚　丽
文字编辑	胡　蓉
责任监制	刘　巍　江伟明
出版发行	江苏凤凰文艺出版社
出版社地址	南京市中央路165号，邮编：210009
出版社网址	http://www.jswenyi.com
印　　刷	湖南新华精品印务有限公司
开　　本	880 mm×1230 mm 1/32
字　　数	185千字
印　　张	9.5
版　　次	2017年10月第1版，2017年10月第1次印刷
标准书号	ISBN 978-7-5594-1150-1
定　　价	32.80元

目录
Contents

目录

Contents

第一章

面试成功

“会暖床？”蔚青城修长的手指从厚达十四页的手写简历上抬起，指尖重重地落在娟秀的小字上，冷清的眉目抬起时，带起一片粼粼的水光。

白色的落地薄纱帘在微风中轻盈地飘荡着，黄昏的夏风掠过，扬起蔚青城一两缕黑色的短发，明明干净又清新，却叫人不禁目眩神迷。

没有得到回应，他耐心渐失，低低地发声：“嗯？”

音色极为干净，透着一股沁凉的冷清，和他的人一样干净清新，叫人过耳难忘。

片刻后，仍旧没有得到回应，蔚青城没有重复自己的疑惑，只是冷淡至极地望着对面稚嫩的女学生。岑美景终于意识到自己正在面试现场，她深吸两口气，咧开嘴巴露出一口整齐的小白牙：“是的，作家大人！我不仅暖得一手好床，还铺得一手好床单，从床头暖到床尾，从床上暖到床下，不管你喜欢睡地毯、睡沙发、睡窗帘，我都敢用人格保证给你暖得面面俱到。只有你想不到，没有我暖不到，我……”

“嗯。”他突然出声打断她的滔滔不绝，面无表情地问道，“有男朋友吗？”

美景飞快地摇头，还未褪去婴儿肥的粉嫩脸颊随着摆头的动作微微晃动：“已经没有了。”

他翻过美景的简历开始低头写字，抬笔落笔间尽是刚劲潇洒的气势："试用期一个月，一个月内，就算你的表现恶劣，我也会看在表哥的面子上勉强将就，但一个月后，如果你的表现仍旧恶劣，你就要走人。如果有幸转正，你的薪酬将是试用期的三倍。"

他刚要抬头，就见一团红色的身影飞奔到自己的面前，一张满是笑意的小脸欢快地向自己仰起："作家大人，不如就把试用期一个月改为三个月吧！虽然我并不富裕，但我向你保证，我绝对不是那种见钱眼开的女孩儿，我用我一家四口的人格和一条狗的'狗格'向你保证，给你当助理纯粹是我的梦想，然而通往梦想的路上总是遍布着荆棘和坎坷，我怕……一个月的时间，不够我披荆斩棘……"

"可我，"他一字一顿无情地说道，"并不想跟一个未成年少女共处三个月。"

美景微微一愣："我成年了呀，我今年二十三岁，我用我一家四口的人格以及一条狗的'狗格'向你保证，我已经成年五年了！"

"可我，"他迅速扫了一眼美景尚算壮观的胸部后，又将视线落回到她圆圆的婴儿肥脸蛋上，继续一字一顿无情地说道，"对你一家四口的人格以及一条狗的'狗格'，丝毫不感兴趣。"

碰了一鼻子灰的美景面露尴尬，蔚青城抬起手腕看了一眼手表，他的肌肤总是呈现出一种病态的白皙："想正式得到这份高薪工作很简单，你只需要记住四点。"

在他微微停顿之际，美景打开自己面前的记事本，摆出伏案疾书的姿态，毕恭毕敬地点头："请讲。"

蔚青城："第一，服从。"

美景："好的，先生。"

蔚青城："第二，服从。"

美景："是的，先生。"

蔚青城："第三，服从。"

美景："我知道第四！也是……"

蔚青城："不许抢我的话。"

美景："是的，先生……"

蔚青城："第四，控制好你自己的荷尔蒙。即使你的荷尔蒙失控地分泌过旺，你也最好滴水不漏地隐藏着，也就是说，不要对我产生以及表现出任何超越雇佣关系的感情需求，简而言之……"

美景瞪着一双好奇的大眼睛，疑惑地发声："啥？"

然后，她就听到他倨傲又冷漠地对她说道："不许爱上我，不许对我产生任何幻想。"

美景蒙住，半晌，试探性地反问："那……万一……不小心……犯规了呢？"

蔚青城目不斜视地盯着美景的眼睛，用笔尖指向客厅角落里一摞杂乱的书籍："那就在我未发觉之前，你自己离职，或者，我来写一本《关于女助理的一万种死法》的书，并把书中的内容一一实践。"

美景挤出一个僵硬的笑容："好的，先生，我发誓，我可以成为一名合格的冷血助理，以及称职的冷漠保姆。"

"另外，你还要负责照顾我的儿子。"

美景诧异地瞪大眼睛，满脸的不可思议，说话都有些结巴了："我……我，那个，先生，你的意思是，还要我继续发誓，当一名合格的后妈？"

蔚青城没有回答，用一副理所当然的模样看着她，美景被他盯得浑身发毛，掰着两个手指头算了半天，心想，其实也没什么，反正一只羊也是赶，两只羊也是放，虽然她还没有结婚、没有生过娃、没有任何当妈的经验，但她相信只要肯用心学习，总能成就一番"后妈伟业"。

她眯着眼睛笑了笑："可是，我……"

蔚青城轻轻一抬小臂，用钢笔制止她接下来的话："我不想听到'可是'这两个字，一切'可是'都是逃避责任的借口。"

"成交！后妈就后妈！没有我岑美景做不好的后妈！不对，是助理！"她气势汹汹地一握拳，接着又兴高采烈地朝蔚青城伸出手掌，"让我们愉快地击掌吧！"

好一会儿，岑美景不好意思地收回双手，端端庄庄地坐回沙发里，清了清喉咙，端起面前的水杯，故作淡定地喝了一口。然后，她发现，蔚青城压根没给她倒过水，这杯子不过是蔚青城喝过咖啡还没清洗的杯子而已。

“你会感到尴尬吗？”他突然问。

美景摇摇头，又点点头，婴儿肥的脸颊随之微微地颤了颤：“有那么一丝丝，因为你的表哥也就是我的学长，他告诉我，你本人和媒体上写的不一样，他说你特别随和、特别喜欢笑、特别温柔、特别风趣。”

“现在亲眼看到了，感觉怎么样呢？”他算是打发时间一般同她闲聊。

美景兀自哈哈地笑了半天说：“我感觉学长可能失明了，媒体上说的才对。”

蔚青城沉默地偏了偏头，清冽的眼神变得凌厉，眼里分明写着“那本《关于女助理的一万种死法》可以提上日程了”。

岑美景识趣地闭上嘴以后，蔚青城便全心投入到自己手中的那一沓手写简历之中，他翻过背面，开始在上面写字，美景看不到他在写什么，只能瞄见他举手投足之间那股刚毅的帅气，跟他斯文的外表大相径庭。

或者，他在给自己写评语？按学长所说的，蔚青城已经换过不下三百个助理了，那他可真是一个严苛的老板。

突然安静下来的空气只影响了岑美景一个人的情绪，她一直在玩手指，显得有些局促，于是掏出手机给闺密发了一条微信：我几乎可以确定自己被录取了，真是比参加高考还惊心动魄。要是我哪天突然失联了，你就到他们家冰箱、微波炉、消毒柜里寻找，能拼多少算多少。

闺密给她发来一个皮笑肉不笑的表情，说，因为迫不及待想要参观蔚青城的家，她特想我现在就被他先奸后杀。

美景悄悄抬眼看了看还沉浸在奋笔疾书中的蔚青城，飞快地回复：他性格古怪，脾气暴躁，你确定这就是你的白马王子？

闺密回复：别废话了，赶紧发张他的照片过来吧。

美景再次抬眼悄悄打量蔚青城，这人长得真是俊美，想偷拍一张照片都不需要找角度，就算她想拍一张能让闺密失望的丑照，也不知道从何下手。

她偷偷摸摸地打开手机摄像头，自以为是神不知鬼不觉地调整了一下拿手机的角度，指腹轻轻地按在拍照按钮上，只听咔嚓一声，闪光灯无情地劈开这温和的橘色日光，直勾勾地劈向坐姿美好的蔚青城身上。

美景傻了，两只眼睛瞪得像两个大铃铛，一动不敢动。

蔚青城也很意外，他遇到过很多迷恋他的助理，但岑美景是第一个还在面试中就开始犯花痴的人，不过，他的意外没有表现在脸上，确切地说，他是一个任何情绪都不会轻易表现在脸上的精致“面瘫”。

“很好。”他面色平静地施舍给她两个字。

“？？”美景哭笑不得，不知道该如何理解“很好”这两个字，她咬了咬下唇，吭哧半天，解释道，“那个……我，我……自拍。”

说完，她就想给自己一巴掌，自拍为什么后置摄像头的闪光灯会亮？你当蔚青城是二百五吗？

蔚青城向她伸出手，美景不安地盯着他白净雅致的手指，最后忐忑地伸出自己的手，眼睛一闭一咬牙，一把抓住他的手，顺便珍重地握了握，晃了晃：“合作愉快，作家大人！谢谢你对我的肯定！你的满意是我进步路上最大的动力！我愿誓死效忠于你和你儿子以及你所有的家具、家电及锅碗瓢盆！”

蔚青城冷冷地看着她：“非常好。”

“？？”美景不知所措地傻笑两声，抽回手，“那个，先生，我的肚子突然好疼，能用一下你们家的洗手间吗？”

“不能，我的助理一直用的是小区里面的公共厕所。”

“那他们怎么洗澡？”

“不知道，没问过。”

美景是真的肚子痛，昨天夜里为了庆祝能来蔚青城家里面试，她和闺密两个人干掉了两盆小龙虾。明知会拉肚子，她还是要吃，这就是美食的魅力以及吃货的苦恼。

美景已经顾不上琢磨蔚青城那两句莫名其妙的赞美，也顾不上《关于女助理的一万种死法》，一心只想坐马桶。她紧紧护住自己的手机，抬起屁股就往洗手间跑。

问题是，洗手间在哪里？她推开一扇门是书房，这书房也真令人意外，本以为会是有条不紊、井然有序的，结果就跟出过车祸的废纸回收厂一样。她无头苍蝇似的跑出来，又撞进另外一扇门，发现是一间方方正正的客房，白墙面、黑地砖，只有一张床，连衣柜和床头柜都没有，简单纯白的床品让这房间看起来就像没有装修完毕的快捷酒店标间。

她急得五官都挤在了一起，因为她穿着红色的连衣裙，整个看起来就像一团小火球一样在屋子里来回乱窜。最后，她误打误撞冲进了蔚青城的卧室。

她惊叹一声，来不及对眼前被洗劫过一样的房间给出其他评价，眼尖地瞄见卧室内有一扇半开着门的洗手间，于是飞快地冲进去，哐当一声关上门。

“啧啧……”美景坐在马桶上忍不住嫌弃，虽然这里的装修还算不错，但顶多也只能算不错，各种黑白搭配，非常简约，很符合独居男性的审美，可是，太缺乏人气了，还有卧室、书房里的那一片狼藉，以及这浴室地板上横七竖八地躺着的六七条浴巾，几条换下来的内裤、袜子……

美景不用想着拍蔚青城的抠脚照给闺密看了，他长得干净俊秀，抠脚的样子也不会难看，给她拍拍蔚青城这奢华的猪窝，可能更容易打消她的积极性。

美景随手给凌乱的浴室拍了几张照片，本想发给闺密，但一想，既然她被录用了，就已经是蔚青城的助理了。作为名人的助理，她首先得学会保护他的隐私，即使是对自己的闺密，她也要保持自己的原则。

美景陷入两难，一面是一起穿开裆裤长大的闺中密友何培，何培一直幻想蔚青城可以成为她的男朋友，自己也答应了何培要给她提供大量独家私照和八卦。另一面是自己的偶像，自己可是和学长签过合同要像亲妈一样照顾、看管蔚青城，不能做任何对他不利的事情。

收起手机，准备起身时，美景发现纸巾用完了，只有两个灰灰的卷纸筒芯。自己的包包里有纸巾，可是包包在外面，她苦恼地挠了挠头，这么有钱的人家，马桶居然不是智能的，太不合理了。

岑美景环顾四周，实在找不到什么可利用的材料，将拖鞋往上一挑，挑起一条纯白棉质的内裤，这……

她清了清喉咙，拿出叫救命的嗓门，硬着头皮喊了一声蔚青城的名字。

许久没有听到蔚青城的回应，美景心里泛起嘀咕，不应该啊，他刚才还耳聪目明、身体健全……

“蔚青……”

“闭嘴。”蔚青城不喜欢这样的擅自闯入者，他清冷的面上显出几分微微的怒意，即便他知道人有三急。

美景心中明白，她在别人家里一言不合就闹肚子，还擅闯猪窝……不对，是主卧，确实会令人不舒服。

“你听见了呀。”岑美景也回应了一声，顺着声音判断他的距离，大概还是在书房那边，“不好意思啊，作家大人！我是不是打扰到你了？”

蔚青城头不抬眼不睁，并不想搭理她，由于她现在暂时死皮赖脸地占据着他最私人的领地，他也有几分想勤快一下把她扔出去的意思。

“那个，作家大人！纸……”岑美景脸色微红，声音也压低了一些，最后一个字已然连自己都听不清。

大家都是食人间烟火长大的，这点小事儿他应该能理解的，对吧？美景托着下巴继续琢磨，要不，就再等等。

冷冰冰的马桶圈已经被她焐热，为缓解尴尬又紧张的氛围，她决定发挥一下自己的专业技能：“为了防止您在创作的过程中沉闷，下面为您播报最新的国际新闻，俄国防部声称美无人机曾出现在……”

哐的一声，岑美景的一则新闻还没有播完，就听到门被重重地甩上，她分辨不出是哪一扇门，于是侧耳倾听。整个屋子里安静得像古墓，只有她专业甜美的声音在凌乱的卫生间里回荡。

他不会走了吧？美景乌黑圆滚的眼珠子滴溜溜地转了两圈，他这人无情无义也就算了，没想到还不仁不义啊！

“蔚青城？蔚大作家？作家大人？举世无双的高颜值男神？”

清甜的小嗓门喊了好一阵，也没有得到蔚青城半句回应，美景失望极了，温柔端庄的小脸写满生无可恋，他就是毒舌两句，也比一言不发好呀。

没法向闺密求助，“远纸”解不了“近厕”，美景拿起手机向网友求助：在男神家拉肚子没纸怎么办，挺急的，在线等。

不到十分钟，下面的回复已全部跑偏。

一楼：真正哭晕在厕所，心疼妹子。

二楼：光着冲出去，从此征服男神。

三楼：妹子先按一下马桶冲水按钮看是否有水可冲，也许更尴尬的事在等着你。

四楼：男神故意不给你放纸，祝你好运。

……

岑美景哭丧着脸，统一回复了一条：楼主都要哭断气了，你们的人性呢？

美景甩掉拖鞋上的内裤，不由得叹气，果然人不可貌相，蔚青城长得像只需吸收阳光就能长命百岁的人似的，私下里却这么接地气。

老天待人是十分公平的，给了他好脸蛋、好身材以及才华，就会剥夺他的自理能力。

老天给了她岑美景好脸蛋、身材、才华、品德以及诚实、勇敢、善良、知性，就会把她困在自己老板家的厕所里对她进行考验……

十分钟之后，岑美景的自我心理安慰已经彻底失效，祷告有个屁用呢，上帝也不会拿纸来给她擦屁股！

她翻开通讯录，开始在手机里面翻找联系人，指尖停留在一个名叫“陆大总裁”的名片上，于是闭着眼睛拨过去。

“那个，学长，我有点事想请你帮忙。”岑美景客客气气地说道。

电话那边很安静，陆骁的回应也很迅速：“说。”

美景撇撇嘴：“学长，你有你表弟的电话号码吗？”

“我有七个表弟，你指哪个。”

“就你最特别的那个表弟！”

陆骁轻笑一声：“每一个都很特别，特别得让我头疼。”

“就蔚青城嘛！”美景直言，捶了捶已经麻掉的双腿，疼得龇牙咧嘴。

陆骁看了一眼腕表，翻动手里的文件夹，对着开启扬声器的手机说道：“这个时间你应该在他家里面试，为什么需要他的电话，你迟到了吗？迟到也不要紧，他本身也是一个没有什么时间观念的人。”

美景叹气，她太希望自己迟到了，怎么也比现在这样的局面强。“不是的，学长，我已经到蔚大作家家里了，我有一个好消息和一个坏消息。我决定先告诉你好消息——我被录用了。我的坏消息是，我闹肚子了，现在就坐在他们家的马桶上，可是厕所里没有纸了，我被困在厕所里，叫天天不灵，叫地地不应。”

电话那边传来窸窸窣窣的笑声，美景拿过电话看了半天，问：“学长，谁在笑？”

“哦，我刚才开了免提，因为在开会，所以公司的高层领导都可以听到，不过现在只有我自己能听到了，你继续说。”

美景一巴掌捂住自己的双眼，带着哭腔说：“我已经没有遗言要交代了，学长。”

“好，再见。”

然后，就没有然后了。

美景呆呆地看着自己手中的最后一根救命稻草，发自内心地觉得学长和蔚青城都是一样的无情无义、不仁不义的货色。

手机震动两下，弹出陆骁的短信，内附十一位数字的电话号码。

美景“呸呸”了半天，自言自语着：“我收回刚才的话，这学长是好人的，给他发一万张‘好人卡’。”

岑美景火速将电话拨过去，那边迅速挂断。

再拨，那边还是没有犹豫，直接挂断。

她只好改为发短信：作家大人，你无助的小助理、你儿子的小后妈，需要一卷厕纸，请您实现小助理的愿望，来日一定给您当牛做马用生命报答。

片刻后，卧室的门重重地响起，接着是面前这扇洗手间的门被敲响了，美景正琢磨着他不会破门而入吧，就看见他覆着薄薄一层肌肉的手臂已经伸进来，将一卷卫生纸无情地砸在她如花似玉的小脸上。

这屋子平时只有他一个人住，浴室的门没有安锁，乳白色的实木门被他那样轻轻一撞便慢悠悠地自我开启了，美景赶紧放下裙子，以防走光。

四目相对，各自有各自的疑惑。

——我的内裤被脱下来的时候不是摆成这样，她刚刚对我的内裤做了什么？

——就算这里是他家、我是他的员工、他是我的老板，他也不能就这样没羞没臊地偷看女孩子上厕所，他是不是心理有问题？

美景有点生气，感觉他就是个流氓，可流氓刚刚给自己送来了救命纸。

好歹有纸了，不是吗……

面面相觑后，他又摔门而去，美景一边撕纸一边看着门，这门可真结实。

困窘被解除，尴尬还在，出来时，美景的脸已经快熟透了。她拼命地用手掌扇着风，磨磨蹭蹭地挪到客厅。

蔚青城好似是一座上好的白玉雕像，冷冷地坐在刚刚坐过的位置上，低垂着冷漠的眉眼，看都不看她，平静地道：“拿着你的简历，清空你的记忆，离开这里，你被解雇了。”

“第一件事情好办，我现在就拿起我的简历，顺便清空我的记忆。”她飞快地从茶几上拿起自己的简历，发现背面写满密密麻麻的小字，全是他灵感突发记录下来的信息，字体苍劲有力，让人看得很舒服。

“至于离开……”她抿了抿唇，小声地说，“您不是说不管您满意不满意，都会让我做完试用期的吗？”

“我反悔了。”他理直气壮地回应，“关于你的工作，我有最终解释权。”

美景竖起一根手指，义正词严道：“首先，作家大人，关于你因为我用了一下你家的厕所就辞掉我这件事，我觉得这并不能成为你辞掉我的理由。你一定是因为我误闯你的卧室，发现了你不可告人的秘密，才想辞掉我。”

蔚青城眉头轻挑，冷清的眉目里又泛起一丝杀意，看得美景后背一凉。

“秘密？不可告人的？”

美景郑重地点头：“对，秘密，不可告人的。”

他交叠起修长的双腿扔在茶几上，抱着肩膀反问：“我有什么秘密是不可告人的？”

“你……”美景斟酌一番，娓娓道来，“你有私生子，你内务杂乱，你内裤乱扔，我还可以推算出你内裤的尺码尺寸，我还……”

“m，18。”

“嗯？”美景一愣，一时间没反应过来，“啥？”

“尺码尺寸，如果这就是你所谓的不为人知的秘密，我可以告诉你这不是，这样你会死得瞑目一些。”

美景呆愣愣地看着他，肤色一寸一寸地变红，跟蒸熟的大螃蟹似的，两只耳朵和眼睛都在跟着冒热气。

见她没反应，他又补充道：“现在滚，正好能避开交通高峰期，可以滚得更快一点。”

“我发现您真是与众不同的文化人啊，您也太……”她话说到一半突然拧起眉头，“我……我肚子疼，失陪一会儿！”

小龙虾的威力之大，令她的肚子一波未平一波再起，如此反复。美景第三次从洗手间出来时，是手脚并用、连扶带爬的姿态，小脸煞白，和女鬼的唯一区别就是她喘的是热乎气儿。

她强撑着笑，虚弱地说道：“作家大人，现在我真得用滚才能回家了……”

“删掉号码。”

美景扶着沙发扶手，一脸愁容：“那怎么行呢，好歹咱们以后也是朝夕相处的小伙伴了，虽然我是一枚透明的助理，也请您惠存我的电话号码啊。”

蔚青城倏地起身，两步跨到她的面前，颀长的身形立刻在她面前形成一道阴影，不等美景开口，他便伸手夺过她的手机，飞快地删除手机里所有的通话记录。他讨厌接电话，所以讨厌别人记住他的电话号码。

美景没有反抗，只是十分淡定地背出十一位数字，正是蔚青城的电话号码。

蔚青城眉头轻蹙，冷笑一声：“很好。”

美景也点头，表示赞同，是很好。她这人优点不少，尤为突出的是记忆力好，完全天生天然，没有经过后天训练。

他随手将她的手机扔到沙发上，美景不悦地嘟起嘴巴，身体不舒服到没心思也没精力和他辩论。就在弯腰拿手机的瞬间，她忽然感觉眼前一黑一白。

完了，不是得啥绝症了吧？我才二十三岁啊！我还有大把青春年华啊！

感慨都还未来得及说出口，身体便不受控制似的瘫软在他的脚面上。

因为地上铺着厚厚的长毛地毯，美景才没有摔得太惨不忍睹，蔚青城冷漠地抽回自己的脚，发现拖鞋被她压在身下，便抬脚抵着她的肩膀把她翻了过去，穿回自己的鞋子。

或许这是她耍无赖的新方式。

他不以为意地坐回沙发，不再搭理她。

时间一分一秒地过去，岑美景丝毫没有要起来的意思，蔚青城这才发现有那么一丁点的不对劲。

他怀疑岑美景演着演着直接睡着了，于是起身走到她身边，踢了踢她的小腿："岑美景。"

没反应。

他又踹了踹她的屁股："起来。"

仍旧没有反应。

他直接一脚踩在她丰润的胸脯上："你想被分尸吗？"

这脸蛋儿怎么这么多肉呢？他好奇地将脚掌移到岑美景的小胖脸上，顺势踩了两脚，非常柔软："给你三秒钟时间思考到底要不要活过来。"

三秒后，美景仍旧安静得像一个失去了生气的充气娃娃。

蔚青城蹲下来，修长的指尖伸向她的鼻息，确认她还是活着的以后，揪着她的两条藕臂拖拽尸体一般将她扔上沙发，其间还听到类似骨骼发出的清脆声响。

不过是拉肚子而已，她不会有生命危险，他自己在高烧 39℃的时候还要坚持熬夜写稿，也就比平时多喝两杯热水就挺了过去。

是的，还有热水，万能的热水。

蔚青城家里只有冷的瓶装水，高档的西门子双开门冰箱，除了仅剩的四瓶一升半装的矿泉水，里面比他的脸还要干净。

他有一间超大的厨房，有一个乳白色的电水壶，是陆骁在他生病的时候买过来给他烧水的，万事俱备，可他不会烧水。

他长这么大都没拧过煤气灶、电磁炉的按钮。

家里用的是天然气，还是煤气，他不知道，总之开不好会漏气。

简单的思想斗争后，他放弃了烧水计划，直接拿起一瓶冷冰冰的矿泉水打开。厨房里没有干净的马克杯，拿他用过的似乎过于亲密，他转了一圈，从阳台上拿回来一个用来浇花的马克杯，倒上水，端到她的面前，准备开喂。

喂别人喝水这事他也不会，于是直接改成灌。

美景的嘴唇紧紧地抿住，呈现出明显不正常的惨白，她毫无知觉，早已陷入昏迷之中。

放下马克杯，蔚青城决定拿起手机拨打 120。

二十分钟后，急救车驶入小区。

医生和护士抬着担架进来，把美景抬走。他跟到门口，俨然一副慢走不送的神情，正要关门，小护士一巴掌挥在门上："等等！先生，您得跟我们一起走！"

蔚青城冷白着一张脸，看起来比谁都更像个病人，语气生冷地道："不去，我不需要治疗。"

"她需要啊！"

"那你就治。"

小护士正义感爆棚，义愤填膺道："您是病人家属啊！"

"你从哪里看出她是我亲属了？"他并不是什么热心市民蔚先生，没有责任和义务拯救这个鲁莽的"麻烦精"。

"大家都是年轻人，我了解你们小情侣吵架时候说的都是气话、都是不算数的！现在，她昏倒在你的家里，是你打的急救电话，你就必须跟着我们医护人员去医院！"小护士不由分说地拽着他。

蔚青城眼看着自己的衣袖被扯出了微小的褶皱，心情阴郁至极，心不甘情不愿地被强行拉走了。

第二章

两耳不闻老板骂

市第一人民医院里，蔚青城的手里被塞了一沓缴费单，他眉头紧锁，薄唇抿成一条直线。

“缴费啊，快快快！”小护士催促。

“交不了，这女人跟我没有关系。”

“你这人怎么这样，你让她醒来之后知道你这样对她，她得多心寒啊！不管你们发生了什么事，人命关天，你不能这么耍无赖的！”

蔚青城被无端地指责了，整件事情看起来，真的就像是他做错了什么一样。

深夜，一个女生晕倒被抬着从一个独居男人的家中出来，怎么听这两人都有些猫腻。

他沉默片刻，问：“怎么缴费？去哪交？”

小护士：“……”

岑美景已经从急诊室转移到住院部的消化内科，而且因为病患太多，她被安排在一个已有两人住着的病房中。

“你干什么去？！病人已经挂上点滴了，是腹泻导致的虚脱。”护士看着蔚青城要走，连忙追上前去，拦住他。

“哦。”蔚青城表示，他知道了。

“你怎么就‘哦’一声啊！你一点都不担心吗？！”

“转告她，以后不用来了，记得把我代缴的钱还给我，放到我家门口的信箱里。”

“抱歉，先生，我不能帮你转告。”两人的对话已经引来其他病患还有家属的注意，“作为一个大男人，女朋友住院，你要走，你有没有一点良心！你既然送她来了，你就得负责。”

周围的父老乡亲们俨然将他当成了一品负心汉。

蔚青城并不在意他人的议论，他一个人生活惯了，只在意自己的情绪。

他站在病床边，垂眸淡淡地看了她一眼，昏睡中的岑美景好似感应到有人在看她，迷迷糊糊地醒来一瞬，抬手在空中一捞，落下时便抓住了他微凉的手指。

她几乎是带着哭腔，虚弱而可怜地咕哝了一句：“别走……”

深夜，昏暗的病房里只有门上的小窗投进的一束走廊的微光。

蔚青城坐在床沿上一言不发，手指还跟岑美景的牢牢地牵在一起。

刚刚他又被小护士进行了一番口头教育，因为美景的输液瓶空空如也，他却眼睁睁地看着她的手背回血。

小护士埋怨他不会照顾人，他没有开口解释，自己从来没有照顾过人，他连自己都照顾不了。

从小到大，他都是被三天两头换一茬的钟点工阿姨喂大的，后来换成表哥投喂。因为没人照顾，他向来只拿刀叉吃饭，连筷子都用不好。

现在，突然出现一个陌生女孩需要被他照顾，他也是很茫然的。

岑美景突然翻了个身，另一只手搭在被子上，落在他眼前，手背上的一片青紫就算夜色如此昏暗，仍旧可以被清晰地辨认出来。那是护士刚才拔了针头之后让他用消毒棉签按着，他按揉了两下，没想到竟然变成了这副模样。

他一夜没有合眼。等天边泛起鱼肚白时，美景终于肯松开他的手。

然后，蔚青城便无声地离开了。

岑美景是被隔壁床老太太早起时嘹亮的咳嗽声吓醒的，她迷蒙着瞪大眼睛，看着头顶上的天花板，消毒水的味道充斥着鼻尖。

她这才反应过来，自己被两盆小龙虾弄进了医院。

据老太太提供的消息称，她昨夜有了一个面色惨白的英俊男友，这个男友一夜没睡，拉着她的手陪伴了一整晚。

听着是挺浪漫的一件事，可美景一想到蔚青城整晚都在用恨不得把她碎尸万段的寒冷眼神盯着她，后背就开始自带干冰特效地冒凉气。

日夜颠倒的生活作息对于蔚青城来说，并不是什么稀罕事。

他打车回到家，简单地冲了个澡后，吃了两粒安眠药，将厚实遮光的窗帘拉上，开始睡觉。

他的睡眠一直不够好，即使吃药，也是浅眠。没过多久，门铃有节奏地响起。

蔚青城的脑子里像是安了个计时器，一个小时之内，门铃被按响了十七次。

这是一场拉锯战，岑美景用自己最快的速度回到寝室洗漱完，然后换了身干净的衣服，以崭新的面貌，迎接步入职场的第一天。

她的耐心很足，时间也很充足，如果再“战”三个小时，蔚青城还不开门的话，她就开始打电话。

她正盘算着，门就毫无征兆地开了，并且带着一股阴风。

门内站着满面阴沉的蔚青城，他赤裸着上身，腰间只围着一条纯白的浴巾，宽肩窄腰的好身材搭配牛奶色的肌肤，双眼尤为明亮。

美景的脸色微微一红，病态倒是减少许多，她胆战心惊道：“嘿，我来上班了！你早上还没有吃饭吧？想吃海鲜粥，还是南瓜小米粥，你选一样。”

提起手中的食材，她在蔚青城面前晃了晃，嘴角继续保持上扬。

蔚青城本想摔门，可是从昨天下午到现在，他确实粒米未进，视线在她手里的塑料袋上来回巡视，肚子也十分诚恳地咕噜一声。

美景继续诱惑他：“嘴上说不要，身体还是很诚实的，这里还有红烧肉和红烧排骨可选，怎么样？想吃不？香喷喷的肉肉……”

蔚青城面色不改，按着门的手，力道却有些松懈。

“放心吧，我的手艺达不到五星大厨的级别，但是可以做到包你满意。不满意，你可以全额退款，我自掏往返路费滚蛋。”

美景硬着头皮讨好地笑，生生从门缝里挤进来，拎着两袋食材跑到厨房门口，食材落地，她也跟着松了一口气：“以后你想吃什么，我都给你做。如果你感兴趣，我还可以将厨艺传授给你。”

“我想吃……”他犹豫着停顿了一会儿，等到美景好奇又期待地睁大眼睛以后，他冷冷地吐出四个字，“满汉全席。”

蔚青城搬来这间二百八十多平方米的公寓有两年之久，厨房设备却很新，有的小家电还没拆包装膜，可见他的前任助理们是不会做饭的。

“作家大人，我要开始做饭了，也就是说，从今天起，我们就要成为最亲密的工作伙伴了！谢谢您给我与您同舟共济、并肩作战的机会！”

说完，她不再管蔚青城是否情愿，一边哼着小曲，一边风风火火地干起活来。

岑美景是有梦想、有计划的女孩子，她学的是播音主持，当然想干回本行，不过她并非毕业于名校，也不是多漂亮多出色的女生，梦想哪能轻而易举就实现。

是陆骁在她四处投递简历的时候找到她的。

陆骁说，作为播音主持系的学生，她资质平庸，如果她愿意以助理的身份照顾蔚青城一段时间，直到教会蔚青城如何照顾自己，一个人很好地生活，他会在陆氏给她安排一份非常好的工作，可以直接参与到许多大制作里。

而在做蔚青城助理的这段时间，她的工资也是高得惊人。

当然，这份合约有一个前提，她不可以让蔚青城知道这份合约的存在，只因为蔚青城讨厌别人有目的地接近他。

美景问过陆骁，为什么是她呢？她何德何能呢？

陆骁说，没德没能，只是他每次看到她时，她都十分快乐、热情，在学校里人缘也非常好，做事效率很高，懂事、嘴甜，刚好，她家里也缺钱。

父亲生病去世那会儿，她家里欠下不少债。被他说中了，美景缺钱，即便她有不妥协的勇气，可她真的很需要钱。

这就是生活，美景想，有人因为太有钱而生活不能自理，有人就因为太懂生活，而被派遣去照顾别人。

一个小时以后，美景将自作主张做好的美食端上餐桌，四菜一粥，有清炒油麦菜、清炒娃娃菜、清炒秋葵，以及红烧肉。

美景洗完手，脱下围裙去敲蔚青城的房门：“作家大人，可以起床吃饭了。”

蔚青城一直没有睡得很沉，听到她的声音后缓缓地睁开眼睛。

美景又叫了两遍，屋里还是没回应，她小心翼翼地推开门，伸头往里一瞄，差点尖叫出声，连忙退出来，这人居然是裸睡的！

蔚青城不以为意地爬起来，在柜子里翻找内裤和背心，慢条斯理地穿上，随后又找出一条亚麻质地的长裤。

就这样一条简简单单的亚麻长裤，也可以衬得他跟油画里走出来的贵族一般，美景坐在椅子上看他慢悠悠地走出来，不禁啧啧两声：“这腿，都快到我的胳肢窝了。”

蔚青城对吃的东西并不挑剔，但有两点要求是必须满足的。

第一，他必须吃肉，也只吃肉。

第二，他必须吃辣的，也只吃辣的。

入座后，他懒洋洋地看了一眼面前的筷子，冷声道：“叉子，辣椒酱。”

美景跑进厨房拿来叉子和橱柜里的辣椒酱摆在他的面前，十分不理解吃中餐用叉子这玩意干吗，就见他优雅地拿起钢叉，扎上一块红烧肉，蘸一口辣椒酱，放进嘴里。

青菜和粥他一口都没吃，顷刻间就消灭了一整盘红烧肉和大半罐辣椒酱。

美景咬着筷子不知所措：“作家大人，您都不吃青菜的吗？”

蔚青城放下叉子，抬眸看向她：“你吃吗？”

“吃啊！”

“你是马吗？牛？羊？驴？鸡？鸭？”

美景一时语塞，瞅了瞅自己碗里的绿叶菜：“吃青菜可以让你皮肤更好、更白皙。”

蔚青城面无表情地看着她，反问道：“我需要吗？”

美景挑眉，确实不需要：“青菜可以使人身体更健康，让你的身材更加完美。”

蔚青城继续反问：“我需要吗？”

“吃辣椒会长痘痘！”

“没长过。”

“只吃肉和辣椒会便秘！”

“没有过！你，滚出去。”

“我不说话了！”她愤愤不平地闭上嘴，猛扒了几口粥。

岑美景的手艺还达不到令蔚青城惊艳的水平，但总归不难吃。

他喝了半杯水后起身，对还埋头喝粥的美景交代：“下次记得加辣椒，朝天椒，而且不要再让我看见绿色的东西，这种散发着青草味道的食物有什么可吃的，你还不如直接啃饲料。”

蔚青城往书房走去，岑美景端着碗跟在他的身后：“昨天是你帮我垫付的住院费和治疗费对吧，我这里有一百块，先还给你。”岑美景递上一百块，“这顿饭的采购钱我就不要了，算是道谢。”

蔚青城将她沾着米粒的手一推，百元大钞轻飘飘地掉在地上。

美景立即弯腰拾起，又笑眯眯地递过去：“啊，我拾到一百块钱，本来欠你六百来着，刚还给你一百，又拾到一百，我还差你四百了！”

如此反复几次，美景把一百块揣回自己的口袋，还心满意足地拍了拍：“我已经还清了哦！你要记得我还过了哦！”

蔚青城黑着一张脸嫌弃地把她往门外推，美景端着饭碗不厌其烦地对着门缝叮嘱：“一定要记住哦！不许扣我的工资哦！男子汉说话要算话哦！”

他的身体稍稍用力，将她彻底推了出去：“我什么都没说，别在这自导自演这种弱智戏码。”

弱智美少女岑美景两耳不闻老板骂，一心扑在工作上。她心宽似海，这世界上就没有完美的领导，更加没有完美的老板，所有老板都刻薄，就蔚青城而言，他至少还比其他刻薄的老板多了一项高人一等的颜值。

长得好看的人，刻薄起来也是迷人的。

她塞着耳机认命地钻进厨房。

其实，蔚青城应该庆幸有自己这种弱智的生活助理，直白地说，就是保姆。要是换成何培那种“迷妹”，估计一天得脑补蔚青城赤身裸体在屋里向她告白一万次。

毕竟，春风十里，不如睡你。

可惜啊，蔚青城的女神是老干妈——牛肉辣酱。

背部突然被什么东西顶了一下，美景扭头，顺着视线看到一本印着外星人的英文书。书的主人目光凌厉，冷白着一张脸，美景戴着耳机，里面播放着燃脂音乐，她音量巨大地问了一句：“干什么！”

蔚青城手腕一抖，书角直接扎进美景的肉里，疼得她嗷的一声甩开手里的抹布，继续用超级大的嗓门喊道：“谋杀女助理啦！”

蔚青城不耐烦地用书轻拍了一下她的嘴巴，美景来不及躲，被打个正着，疼得眯起了眼，随后耳机被他无情地扯下来。

“你不仅弱智，耳朵也聋吗？”

“耳朵聋我就不听音乐了！”

“既然耳朵不聋，那你应该听到外面的门铃响了很久了。”他冷冰冰地说道。

门铃似乎在证实蔚青城没有撒谎一样，又开始“丁零零……”地响起来。

美景飞快地擦了两下手，疾风一般从他面前消失。

询问过是送货员后，美景打开门，迎面被送入怀里一个沉甸甸的盖着小花布的大篮子。

她狐疑地眨眨眼，这么重，小花布轻轻一抖，一条毛绒绒的大尾巴甩出来，直接扫在美景的脸上。

接着是一张圆圆的大脸挤出来，如此可爱肥硕的加菲猫，她还是第一次见。

简直可爱到爆炸啊！美景刚想凑过去亲一口，蔚青城已经一把将猫咪从篮子里抱走，花色大脸猫喵呜一声，似乎也与他十分亲近。

送走送货员，美景一脸谄媚地扑到他的面前："我也要抱抱。"

蔚青城跷着二郎腿坐在沙发上，嫌弃地扫了她一眼："你那么大一坨，我怎么抱？"

美景一愣，尴尬地挠了挠下巴，指向他怀里的加菲猫："没让你抱我，我想抱抱它。"

蔚青城是一个不懂何为尴尬的人，他面无表情地爱抚着自己的猫咪，那冷漠的样子，好像下一秒就要把它宰了吃掉一样。

美景见他不反驳，小心翼翼地伸出手去触碰猫咪，结果，不等蔚青城出手，一身肥膘加上一身长毛的加菲猫十分不友好地给了她一爪子。

美景的手背上马上出现三道红印，她飞快地收回手，蹙眉道："这么凶呢，它叫什么？"

"儿子。"

"儿子？"

"有什么问题？"

"有点问题，但是问题不大，我会自己排解的，谢谢老板。"

说完，她又回到厨房，松口气似的拍拍胸口，本以为是要给熊孩子当后妈，没想到是给肥猫当"铲屎官"。

不过，跟面对熊孩子相比，美景更愿意面对猫咪。

美景突然想起来刚才收到送货员给的消费清单，拿起来一看，当即眩晕，这猫还做 SPA ？就洗个澡、按个摩、修个脚丫子和毛，就消费了一个小白领一个月的工资？

美景顿时觉得自己投错了胎。

蔚青城嗜辣，无辣不欢，这让美景非常痛苦，每天要切无数的辣椒，要面对无数的“老干妈”。现在，只要一做饭，她就痛哭流涕。她对这个外表高傲的美男子的胃表示出了强烈的敬佩。直到某天清晨，她看到蔚青城一脸苍白地按着胃躺在沙发上，还有已经胖成一团几近毛线团的儿子一副生离死别的模样坐在他的腿上，美景才反应过来，他就是个普通人而已，没有什么超能力。

她第一次不服从指挥地做了一顿清淡至极的晚餐——清粥和小菠菜。

“作家大人，请您用餐。”

“嗯。”他懒懒地哼了一声，好半天也不挪动位置。

美景的腰上还系着围裙，她一溜小跑到沙发前：“胃很疼吗？”

“嗯。”

“我给你倒点热水！”她又一溜小跑地消失，黑色的马尾甩在身后，画出黑黑的一道弧线。

美景端来热水，打算扶他起来喝两口，手指刚刚碰到他的胳膊，就被一巴掌打回来：“拿开你的爪子。”

热水被挥洒了一地毯，还波及了窝在他身上的大猫，随即，美景又被猫挠了一爪子。

这水倒不至于烫坏人，美景只是有些意外，她感觉自己的小宇宙就要爆发，鼓着腮帮幻想自己拿起抱枕把他拍成蒜泥的样子。

但仅仅是幻想，作为一名合格的私人助理，这很不应该。

她拿出自己毕生的耐心深吸一口气，放下水杯，笑眯眯地弯腰：“作家大人，你要乖乖地听我的话，才不会胃痛，不然的话……”

她的话还没说完，蔚青城扣在脸上的书当即飞起来，直直地落在美景的头顶上。他半眯着眼睛，一脸鄙夷道：“不然的话？在这间屋子里，只有我有权利力说不然的话，再让我听到你威胁我，岑美景！”

美景瞪着眼睛反驳：“我再威胁你，你能把我怎么样？”

蔚青城用脚指头也想不到岑美景这一个实习小助理敢这样和他讲话，他愣怔两秒，面无表情地说了两个字：“很好。”

美景吸吸鼻子，端着水杯扭头就走：“我也觉得挺好的。”

蔚青城没有力气和她发脾气，也不知道自己躺了多久，反正醒过来的时候，美景正蹲在沙发边上用小鱼干喂儿子。

儿子吃东西很慢，而且十分矫情，心情好了会咬一两口，心情不好就让人干等着。美景对人的耐心不怎么样，对猫却还不错。他就这样眯着眼看着她花费半个小时的时间来喂猫，忽然觉得这个家里……很满。

儿子先看到他醒来，扬脸喵了一声，美景顺着猫叫望过去，对上一张和死人一样苍白的脸。

她两眼一眯，挤出一个不怎么好看的笑容，随后走进厨房，把一直温在锅里的粥和小菜端到茶几上。

白粥已经不再烫嘴了，温度正合适，她舀起一勺送到他嘴边：“吃粥，或者吃药，你想吃哪个？”

蔚青城正要沉默地翻身，美景突然伸手握住他的肩膀，气呼呼地说：“你给我转回来！这么大的人了，身体出现问题，怎么能逃避呢！你才二十八岁，现在不在意，等你八十八岁的时候……”

美景的话未讲完便被他冷声打断：“不用等，我不需要活到八十八岁。”

美景一愣，心想这大作家可真矫情，作家的内心里都藏着一片广袤的宇宙，一言不合就想结束生命，不过，按理说，他又不是情感作家，这莫名的脆弱到底来自哪里。真是作家的心事你别猜，反正猜多了就会死得不明不白。

她哼笑一声，问道：“您打算活到多大岁数啊？”

“你给我重新笑，不许冷笑，笑得美好一点，不然，明天你就给我消失。”

美景单手叉腰，仰天大笑三声：“笑完了。”

蔚青城不打算理她，准备翻身继续休息时，美景突然用力揪着他的衣领把他的身体拎起来，飞快地舀起一勺白粥送到他的嘴边，然后用力往里一塞，香浓的米粥塞了他一嘴，也蹭在脸上不少。

蔚青城气坏了，开口就要骂人，就在这时，美景的第二勺粥又飞速地塞进他的嘴巴里。

美景的动作很快，同时也有条不紊。她抽出纸巾，给他擦嘴，完全把这一个因为胃痛而耍脾气的大男人当成植物人来照料。

粥的温度刚刚好，暖胃，粥里有淡淡的肉香味，她的动作十分粗鲁，可是又刚好掌握在伤害不到他的临界点。两人一直别扭着，蔚青城被逼急了，作势要起身，不料美景也豁出自己的小命跟他抗衡，小腿往上一提，一屁股横跨地坐在他的腰间。

气氛顿时凝固，四目相对只剩一室尴尬。

蔚青城："？？"

岑美景："……"

"我可不是成心占你的便宜，我可是一个有节操的好姑娘。我这是一时情急，希望你能理解，你要实在不理解，就当我成心占你的便宜好了。"她小脸绯红地辩解着，不过这理由显得苍白无力。

她的话音刚落，蔚青城就连人带粥地将她掀翻在地。美景被摔得人仰马翻，急忙抹掉一身米粥，就见蔚青城一脸漠然地起身，迅速回房，摔上了房门。

蔚青城在浴室里飞快地冲了个澡，关上灯躺到床上，因为刚刚有些生气，这会儿胃疼加剧，他侧身将脸埋在枕头里，出了一身薄汗。不知过了多久，他睡了过去，再醒来时，还是那个烦人的岑美景守在他的身边。屋子里被月光铺满，床头有一碗微温的粥，床沿上趴着一颗小小的脑袋瓜。

他本来是很生气的，可是现在，居然说不出什么气话。

他一直希望有一个这样的人，会在他病床旁安静地守护着，可是从很久之前到如今，每一次他病倒，醒来时的床边，都是空荡荡的。

他轻轻拍了拍美景圆溜溜的脑袋瓜，美景没有反应，他便用力一推。

美景醒了，迷迷糊糊地望了他一眼，完全一副没心没肺的模样，摸起桌上的粥就往自己嘴里塞了一勺："凉了，我给你去换热的。"

她端着小碗又迷迷糊糊地走出去。

这一次，蔚青城没有反抗，沉默地接受了她体贴的喂食。

这一夜，她休息得并不好，可还是早早地起床出去买菜，回来打扫房间。她腰酸背痛腿抽筋，特别想给自己来一瓶新盖中盖，刚刚坐在沙发上休息片刻，手机就跟抽筋似的响个没完。

如此狂轰滥炸，只有何培一人干得出来。

美景，你在吗？

美景，你在做饭吗？

美景，你在收拾屋子吗？

美景，你在暖床吗？

美景，你穿衣服了吗？

美景，我男神穿衣服了吗？

美景不禁翻了一个白眼，没有理她，只把妈妈的信息回复完毕，便放下手机一头栽倒在沙发里，一翻身，就睡着了。

蔚青城是被客厅里的手机铃声吵醒的，时间已是傍晚。

他习惯了安静，可自从岑美景来了以后，他的世界就平白无故地多了一支吵闹的乐队，锅碗瓢盆响个不停就算了，还有各种手机铃声时不时轰炸一番。

不知道她哪来那么多朋友，似乎每个朋友打电话过来都被她设置了特定的铃声。

他顶着一头凌乱的碎发，腰间松垮垮地吊着一条灰色居家裤，冷着脸走到客厅。

美景睡得正香，他没有叫醒她的打算，直接拿起美景那还在响个不停的手机。

表哥说过，手机没有设置密码的人只有两种，一是真真正正的坦荡的人，二是不知道怎么设置密码的人。

美景的手机没有设置密码，应该是真正的坦荡的人。

他的手机也没有密码，他，是不知道怎么设置。

他看到了何培的名字，信息还在一直弹，眉头轻轻一皱，滑动手指，直接将她拉黑。

还有好几个群消息，他也一并退出了群。

最后看到了称谓为“皇额娘”的聊天窗口。

片刻的犹豫后，他打开了。

最后一条是美景回复的：你不用惦记我，我老板人可好了，我每天就负责帮他整理稿子，家里有保姆，不用我做别的。那天我生病了，老板还亲自照顾我。等发了工资，我第一时间打给你，我在这里吃住都不用钱。

美景口中所指的老板，是自己？

蔚青城眯起眼睛回忆半天，很快认识到，这只是一个善意的谎言。

而上一条信息是：谢谢你理解妈妈的难处，生活费你自己也要留一点。

再往上是美景说的：告诉讨债的，我们马上还钱，不用天天蹲在门口守着了！

蔚青城眉头轻轻向上一挑，视线落在酣睡的岑美景的婴儿肥的小脸上。

她看起来真的就像一个需要被呵护的小孩子。

扔下手机后，他去厨房翻找吃的东西，锅里有泛着红油的水煮肉片，电饭煲里有热气腾腾的米饭。

他忽然想起一句话，愿有人与你共黄昏，有人问你粥可温。

这一觉终于是睡到自然醒。

美景感觉有些冷，缩着肩膀醒过来，窗外似乎下了雨，客厅里一片漆黑。

她揉了揉发麻的小腿，拿起手机看了一眼时间，已经是半夜了。

“作家大人？儿子？”

房间里鸦雀无声。

美景摸索着走到玄关处按下开关，灯没亮。她来回按着，灯还是没亮。

她摸进厨房去开灯，灯还是不亮，她想，肯定是停电了。

尿意不容她再有任何的迟疑与犹豫，美景磕磕绊绊地走到了蔚青城卧室的门前，轻敲了几下门。

“作家大人，我需要上厕所，你穿好衣服盖好被子不要裸睡哦！我可要进来了哦！”

礼貌地告知后，她小心翼翼地往下按压门把手，轻轻推开房门，一阵夜风迎面吹来，白色的纱帘在空气中婀娜摇荡，只是今晚的月光不足，光线不够明亮。

床上没人？地上没猫？

美景疑惑地扁起嘴巴，小声地喊了一句：“蔚青城？”

没有回应。

她正准备偷偷摸摸地迈进去时，就听到身后传来让人毛骨悚然的摩擦声。

“三更半夜你到我卧室里来做什么？”

美景嗷的一声跳起来，飞快地拍着自己的胸口：“我的妈啊！作家大人，你大半夜不睡觉像个鬼一样猫在我背后干什么！”

蔚青城淡然地将双手插进居家裤的口袋，夜色下，他的脸近乎苍白，一双眼眸黑亮得过分：“这间屋子里，只有我有提出疑问的权力，你只能回答。”

刚刚的惊吓让美景感觉自己的头发都竖在了半空，她下意识地抚平长发，瞪着无辜的大眼睛，心境难平地说：“我想用洗手间！”

“嘘。”他伸出一根手指抵在唇边，“你打扰到别人了。”

美景一愣：“别人？”

这屋子里，只有两个人、一只猫在喘气，哪来的别人？

“别人在哪……”她眨了眨眼，心想这位作家大人不会是在梦游吧，听说梦游的人不可以被叫醒，不然会神经错乱，想想他们家住在二十几楼，万一他发疯要跳楼，她一介女流，真是无法控制住他。

蔚青城缓缓转身，将视线悠悠地飘向厨房的方向：“你没听到有人在切菜吗？”

美景顺着他的视线望过去，嘴巴一扁，眼看就要哭出来：“不，不是，作家大人，人……人在哪儿呢……”

“你果然是瞎的。”他轻描淡写地评价道。

美景委屈地揉了揉眼睛，真的发自内心地希望自己是个瞎子：“你能看到厨房里有人？”

“嗯。”

“男的女的？”

“女的。”

“……”

蔚青城继续看向客厅：“那里，还有。”

美景头皮发麻，眼皮一跳一跳地看向客厅的沙发：“作……作……”

“你还结巴？”他挑眉冷冷地问道。

美景说话的声音已经开始发抖：“不……不，结……结……”

“闭嘴，真吵。”他不耐烦地训斥。

美景果真闭上嘴，当务之急是解决生理问题。她硬着头皮转身去洗手间，大步一迈，就听到砰的一声，她直勾勾地摔在了地板上。

美景趴在地上回忆老半天，怎么都回想不起自己是怎么摔倒的，明明地板上什么都没有，她怎么会被绊倒呢？

“半身不遂？”他及时补刀。

美景抬手抹了一把眼泪：“我……我，我是不是绊倒什么了……”

“没有，你身边没人。大家都很忙，没有人有多余的时间陪你玩，尤其是像你这种傻了吧唧的……”他似乎懒得再解释，长腿横跨过呆坐在地上的美景，回到自己的大床上，泰然地躺下。

要不是憋不住尿，美景真想昏死在跌倒的地方。她深吸口气，告诉自己要坚强，拖着虚软的身体爬向洗手间。

刚要伸手去掀开马桶盖，突然摸到一团毛绒绒、热乎乎的东西，美景彻底炸毛了，拼了命地尖叫，就算有鬼，她也豁出去了。她气愤地一拍墙面，正要发飙，而蹲在马桶盖上的儿子，比它爹还淡定，轻盈地落地，倨傲地喵了一声，大摇大摆地走开。

美景的内心是崩溃的，她一边委屈地抽搭着，一边脱裤子，一屁股坐在马桶上。

“你叫什么？”蔚青城悄无声息地出现在洗手间门口，大咧咧地推开门。

美景已经被吓坏了，愣神半天，说：“我叫岑美景。”

“……”

“你，出去呗……”她回过神来，才觉得有些尴尬。

“这是我家，我想在哪就在哪。”

美景无力反驳，反正这洗手间黑黑的，什么都看不见。

提好裤子按下冲水按钮，她吸了吸鼻子，说：“咱家停电了。”

“哦。”他不咸不淡地应了一声。

“应该要去看看电表箱什么的。”岑美景见他神志也是清醒的，不由催促道。

“哦。”

“你倒是去看呀！”岑美景见他丝毫没有动弹的意思，只好点明。

“你是摆设吗？”

岑美景认命地服从了，她厚着脸皮从他居家裤的口袋里翻出手机，打开手电筒，不由分说地拉起他，走到门口的电表箱旁。

两个人，一高一矮，呆呆地杵在那儿。

“如果我触电死亡了，算工伤吗？”她问。

“你非要触电吗？”他反问。

“不，我是来修电的，不是来找死的，我先看看这个传说中的保险杠吧。”

蔚青城不解地问道：“嗯？保险杠？”

美景眨眨眼，低声更正：“是保险丝……”

“这里面除了有几个按钮，我看不到哪里有丝。”

“那你看看。”她把手机塞到蔚青城的手里。

好一会儿，她问：“你发现什么了？”

“发现你眼瞎。”蔚青城脚踩着一张纸，他弯腰拾起来，将其塞进岑美景的怀中，然后大步往回走。

美景紧随其后，生怕被抛弃似的，借着晃动的手机灯光看清手里拿的是电费欠费单：“你已经欠电费欠到停电了，你是多久没有交电费了？”

“不知道。”

“那你上一次交是什么时候啊？”

“不知道。”

“那你知道什么啊？”

“知道你废话多。”

蔚青城要休息了，美景哪敢自己睡，死皮赖脸地挤进他的房间，蹭在床边坐着。从窗帘的缝隙透下淡淡的月光，她抱着双腿正觉得自己可怜时，突然后脑勺被他的大脚踹中：“出去睡。”

“我不！我死也要死在这间屋子里！”

长夜漫漫，美景最终在这间屋子里赢得了猫窝。

第三章
情敌见面分外眼红

次日，最重要的事情就是交电费。

美景收拾好一切，拿上钥匙和蔚青城的钱包，把伏案疾书的蔚青城从书房拎出来："咱们得干正事。"

蔚青城甩开她的手，用手里的钢笔狠狠地戳了一下她的额头，当即戳出一枚红印："正事是谁？"

美景顾不上疼，愣在原地半天："我的意思是说，我们得干点正经事。"

"点正经事是谁？"

美景很是想不通一向高冷到结冰的蔚青城是怎么在一夜之间学会开黄腔的，哦，不对，对于他这种另类的人，或许此番对话并非玩笑，而是发自内心的反问。

软磨硬泡了半个小时，从"饭诱"到色诱，能使出来的招岑美景全使了一个遍，最后只换来蔚青城一句单纯又直白的"滚"。

美景是真的很想滚了，她丰富饱满的二十三年人生虽然没有经历过什么惊人的风浪，但也算阅狗千百、阅人无数，就没见过这么难搞的人。

"你是智障儿童，还是残疾人士？交电费这么简单的事情需要找个监护人来陪同？"他最后不耐烦了，语气十分生冷。

美景在心里翻了一个巨大的白眼，嘴角却保持微笑道："你连电费都不会交，还有能耐在这里讽刺我，不然，你自己去交啊！"

蔚青城懒得和她讨论这个无趣的话题，面对美景的挑衅，他只觉得她越来越大胆，大到没有分寸和不要脸。他慢条斯理地掀开衣角，一寸一寸地向上拉起自己的卫衣，眼看着美景面红耳赤，才痛快地将衣服脱掉，光着精瘦的上身去衣柜里拿衣服。

美景拾起地上的卫衣追过去："这也没脏啊，早上才换的！你一天要换多少套衣服呀你！"

他利落地用衣架抵住她准备上前的小手："被你扯得变形了，我不想穿。"

美景深深地感受到自己体内的洪荒之力要爆发出来，她一把抢下他手里的新衣服，用一股娇气又带点愤怒的口气训斥："带你去交电费，你不去，不让你乱换衣服，你不听，你都快三十岁的人了，现在才开始叛逆是不是晚了点！"

蔚青城冷笑一声，用衣架重重地在她单薄的肩头点了两下："非常好，岑美景，上一个敢和我这样说话的人，已经不在这个世上了，骨灰都没有了。以后讲话，你最好给我三思后再讲。"

美景正要开口解释，他便飞快地用衣架边缘塞进她的嘴里堵住："我为什么要去交电费？如果需要我亲自去缴费，你是我养的饭桶吗？每天只知道吃，一顿三碗饭，不干活，还对我凶巴巴地冷嘲热讽。"

美景皱着眉往后躲去，他便伸长手臂再追过去堵住她的嘴："现在我的脾气好很多了，换作过去，你现在就是一副人肉骨头拼图。"

美景嘴巴生疼，加上被威胁生命安全，再一次让体内的洪荒之力失控了："什么都指望我，要是有一天我不在了，你怎么办！"

"哦。"他突然怔住了，这副模样令美景心里一阵发酸，他除了样子好、有才华，真的是什么都不会做，说是衣来伸手、饭来张口一点也不为过。倘若有一天她真的不在这里了，那这空荡荡的屋子里，也就只剩下那些孤魂野鬼与他做伴。

眼眶一热，抬起胳膊就要给他一个温暖的拥抱，手臂刚至半空，就听到他冷若冰霜地说道："你终于要走了，非常好，你走了，我就可以换一个安静一些的助理。"

美景："……"

外面清风徐徐、细雨绵绵，这是最令人讨厌的天气，就算打着伞也躲不过这些缠人的细雨丝，露在外面的肌肤总是湿湿黏黏的。这让美景想起小时候自己写的一篇作文，其中一段也是描写雨天：皮肤湿漉漉的，就像被狗舔过，又像碰到了弟弟的口水。

美景撑着一把巨大的雨伞走在他身边，时不时地要看看他是否被淋湿了，而蔚青城则一副标准的有钱人家的纨绔子弟的样子，抱着肩膀冷眼看着与他内心格格不入的世界。

如果是美景一个人走路，她宁可淋雨也不想撑着一把这么重的伞，现在她才切身体会到什么叫作身不由己，心里呐喊着不情愿，身体却还是很诚实地当着小跟班。

两人在小区里面绕了好几圈，也没找到蔚青城的座驾，他渐渐失去耐心，将双手插进口袋，板着一张脸，转身准备回家。美景发现路线有异，及时拦截他："等等，去找你的车啊，咱们得开车出去。"

蔚青城不悦地垂眸瞪着美景，他的个子很高，不穿高跟鞋的美景基本要靠抬头仰望。

"我为什么要听从你的安排，到底你是我的助理，还是我是你的助理？"

美景被问得一愣，眨了眨眼，一时间竟然无话反驳："我们要出门，出门就需要交通工具，你这种矫情，不对，你这种尊贵的身份，肯定不会坐公交车、地铁或出租车。这么短的路途咱们也犯不上坐飞机和宇宙飞船，综合地分析一下，咱们得开车。"

美景做出一个手把方向盘的动作，雨伞在头顶跟着晃了两晃："就嘀嘀呜呜，开车车上街街，懂？"

蔚青城的不悦立刻转变为嫌弃，白皙的皮肤更加衬托得这副表情傲娇十足："你的脑子和你的胸一样幼稚。"

"我！"美景不服气地挺起胸脯，两只眼睛瞪得溜圆，"眼见不一定为实，不知者无罪，我原谅你一次，不用谢！"

蔚青城不屑一顾，扭头就走，他的个子高得恰恰好，头顶刮住路旁延伸出来的树枝，又恰好，枝丫的顶端，盛放着一朵小花，淡淡的奶油白色，花蕊中间弥漫开软糯的浅黄，那些垂着雨滴的翠绿叶子环绕在他的身侧，以及她来不及伸展过去的黑色大伞，竟刚好将他定格成一幅色彩浓郁的油画。

多好看的人啊。美景想。

她正发自内心地赞叹着，就见蔚青城十分冷酷地抬起手，一巴掌打飞头顶的枝丫，那一树枝的水花全弹到了美景的脸上。

她当即撇嘴，真是帅不过一分钟的祖宗。

嘴上拦不住他，只能身体力行，就差拿着小红绳把他捆绑起来，两个人一路拧巴着从地上停车场到地下停车场，最终在一个十分不起眼的角落里发现一辆被罩着防尘罩的越野车。

美景指着眼前未知的越野车问："你确定你的车是越野车？"

"不确定。"他双手插着口袋杵在一旁，一副事不关己的模样。

美景静静地翻了一个白眼，把他往后推了几步，捂着嘴巴眯着眼睛上前，小心翼翼地掀开布满厚重灰尘的防尘罩，只是掀起了一小半，她便停住了手，生怕掀的是别人的车，然后又要重新给人家盖上。

"你这个样子，好像防尘罩下面的不是车，而是尸体。"

"哼，你别说，掀你这破防尘罩我还真有一种揭棺材盖的感觉。"

两个人一个叉着腰一个抱着膀，沉默地盯着眼前这辆白色的5700。

美景疑惑地瞥向蔚青城："嗯？嗯？"

蔚青城眼中渐露茫然："嗯？"

美景一翻白眼："你学我干什么，我在问你这是不是你的车啊！"

"哦。"他淡定地应了一声，"我忘了。"

"……"她怒指车牌，"车牌你还不认识吗！"

"哦。"蔚青城继续淡定地回应，"也忘记了。"

"我现在特别想跪下，给您磕两个佩服的响头。真的，作家大人，你自己都不认识自己的车，我怎么能找到它呢？这下怎么办？我们的嘀嘀呜呜怎么办？"她噘着嘴巴开始抱怨，手中的雨伞在地上不停地戳来戳去，在空荡荡的停车场发出有节奏的当当声。

蔚青城持续淡定，悠闲地横跨两步，伸手摸进她的牛仔裤口袋，在美景瞪大水灵灵的双眼面露一副“你丫摸谁大腿，占谁便宜呢，你个臭流氓”的神情之下，掏出了他的车钥匙，对着白色越野车按下遥控器，车灯闪烁，成功解锁。

“看来，说你的智商和你的胸一样平，是我评估错误。”

美景懊恼地长舒一口气，没想到冰雪聪明的自己也有智商不在线的时候，不过还是对他刚刚这句话表示赞同：“我的智商和我的胸一样，不是平，是隐藏得好，胸和智商都属于内在美，内在美是不能拿出来对外人显摆的。”

蔚青城径直走向副驾驶位置的门，开车门，上车，待美景坐进驾驶位以后才开始无情地补刀：“你的智商，和我的胸一样平。”

“连自己的车和车牌都记不住的人怎么会有颜面讽刺别人呢？”

蔚青城没有同她继续斗嘴，转头看向窗外，尽管此时窗外还没有风景可看，只有略显阴森的停车场。

美景只开过原来家里那辆小QQ，由于QQ的体积小，她开起来也游刃有余，换上蔚青城这辆贵重的大家伙，她稍显紧张：“咱们先说好，我可不是职业代驾，开过的车非常少，发生刮擦或碰到什么地方可不许骂人。”

他生硬地开口打断：“你都开过什么车？”

“QQ。”

“……”

如果要美景发自内心地评价一番，她真觉得这么粗犷的、一看就像煤老板才喜欢的车不符合蔚青城的气质，他应该拥有拉风的动感与绅士并存的轿跑车，或者风骚又高冷的某些SUV。

“作家大人，这车是你自己挑的？”

“嗯。”

“你喜欢这种？”

“不喜欢。”

“那你为什么买？”

蔚青城偏过头，视线极为散漫地在她脸上扫过：“一定要喜欢才能拥有吗？”

她不置可否地扁扁嘴：“您有钱，您有理；您有钱，您任性。”

“你是因为喜欢给我当助理才来这里给我当助理的吗？”他语气平平地问。

“对呀，常伴您的左右就是我的人生梦想，你没听过那句话吗！”

“没听过。”他干脆地回答。

“我还没说呢！”美景哼了一声，“就是那句——让我留在你的身边，无论以何种身份，魔鬼或神，爱人或仇人。”

“哦。”

“看来你听过。你看你，刚刚那么匆忙地打断我，下次不要这样了，哪有人会像我一样无限度地包容你啊，换作别人，会觉得你没礼貌的。”

“没听过。”

“……”美景选择主动阵亡。

路上除了有些塞车，并没有发生什么惊天动地的意外，美景暗自赞叹一番自己车技真不错，慢虽慢了一点，重在很稳。到达目的地后，她将车稳当地倒进停车位，解开安全带，等了半天也不见蔚青城动一下，倾身过去看一眼，不禁大惊，他居然以一种看风景的姿态睡着了。

她纠结了半天，到底是要让他睡到自然醒还是一巴掌把他按在玻璃上把他吓醒。不知哪里来的贤惠劲儿，她忽然觉得应该先把他的安全带解开，再把他的头扶正，这样可以保证他不落枕。

于是，她轻轻地按下安全带按钮，正要伸手去扶正他的头时，蔚青城就毫无征兆地扭身转过来。他还在睡梦中，并不知晓发生了什么，只是刚好自然醒而已，两个人便超近距离地尴尬地相对了。

面对突然放大出现在自己面前的英俊容颜，美景下意识地往后躲：“我……我，作家大人，我……”

“你偷亲我？”他直接给她宣判了死刑。

美景一脸问号外加感叹号，憋得脸红脖子粗：“我没有！”

“没有？”

“没有！”

“没有，你紧张什么？你这么紧张，就是有。”他迷蒙的双眼瞬间变得极为冷静清明，“你被开除了，滚下去。”

美景委屈地抿着唇，眼珠骨碌碌地转了两圈，一脸讨好地眯起眼笑：“不滚，让我留在你身边，无论以何种身份，魔鬼或神，爱人或仇人。”说完这句，她又飞快地举起三根手指，“我对天窗发誓，刚刚真的没有亲你，我只是想把你的头扶正，怕你睡醒了脖子疼。再说我喜欢的是您的才华，至于外形和性格都不是我的菜，我很挑食的。”

被嫌弃的蔚青城满面寒霜，二话不说打开车门迈开长腿下车，在电网大厦门口忽然顿了顿。美景差点撞在他的身上，仰起小小的脑袋迷茫地望着他：“怎么了？作家大人？”

“我也很挑食。”

“……”

她像牵着一个惹人侧目的巨婴一般，带他在大厅里穿梭，耐心地告诉他如何在缴费窗口排队、如何缴费。非常顺利地做完这一切，拿到缴费成功的票据后，美景非常兴奋，就像刚刚带了幼稚园的小朋友干了一票大买卖的幼稚园老师一样，愉悦地朝他伸出手掌：“开不开心！Give me five!”

蔚青城默默地看了一眼秀气的小手，并没有半点想击掌的打算，而是再一次无情地泼她一头冷水：“难道你不知道电费可以用手机交吗？以前的助理都是这么交的。”

晴天一个巨大的霹雳劈下来，美景再次主动阵亡。

蔚青城是个非常讨人厌的马后炮。美景想。

多亏老天待他不薄，给他一副如此好看的面孔，可他的为人与绅士毫不沾边，不礼让、不谦逊、不温柔，还不要脸。

美景对镜梳妆的时候，捧着自己的小脸无奈地感慨，胖得脸都大了。而他端着马克杯面无表情地站在她的身后，目不转睛地盯着她的胸说：

“胸也大了，腰也粗了，屁股也大了，大腿像树桩一样，小腿下面连接的好像是两只熊掌。”

美景一气之下，做了非常不理智的事情，她抓起刚刚为蔚青城买来的洁面皂一把塞进他的嘴巴里。

为此，美景付出了十分惨痛的代价，被关在门外整整一夜，并且是穿着一身十分单薄的睡衣睡裤，像一名可怜的弃婴，蹲在自家门口，没有手机、没有钱，没有枕头、没有被子，受尽邻居的白眼。

她委屈至极，在心中默念，天将降大任于斯人也，必先扔给她一个蔚青城。

非常不巧的是，美景在陪儿子一起吹空调的时候吹过了度，导致她有轻微的感冒，而睡了一夜地砖的美景，就彻底被病魔放倒了。

她不是被冻醒的，当然更不可能一觉醒来发现自己躺在温暖柔软的大床上，旁边放着温热的粥，床沿坐着养眼的美男子。她是被自己十分熟悉的声音叫醒的。

“美景？你怎么睡在这呢？”

换作一个月之前，也就是她来蔚青城这里面试的前一天，她还会幻想自己可以整日听到这么动听的声音。曾几何时，美景一度将这动听的嗓音当作自己的人生目标——嫁给他，然后每个清晨被他唤醒，每个夜里听他道声晚安。

所以，当这个被全校公认为男神的男人在她神志不清的时刻莫名地出现时，美景还是难以置信的。

她怀疑自己不仅发烧了，而且是发了高烧，特别高的那种，上100℃的样子吧，脑子一定沸腾了，才会在幻觉里看见这个人。

幻想里的人，皆是牛鬼蛇神，应该被一棒子拍死。

美景没有棒子，她躺在地上，用尽吃奶的力气抬起一条腿，狠狠地朝他的裤裆踹过去，位置瞄得准，可惜动作稍显迟缓，被人一把握住脚踝。对方愣了一瞬，温柔地放下她的小腿，走到她身边将她扶了起来：“美景，你被人欺负了？”

生病的人都是脆弱的，尤其，这还是来自一个曾经令她神魂颠倒的男人的问候，美景的眼泪忽地就涌了出来。她被拥在怀里，熟悉又陌生的味道更是加剧了这种莫名其妙地想哭的情绪。

反正这一切都是幻想出来的，她索性就尽情而放肆地大哭特哭起来。

美景的声音甜美却又洪亮，号啕大哭起来还是很有震慑力的。果然，没过多久，身后的房门被里面的人带着不悦的情绪以及一阵冷风霍地打开。

写了一夜稿子的蔚青城虽面有疲态，却丝毫不影响他的清俊，他怀里抱着肥大的加菲猫，冷冷地盯着面前的两人：“你是谁？”

美景紧张地抹了两把眼泪，随手一比画，抽搭着解释：“那个……作家大人，这是我的校友兼好友，遥远。”

遥远的眉头微微一皱，虽礼貌地主动向蔚青城伸出手，可眼中的敌意显而易见：“你好，我是美景的男朋友，叫我遥远就可以。”

出于本能，蔚青城十分不喜欢这个人，他嘴角不着痕迹地向下撇，露出三分嫌弃。

脑袋阵阵眩晕的美景单手扶住门框，潇洒地一挥手，落落大方地说道：“是的，作家大人，你不要害怕，你是一个连鬼都不怕的勇敢的boy，更不会害怕我的幻觉了。没错，这就是我的初恋以及前男友。”

蔚青城：“……”

遥远：“……”

遥远正要开口解释，自己是现男友不是前男友的时候，因为高烧加上哭得太用力，美景适时地眼前一黑，浑身一软，贴着门框就要往地面上躺。门里门外各站着一个男人，遥远因为手里没有抱着一只巨大的肥猫而更快一步，及时地伸手将美景拯救，而蔚青城，则慢条斯理地放下儿子，接着又十分霸道地一把搂住遥远怀里的岑美景，抢麻袋似的把美景从对方怀里捞回来，又像夹麻袋一样把她夹在自己的臂弯和腰腹之间。

美景的造型非常奇特也非常难受，脑袋被他甩得前仰后合，四肢瘫软地下垂，由于昏睡的时候她没有闭上嘴巴，这会儿还很应景地流出一条口水来。

遥远刚要伸手去给她擦，蔚青城这次抢先一步，冷着铁板一样的脸抬手在她下巴上抹了一把，又嫌弃至极地将手上的口水抹回她胸前的衣襟上。

他不走，也不让美景舒坦着，两个大男人就这样沉默地四目相对，谁也不肯先退让。

最后还是蔚青城先有动作，他突然发觉自己在做一件很傻的事，就是和一个陌生的男人像傻子一样地相望着，胳肢窝下面还夹着一个肉团子，这简直又无聊又累。于是，他非常潇洒地一摔门，打算把陌生人隔绝于门外。

就在关门前的一瞬，遥远却伸手挡住，又无声地推开了。

鉴于美景实在有点重，他单手揽着有些吃力，蔚青城干脆再次把她当成麻袋用力往沙发上一丢，就听砰的一声，美景摔进沙发里，沙发很有弹性，美景没有自控力，躺得不够稳，又砰的一声摔在地毯上。

在哪里摔倒就在哪里躺下，这是最好的选择。蔚青城选择放任自流，就让她在那里躺着吧。

蔚青城知道门没有落锁，他四下巡视一圈，走到沙发后面的角落，那里有美景以死拼搏非要买回来当摆设用的一把孔雀尾巴的仿制品，不知什么材料做的，很硬也很有弹性，他抽出一根拿在手上，另一只手则插在口袋里。

“谁让你进来的？”他问。

“我是来接美景的。”遥远回答。

“你踩脏了我的地板。”

“我要接走美景。”

蔚青城不悦地皱眉：“答非所问，很好。你在私闯民宅，要么你给我出去，要么我报警，警察把你带出去。”

遥远不再和他啰唆，他亲眼目睹了美景在这里不是当助理，而是当连猫狗都不如的奴隶，所以直接大步走到沙发旁，弯腰去抱美景。

他的鞋子不仅踩脏了蔚青城的地板，还踩脏了地毯。

“她是你的助理，不是你的奴隶，你应该善待自己的员工。我不是你的员工，也就没有必要回答你的问题。我说了我要带走美景，是你听不懂人话。”遥远的语气听起来警告意味十足。

可不等他把美景抱起来，蔚青城手里的孔雀尾巴就跟带刺的小鞭子似的硬生生地抽在他裸露在空气中的手臂上。

非常非常疼，遥远下意识地收回手臂。

“这里除了我和岑美景没有人，我听什么人话。”他横跨到美景的面前，以一种绝对占有的姿态将遥远和美景隔开，手中的长羽毛十分不友善地抵在遥远的胸口，“既然是前男友，那岑美景的死活就跟你一毛钱关系都没有，你现在没有身份、立场来和我要人，而且你抢人的举动加上你这副不坦荡的长相，让我怀疑你是诱拐妇女和儿童的人贩子。”

夏天的衣衫薄，羽毛的尾部很容易就戳透他身上的T恤，遥远退了几步之后便不再退，抬手打掉蔚青城手里这把看似毫无杀伤力的武器。

这羽毛被蔚青城这样有几分仙气的人握在手里，倒很像造型别致的拂尘。

“如果不是我来这里找她，她会在走廊里直接昏迷的吧？如果一直没人发现她，她有个什么闪失，你能负责吗？你以为发烧就不会死人了吗？”

蔚青城嗤之以鼻：“我能。”

“这是一条人命，你怎么负责！”

“一命还一命。”

遥远愣了一瞬，表情有些难堪：“今天我一定要带走美景，我们之间闹别扭，她才跑来这里工作。她是我的女友，我有权利带走她。”

面对纠缠不休的遥远，蔚青城懒得与他多说半个字，他觉得自己不是野蛮的人，但是野蛮起来，也很不像人。

手里的羽毛真成了他的武器，他三番五次进攻，抽得遥远连连倒退，动作之快令对方眼花缭乱。

就在两人快退至门口的时候，蔚青城突然停了下来，遥远也就在这个时候开始反击。就在遥远挥拳过来时，蔚青城忽地抬起一直插在口袋里的另一只手，掌心上有一支他日常惯用的弹簧笔。他先用它扎在他的拳头上，接着又以极其危险的距离，停在遥远的眼前，只要他悄悄往前一丁点，它就会直接插在他的眼球上。

“我一直以为击剑是一项很绅士的运动，没想到有一天，会被我当成打狗棒法用。”

他收起笔尖，横跨半步，将门大敞四开：“我不管你和岑美景以前是什么关系，从今天开始，你们什么关系都没有，快走，不送。”

遥远离开以后，蔚青城没有先理趴在地板上的美景，他十分清楚地知道吃得和猪一样多的岑美景不会轻易死掉。破天荒地，连擦脸都嫌费事的他居然从厨房找来一块抹布，蹲在地上擦遥远留下的脚印。

这是他二十七年来第一次做家务。

美景爱干净，并且勤快得要命。

以前他的助理和保姆也爱干净，但都是定时打扫，美景不一样，美景是实时追踪家里哪里有不干净的地方，第一时间跳出来解决掉。

他被美景养刁了，习惯了家里纤尘不染，这就令遥远的鞋印显得十分刺眼。

他这么矫情，眼睛里定然是容不了半粒沙子的。

处理完陌生人带来的不悦，他捞起地上的美景，夹回客房扔在床上。

这床对美景来说应该是陌生的，这一个月来，除了白天她可能会在这上面休息一下，每个夜晚，她都是挤在蔚青城房间的猫窝里。

她怕鬼，偏偏他总说这里有鬼。

蔚青城是没有照顾病人的经验的，他除了在她额头上方一包冰块，给她盖上厚被，再灌一大杯热水和退烧药，他也没有其他办法了。可美景根本喝不进去任何的水和药，他去客厅转了一圈，听到美景的手机在嗡嗡作响，打开微信一看全是遥远发来的消息。他连阅读的欲望都没有，手指勤快地滑动，直接删除，顺便把遥远拉入了黑名单。

他致电陆骁，让陆骁带医生过来一趟。

陆骁是他在这座城市里唯一的亲人，虽说是他的表哥，但一直履行的都是他爹的职责。

不到半个小时，陆骁带着两名家庭医生赶到这里。按照蔚青城的要求，他们把鞋脱在门外，给袜子套上鞋套才能进屋。

陆骁很诧异，他居然开始有洁癖了。

医生在给美景吊水的时候，蔚青城就抱着肩膀靠在柜子旁边冷眼看着。

陆骁低头看了看自己脚上丑陋的蓝色鞋套，再次巡视了一遍整间公寓，不由得挑眉："美景把这里打理得井井有条。"

蔚青城瞥了他一眼，反问："连屋子都打扫不干净，我养她当盆景吗？"

"打扫房间是不难，但并不是所有人类都能把你住的地方打扫干净。"

蔚青城没有反驳，突然觉得领口有些不舒服，于是旁若无人地脱掉上衣随手往地上一扔，打开柜子换了一件。

几秒后，他又中邪似的弯腰把刚刚脱掉的上衣拾起来，扔进床尾的收纳篮里。

美景说过无数遍，脏衣服就该扔在篮子里。

美景有医生守着，兄弟两人一起回到客厅，坐到沙发上。

"以前我来你这里就像回自己家，感觉很自在，这回不太一样。"陆骁点燃一支香烟夹在指尖，琢磨片刻，"好像你成家立业、家里多了个女主人似的。"

"成家立业。"蔚青城沉吟，"并不是很令人向往。"

陆骁没有反驳他的话，蔚青城的家庭注定了他对"家"和"业"两个字有极大的抵触。抽完半支烟后，他说："你爸妈好像下个月回来，带着徐染。"

蔚青城不感兴趣，连"嗯"都没回一个。

"徐染已经开始有孕相了，她在朋友圈发了照片，挺明显的，你不看看吗？"

蔚青城偏头，沉默地看了他半晌，说："你都快四十岁的人了，还这么无聊、这么八卦吗？"

陆骁从容地笑出声："怎么说徐染也是我的准弟妹，再说万一她肚子里的真是我侄子呢？"

万一。

这两个字当真难听，因为很难听，所以，蔚青城直接把他赶了出去，医生也被他赶出去。

他会拔针，他认为他应该是会的。

一人一猫，趴在床边，一起盯着沉睡的岑美景。

儿子饿了，抬起爪子在美景的下巴上拍了拍，喵两声，强烈表达了自己的不满：这都几点了还睡觉，也不起来投食，也不给朕铲屎，有点过分了啊！

美景没醒，儿子扭过大胖脸，又对着蔚青城叫唤。

蔚青城冷冷地和它对视几秒，抬手捏了一下美景的脸蛋儿："醒醒，我饿了。"

美景就差打两声呼噜给他听了。

不知是不是听到饿这个字，睡梦中的美景吧唧了一下嘴巴。

她的唇粉粉的，有些干，也不是特别干，蔚青城盯了许久，突然感觉这小小的嘴巴、圆圆的脸蛋像有某种神奇的魔力一般，干扰着他的冷静。

他鬼使神差地贴过去，在岑美景肉肉的软软的唇上贴了贴，感觉有些奇怪，又轻轻舔了一口，确实很奇怪，苦了吧唧的。

应该是甜的才对。他想。

于是，他又试了一次，确认无误，是苦的。

蔚青城眉头紧锁，心事重重，看看全然不知情的美景，又看看一脸蒙圈的大肥猫，下意识地摸了一把自己的胸口。

儿子：此行为非正人君子所为！

蔚青城：我说过我是正人君子？

美景睡醒的时候已是傍晚，窗外暮云合璧，四周安静，大开的窗向房间内输送着徐徐清风。她被包裹得严严实实，一副就要破茧成蝶的模样。

她扭了扭身体，有些无力，还很是乏累，尤其是肚子累，低头一看，发现儿子正在她的肚子上呼呼大睡，而蔚青城则横着躺在她的脚下，脸上盖着一本英文书，似乎也睡着了。

她轻手轻脚地将被子掀开一个角，正准备继续轻手轻脚地把儿子抱下去，可手刚伸至它脖子的地方时，儿子就醒了。

儿子瞪着两只迷惑众生的萌萌的眼珠盯着她，慵懒而无辜："喵。"

你想掐死朕？它机警三分，又喵了一声，似乎是在召唤另一个铲屎的，准备告他一状。

美景连忙做出噤声的手势。

儿子不理，继续叫。

蔚青城醒了，坐直身体半眯着一只眼："你再不醒，我就打算把你埋了。"

美景尴尬地笑笑："我觉得我还能抢救一下……"

"为什么不去做饭，你不知道我们已经一天没吃东西了吗？"

美景看看窗外又看看手表，哇的一声，撑着虚弱的身体屁滚尿流地跑向厨房。

"你少吃点。"面对正把脸埋在饭碗里奋斗的岑美景，蔚青城无情地说。

"多吃点才有抵抗力，才能好得快呀！"美景解释。

"那你下次就睡在地上，我不想拖你上床。"

原来我不是被抱上床的啊，是拖上去的，难怪胳膊这么酸……

美景轻哼一声："看在你叫医生给我打针的分上，勉强给你发一张'好人卡'。"

"你不能就这么死掉。"他一句淡然的陈述让美景颇为感动，他只是"刀子嘴豆腐心"，事实上，他已经和自己产生了浓厚的革命友谊。

内心的感动无法言喻，这一个月的保姆兼后妈兼铲屎官没有白当啊！

“作家大人……我突然很感动，想到你舍不得我死，我就一点都不想怪你把我赶出去了，好想哭呢……”

蔚青城颇为嫌弃地冷瞥她一眼：“你烦了我这么久，要死也得死在我的手里。我养的猪，怎么能让别人宰？”

美景：“……”

次日清晨，美景整理好房间做好早餐喂好了猫，把衣服也洗了消毒晾晒，端坐在客厅里等蔚青城。

今天是她试用期截止的日期，她已经准备好一肚子她可以正式上任的理由，虽然他是个嘴有毒的作家吧，但她嗓门大啊！

大概十几分钟后，蔚青城神清气爽地从房间里出来，头发还有些湿漉漉的，路过美景时冷冷地瞟了一眼，然后沉默地坐在餐桌前吃早餐。

“你知道‘小乔人家’在哪里吗？”他突然发问。

美景腾地站起来，气吞山河地回答：“知道！”

蔚青城被这突如其来的大嗓门吓一跳，肉都没夹住，直接掉在了桌子上，他皱着眉偏头过来，问：“你这一副视死如归的语气是想和我拼了吗？”

美景圆溜溜的大眼睛转了转，立刻换作一副温柔的笑脸：“作家大人，你要去‘小乔人家’吗？”

“嗯，晚上有场约会，六点到，你安排一下时间提醒我出发。”

美景点头，斟酌再三还是主动说出来：“作家大人，我的试用期结束了哦，那个……哈哈，我试用期的工资……哈哈。啥时候能给一下，哈哈，还有咱们说好了，正式录用以后工资是要上浮的，哈哈……哎呀呀，咱们两个的友谊如此深厚，突然提钱，我有些尴尬呢！你尴尬吗，作家大人……”

“不尴尬，我跟你本来就是雇佣关系，没有所谓的深厚友谊。”

热脸贴冷屁股，大概就是如此，美景已然习惯了他总是用冷屁股对着自己。

他们之间情谊是确确实实有的，但也确确实实不够深厚。在一起生活整整一个月，朝夕相对、形影不离，她觉得自己已经摸透了蔚青城的脾气。

这人，刀子嘴的时候豆腐心，豆腐嘴的时候刀子心。

“那个，咱们明人不说暗话，您就说吧，啥时候发工资吧！”

“看我心情。”

你懒、你馋、你矫情、你装神弄鬼赶我出去害我发烧，你毒舌、你欺负我，这些我都能忍，但你不给我钱，这我就忍不了了！

啥叫看你心情？要是看你心情好我才能发工资，那我得转世几百个回合才能领到钱啊？

要不是上八十老母、下有两岁小儿，我怎么会来受这冤枉气、费力地挣这点小钱？

你拖欠工资试试，我就让你见识见识美少女是怎么上天、怎么和太阳肩并肩的！

经过一系列愤青式的内心宣泄后，她十分沮丧地戳了一下米饭，无精打采道：“哦。”

“小乔人家”这么出名的餐厅，除了蔚青城这种绝对宅男，是个活人都知道。

约定时间为下午六点，美景下午五点就通知蔚青城出门，然后用了二十分钟来说服他亲自体验一下驾驶的快感。

“作家大人，你看啊，咱们这辆车，和驾校的不同。它这是自动挡的，它有多好开呢，就是你只要决定它是走还是停、它往左还是往右，一点技术含量都没有。”

“这个是刹车，这个是油门，挂D档，什么都不用踩，它自己就会走了，试试？”

“不。”

“试试嘛！”她急得直跺脚，有种对牛弹琴的感觉，还是特别倔的那一种牛。

“你越来越懒了，连车都想让我自己开，以后是不是还要我自己做饭、洗碗、擦地？”他冷漠地指责一句，直接坐上副驾驶座，“赶快给我上车，不然就给我永远地滚蛋。”

美景心里有一句话不知当讲不当讲——“拜拜了，作家大人！”

她最终没有讲，乖乖地上了车，乖乖地开去“小乔人家”了。

第四章
霸气表白

这是一家地道的中餐馆，装修如其名，小桥流水人家，别具一番风味，据说，原来只是两百多平方米的小馆子，后来扩建一次，把整排门面都买了下来，从远处一看很是气派。

大厅门口有假山、流水和小金鱼，光是那哗啦啦的流水声，听着就令人很舒服。

约蔚青城的人是他的图书编辑，大概是要谈一项特别难的合作，不然，以蔚青城这个话题终结者的性格，谁愿意和他面对面尴尬一顿饭的时间啊……

由于路上没有塞车，加上美景的驾驶速度有所提升，只用了十五分钟，他们就到了“小乔人家”。

203 包房里，美景坐立不安地摆弄手机，一副欲言又止的模样。

“你便秘吗？像条蛆虫一样扭来扭去干什么？”他手指轻搭在功夫茶杯的边缘，眉头紧锁，背后一幅巨幅水墨画更是将他衬得清冷、倨傲。

“咱在饭店呢，作家大人！一定要注意用词！文明一点！”

“我在问你话。”

美景笑得一脸讨好：“作家大人，等下你和主编聊的内容是不是属于保密性的啊，就是不能给外人听的那种？”

蔚青城沉思片刻，微微点了一下头：“应该是，不过，你不算外人。”

“我是！”她激动地答道，“我是外人！”

“确切地说，你不是人。”

“……我怎么就不是人了，我有鼻子、有眼、有胳膊、有腿的，我……”

蔚青城漫不经心地看了看她：“你现在不是人，顶多是我的……”他突然顿了顿，说，“手提包。”

“也行，那一会儿回家的时候，我不开车了，你要记得把我拎走哦！”

蔚青城没说话，只是冷冰冰地瞪着她。

他能这样一动不动地瞪她半个钟头，要不是因为呼吸起伏，她常常会觉得自己面前坐了一尊蜡像。

美景一边扭一边眯起眼睛笑：“嘿嘿，一动不动是王八！”

“滚。”

美景突然来了精神：“往哪滚？”

“爱滚哪滚哪，别让我看见你。”

美景腾地站起来，欣喜之情溢于言表：“不用你说，我这么懂事也是要滚的，毕竟，我一个外人，怎么能听你的商业机密呢，我可赔偿不起啊！那，我就先滚一步了！”她双手抱拳，挎起自己的小包，美滋滋地跑出包房。

没过一会儿，她又美滋滋地跑回来，打开房门，伸进来一个圆溜溜的小脑袋，笑眯眯道：“你们聊完吃完就给我打电话，我十分钟之内赶回来接你。”

没有蔚青城的世界是什么样子的？

美景站在“小乔人家”的大门外，45° 角仰望天空，深深地吸了一口来自大街上的汽车尾气，内心感慨世界如此美好、生活如此美妙，就差扯着裙摆原地转两圈了。

坐在二楼包房窗边的蔚青城，将她这场天真又弱智的表演尽收眼底。

美景已经整整一个月没有享受过私人空间了，这是一份一天二十四小时全年无休息的工作，这会儿，她就跟刚从监狱放出来了似的。

她立即拨通好友何培以及小 a、小 b、小 c、小 d、小 e 的电话，在短短的几分钟之内召齐包括何培在内的 6 名好友，大家十分钟后在“小乔人家”附近的商场见。

美景一路哼着歌向商场出发。

大部分时间，她都觉得自己十分接地气，比如，她和大部分女孩一样，喜欢逛街、爱臭美、喜欢 K 歌、喜欢和闺密三五成群地胡闹，再随机八卦一下周围的“白莲花”和“绿茶婊”。

只有面对蔚青城的时候，她才觉得自己贤良淑德、温柔体贴。

这是一个人人都需要为五斗米折腰的时代，她不仅要为五斗米折腰，她还有一屁股债。

先是外婆生病，家里的钱被花光，可外婆还是离开了，没多久，老爸也病倒了，家里四处借钱，该花的钱都花了，可人还是没能治好。

有时候美景会想，如果自己当初还能多借一点钱，或许老爸就能多活几天。美景现在还清楚地记得当初在医院里决定放弃的时候，她趴在老爸的床尾哭得手脚不听使唤。

其实，他躺在那里将近两个月没有醒来过了，可她宁愿四处去借钱，也愿意让老爸在那里躺着，总比现在强，她想看一眼，想叫一声“爸爸”，都找不到地方。

在那之前，她还是个任性的小姑娘，在那之后，她就跟变了一个人似的，突然可以成为家长。

如果可以，她当然想做自己专业对口的工作，哪怕是从最底层做起，拿着微薄的薪水被人欺压。可事实并不容许，她得还钱、得养家，蔚青城虽然很难搞，但艰难的工作，钱才多。

她距离商场只有三百米，以为自己会是最先到的，没想到还有比自己更快的，人家压根一整天就混在这里头，吃喝玩乐一应俱全。

看着何培跟小 a 两人手里拎着大包小包，美景心生羡慕，这要都是我的可多好……

大吃一顿是必须的，何培在商场里选择了一家泰国菜，大家一起点餐付款AA制，美景吃着饭、喝着汤舒服地慨叹：“都说自己做的饭最香，我是吃别人做的饭才香。”

“你现在是职业厨娘。”何培从美景的冬阴功汤里舀走一只虾，“要是不喜欢做，就不做了，干吗把自己逼得那么紧。”

“你养我啊？你替我还债啊？要不，你给我减免了欠你的那两万块？”美景塞了一嘴饭说。

何培笑笑：“哦，那你还是继续在那里工作吧！”

美景吃饱了擦干净嘴巴，看身边的小a正在涂口红，美景伸着脖子看了半天，伸手夺过来：“今年很流行这个色欵！我也试试。”

“跟你气质不符，给我试试！”何培也上来抢，美景一边躲一边抓紧在嘴唇上涂了两下，不服气地狡辩，“怎么就跟我的气质不符啦？就我这气质，绝对百搭！”

大家纷纷觉得，这么“女王”的颜色更适合何培才对。

“对了，美景，刚刚我们还在三楼看见遥远和系花一起吃甜品，系花笑得比糖精还甜呢！”小c说。

何培点头：“那下巴尖得跟鞋拔子似的，也不知道遥远哪根筋搭错了，抛弃美景这种小甜甜。不过，他就算喜欢御姐，这不是还有我吗？”她自信满满地撩一把长发。

众人一起翻白眼，美景不以为然：“谁说他抛弃我了，前天他还跑来蔚青城家里找我。”

一群好友异口同声地追问：“然后呢？”

美景撇撇涂满口红的小嘴，无奈地耸肩：“然后我发烧了，以为是幻觉，还二百五似的告诉我老板这个幻象是我前男友，再后来，我体力透支昏迷了，等我醒过来的时候，遥远已经不在了。手机上有一堆来自他的未接来电和短信，遥远躺在我的微信黑名单里。据他自己说的，我老板和他动手了。”

众人瞪大眼睛，没想到故事走向如此出人意料。

“真的假的？动手了？不能吧？

美景学着蔚青城平日的样子，下巴微微上扬，倨傲至极，语气波澜不惊却又透着一股瘆人的寒意，说道：“动手已经是客气了，要不是我不知道厨具都放在哪个柜子里，我动的会是刀，我有一百种切法等着他。”

“遥远这是什么意思呢？不会是把美景这个前任当备胎了吧，需要的时候扯过来蹂躏两把，不需要的时候一脚蹬开？”

美景不乐意了，像模像样地一拍桌子，动作很生猛，力道倒是控制得很好，声音不大：“开玩笑！好马不吃回头草！就算他遥远不是好马，我岑美景还不是吗！”

众闺密一起摇头：“你可能连马都不是。”

何培：“你会不会吃回头草不取决于你是不是好马以及是不是马，而是取决于遥远是不是款爷和富二代，他要是一张支票替你摆平债务，让你当牛做马你也会同意的。”

“这话不假。”美景撇撇嘴，“我就是一个爱钱如命的俗人，谁给我钱谁是我爸爸。”

“蔚青城。”好友提示。

美景重重地一点头：“对，我的作家爸爸。”

何培扑哧一声笑出来：“他要是你爸爸，那我的人生目标就是当你妈妈。”

美景耸耸肩，一副您开心就好的样子，她已经对何培说过不下十遍蔚青城到底是个多么奇葩的美男子，他霸道毒舌马后炮外加各种矫情，可架不住长相迷惑人心啊，就是把何培迷得不要不要的。

几个人聊得正欢，餐厅门口传来清脆的“欢迎光临”，美景没注意，是何培不经意地扫一眼，立即清清喉咙，刻意压低声音说：“历史上谁跑得最快？”

“曹操？”美景反问。

“前任跑得才叫快，冤家的路真是非同一般的窄。”她下巴向右前方一扬，众人顺势看过去。

是遥远，还有遥远的新欢系花姑娘。

美景当然知道他有了新欢，只是亲眼看见自己还很喜欢的男孩子，小心翼翼地呵护着另外一个女孩，还是很刺激人的。

杀人要是不犯法，美景肯定一飞刀扎在系花的脑门上。

这是赤裸裸的嫉妒，美景心知肚明。

夜深人静的时候，她问过自己，倘若遥远现在回头来求自己，并且发誓一辈子不再和其他人暧昧不清，一心一意待自己，她是否还愿意给他一次机会，毕竟自己喜欢了他十几年。

答案是否定的。一次不忠，百次不用，可以背叛你第一次的人，就可以背叛你第一百次，就算不背叛，也是出于畏惧，而并非对你真心。

当然，如果他真的特别有钱，可以改善她全家老小的生活，那也不是不可以考虑的。

“情侣运动鞋欸！”朋友趴在她耳边小声说。

美景瞥一眼，吸了吸鼻子。

这鞋可真丑。她想。

遥远为系花拉开椅子的时候，看到这边一群花枝招展的女孩子。

那一副被前任发现的表情十分精彩。

既然已经遇见，也不必躲躲藏藏，美景落落大方地挥挥手：“嘿。”

遥远尴尬地笑笑：“这么巧。”

何培在一旁讪笑：“对呀，无巧不成书嘛！新换的妞，挺美的啊，在哪儿找的？我弟弟还单着呢，顺便也帮我弟弟找一个呗！”

美景在桌子下面狠狠地踹了她一脚。

遥远更加尴尬了，脸色通红，美景连忙打圆场：“她你还不知道，嘴边没有把门的，别搭理她。”

何培不乐意了：“我这是嘴，不用把门。做人就要随心所欲，别人能随心所欲，我为什么不能？”

美景猛地回头瞪她：“老师没教导你该闭嘴的时候就闭嘴吗？”

“没有，但为了朋友可以插敌人两刀。”

两个人你一句我一句地呛起来，没人再理会遥远，很快何培就忘记她还要为美景插他两刀的事儿，一心一意地跟美景斗起嘴来。

倒是遥远，如坐针毡。

心虚的人才不安，美景心安，也无所顾忌。

她看起来很好，可是大家都知道她并不好。

商场六楼有一家KTV。饭后，几个聊得欢的姑娘非要继续下一场，美景看了眼手机，并没有蔚青城的消息，也就随大家一起上楼。临走前，她还很礼貌地跟遥远说了“再见”。

美景希望这句“再见”，是再也不见。

总不见的人，时间就会帮你淡忘。

说好不喝酒，但经不住软磨硬泡，算是借酒消愁吧，要不是还要活着带蔚青城回家，她真想一醉方休。

本来只打算喝一杯的，喝着喝着美景就找不到北了。她粗略一估计，喝了能有一桶吧，不然也不至于吐到昏天暗地。

这一个月来受到的欺压，以及一个月之前被劈腿的痛苦，被她一股脑吐进了马桶里。

等她想起来还有一个幼儿园的大朋友在等自己的时候，已经接近午夜。

手机上的时间显示为晚上十一点四十七分，并且有一个未接来电，美景吓得一激灵，手一滑，手机掉进马桶里，还是没来得及冲的那种马桶。

眼前天旋地转，美景在洗手间转了一圈，没想到办法，直接打开门冲外面喊：“怎么办！我的手机掉进马桶里了，还是没冲的那种！”

“直接冲下去得了！你那破手机我家狗都不舔！”何培一手举着麦克风一手扶墙，嫌弃至极。

“我还得用呢，怎么捞啊，都脏了！”

何培扶墙琢磨了一会儿，冲进洗手间，按下冲水按钮，美景尖叫着扑上去却已经晚了：“我的亲娘，你这是要作死吗！我穷到裤衩都要缝缝补补了，哪有钱买新的！”

马桶稀里哗啦地下水，脏东西一扫而空，只剩孤零零的手机卡在那里。何培伸手捏住手机边缘从马桶里拎出来：“看，这会儿冲得干干净净，你要是还觉得不干净，咱再洗洗！”说完她又把手机扔进洗手池，打开水龙头翻来覆去地冲洗起来。

美景绝望地看着伴随自己多年、与自己有着深厚情谊的小手机，眼看着它在马桶里被蹂躏一番又被闺密亲手折磨至关机，长叹一口气，抢回手机在何培的衣服上狠狠擦两把，回到包房背起自己的小包夺门而去。

朋友在她身后大喊：“岑美景，说好 AA 制的，你又逃单！”

美景头也不回：“何培帮我付我那份！今年全年的 K 歌钱都她给我出了！”

走廊里昏暗的灯光让人昏昏欲睡，她才走到电梯口，何培就追了出来，一把搂住她的肩，撒娇一样地说：“好美景，你一定要给我制造机会啊！万一我成为你的老板娘，以后你就跟着我吃香的、喝辣的，我保证到时候你的工资比现在翻两倍，还有还有，你可不能近水楼台先得月啊！一定要记住，我的钱你可以花，我的衣服你可以穿，我的男人，只能是我的男人！”

酒鬼嫌弃酒鬼，美景费劲地把她从自己身上推开，连连点头保证：“我对啤酒瓶子发誓，近水楼台打死也看不上你的月，要是我违约，你就……”

“我就一酒瓶子拍死你！”

“行行行！”

这算彻底告别，美景靠在电梯冷冰冰的镜子前，眉头紧锁，怎么也想不明白，一个人的颜值真的那么重要吗？何培完全不了解那个人，就决定以身相许，这样的爱情真的靠谱吗？

或许那根本不是爱情，只是对那张脸的一种迷恋，如果蔚青城长得像金角大王和银角大王那样，就算他得了诺贝尔文学奖，何培也不会喜欢他的。

想到蔚青城长得像金角大王和银角大王这件事，美景忽然就绷不住笑了。

电梯里的其他人看神经病一样看她，仍是阻碍不了她内心上演的小小的恶作剧。

整个人都像踩着棉花糖，轻飘飘的，来时几百米的路回去时显得很长。

远处“小乔人家”的门灯已经熄灭，只剩高高的牌匾上亮着几个醒目的大字。

她还记得刚刚看手机时那个未接来电打来的时间，是九点多。

也就是说，蔚青城已经等了她将近三个小时！

远远地，那辆白色越野车孤零零地停在“小乔人家”的门口，再往近一些，一个孤独清瘦的身影靠在车门处，45°仰望天空。

这种情景少不了一支在暗夜里忽明忽暗的香烟。

蔚青城很少抽烟，家里面几乎闻不到任何烟味，也看不到任何烟灰和烟蒂，她只知道抽屉和衣柜里有烟，并且在逐渐减少，或许他总是在这样夜深人静的时刻配合45°仰望天空的姿态抽上两支。

午夜的风有些凉爽，她用力捏了捏自己的脸蛋，以便自己可以更加清醒地去面对即将到来的黑暗时刻。

当与他仅有一条马路相隔时，美景就已经开始道歉，一边快步横穿马路：“对不起啊，作家大人，太对不起了，我的手机掉进马桶里了，我以为没坏呢，结果它不响了！”

事到如今，先撒个小谎解决一下燃眉之急！

因为人晕晕乎乎的，加上注意力全集中在蔚青城一个人身上，美景没有注意到远处一辆出租车飞快地驶过来。

先是车灯飞快地闪烁，再是紧促地鸣笛，美景当即吓傻了，两只眼珠瞪得快要和车灯一样大，这腿就怎么也不听使唤了。紧要关头，是蔚青城一个跨步窜到马路上，一把揪住美景胸前的衣襟，生猛地将她拉向自己。

美景只听到砰的一声，就开始紧紧闭上眼睛不停地发抖。

她没有被车撞飞，而是死死地撞在了蔚青城的怀里，她已经无暇思考这胸膛是否坚硬、是否温暖，只知道自己大难不死八成会有后福。

当然，她也没有注意到，此刻的蔚青城比她紧张千百倍，手臂僵硬地环住她的身体，身体也在微微地颤抖着。

直至下一辆出租车经过他们身边时鸣笛，两个人才缓过神来。

美景扬起下巴露出一副楚楚可怜的样子，她以为，蔚青城会对她破口大骂，不是因为她失约而是因为她差点因急着赴约而失去生命，可他只是冷眼看着她的眼睛，一言不发。

蔚青城并非没有说话，而是在等美景先开口，他想听听她为什么迟到，并且一身酒气地在自己面前寻死。

天晓得美景的脑袋瓜里都在想些什么鬼，就在他以为她要哭着道歉的时候，她却扑通一声坐在地上，死死地抱住他的大腿，撕心裂肺地痛哭："作家大人，我差一点点就死掉了！就差一点点，我就再也不能陪在你和儿子的身边了，再也不能给你洗衣、做饭、打理房间了，再也不能被你欺负了！一想到让你孤零零一个人生活在那栋闹鬼的房子里，我的心就好痛、好痛！我舍不得你！让你一个人生活，我会心疼的……呜呜，我不怕死，只怕我死了，你一个人不能很好地生活，呜呜……"

蔚青城："……"

她大概这样呜呜哇哇地哭了十来分钟，喉咙也有些嘶哑了，才自己停下来，心里还不停地念叨着，蔚青城这个冷血的家伙，也不说点话安慰我，真是应了薛之谦的那首歌啊——该配合你演出的我演视而不见。

"哭够了吗？"

"哭够了。"

"站起来。"

"好的。"

美景站起来拍拍屁股上的灰尘，认罪似的低着头不说话。

"我们在一起，现在开始。"他倨傲地宣布。

美景眼角还含着泪花，懵懂地抬起头，鹅黄色的路灯下，蔚青城好看得就跟电影里的定格画面一样，别说她喝了酒，就算她没喝酒，对于蔚青城的这句话，也是很难准确无误地理解的。

"等等。"她从包里掏出面巾纸，转身背对着蔚青城擤鼻涕，再回过身来时，原本就哭红的小鼻子就更加红了，红得很滑稽，"作家大人，你刚刚说的话是什么意思，我没听懂。"

"我说，我们在一起，从现在开始。"他波澜不惊地重复。

美景眨了眨眼，长睫毛扇子一样忽闪忽闪，好几秒以后才回过神来，美滋滋地挽住他的手臂，一脸开心地点头：“对！从现在开始，我们就不分开了，您大人有大量、既往不咎，而我以后再也不会失约了！”

蔚青城知道她没有听懂自己的话，可他并不想解释。

他也不知道该如何解释，这感情来得太莫名其妙。

说一见钟情不是，说日久生情也不是，就像睡梦中突然腿抽了筋，来得毫无预兆、猝不及防。

他只知道这近三个小时的等待令他心焦，她不接电话、不给他回电话，也令他心焦。本以为她出现的那一刻，他会有想骂人的冲动，不料，他居然是满心欣喜。

他是在突然之间发现自己喜欢美景的，又在突然之间面临要失去美景。人们不是常说，要失去的时候才发觉一直拥有的有多可贵，所以，那一刻，他也顿悟，原来美景可贵。

他没有推开美景的手臂，继续保持自己高冷的态度，下巴微微扬起，以便避开她浑身的酒气：“你喝了酒，我们怎么回家？”

美景惊讶地瞪大眼，一脸不可置信：“天噜啦，你怎么知道我喝了酒？”

“天噜啦是什么意思？”

“这不是重点，重点是你，怎么……知道，我……我，喝了酒！”不等蔚青城回答，她自己就不争气地打了个酒嗝。

“你要是看得见自己刚刚是怎么扭过来的，再闻得到自己身上的味道多恶心，你就不会有这个疑问了。”

“哦哦，这么明显呀……”紧张的情绪释放过后，眩晕感加倍而来，她一边掏车钥匙一边说，“你不会就一直站在这等我吧，你倒是坐在车里等我啊。哦，不对，车钥匙在我这里，看我这记性……”

她撅着屁股爬上后座，一边酒意浓重地和他嘟囔着：“我先休息五分钟咱们再打车好不好呢？你看我就说，你应该学开车的，像这种特殊情况……”

“你不应该有特殊情况，照顾我，是你的工作职责。”他板着脸站在敞开的车门口，双手插着口袋，不悦地反驳。

“我当然知道呀！用得着你提醒？我还没喝醉好吗？我可没有让你反过来照顾我的意思，我的意思是，如果万一不小心发生今天这种情况，你可以自己开车回家嘛！我是不会介意你把我一个人扔在大马路上的。”

说完，她还带着一股娇气地甩掉脚上的高跟鞋。

蔚青城下意识地侧了侧身，以免被她的鞋子砸到：“没想到你还很无赖，学会恶人先告状。你要弄清楚，岑美景，是你先把我一个人扔在大马路上。”

美景困极了，连声音都变得含糊起来：“对不起嘛，可是无论怎么样，我都会回来把你接走的啊。我们不一样的，你要是走了，就真的走了，我……”不等啰唆完这句，她就直接睡了过去。

蔚青城深吸一口气，沉默片刻后，也上了车。

他不会开车，但启动他还是会的，打开车窗后，他也钻进后座，拖麻袋一样把她半抱起来。

想起现在的美景已经升级为他喜欢的人，不能当麻袋拖来拖去，于是放缓了动作，以后于美景，都要温柔以待，这就是自己人和旁人的区别。

抱大腿这个睡姿让美景在梦中安全感倍增，她的睡颜也显得格外甜美。

蔚青城的侧影在高高的路灯下显得有些模糊，在马路对面昏暗的树丛里，何培清清楚楚地将这一切看在眼里。

在此之前，她的人生从未这般绝望过，颈间锋利的匕首已经不知道第几次划过她细嫩的肌肤，膝盖因为跪在枯树枝上磨破皮，痛到麻木。

何培不过是不放心自己醉酒的闺密在夜里独行，一路跟过来想看着她安全到达，却意外地被藏在矮树丛里的坏人拉进来，连呼救的机会都没有，冷冰冰的刀锋就直接抵在她的颈间，直接将她按在地上施暴。

顺从或者死，她选择了后者。

如果不是美景提前过马路跑向蔚青城，可能现在跪在这里的人就是她。

没有办法做到不恨，没有人会爱一个朋友爱到宁可牺牲自己的一生。

何况是一个欺骗了她的朋友。

难道不是说好了，不会近水楼台先得月？那刚刚和现在，又算什么呢？

为这样的美景，真不值，跪在这里的，就应该是她。

次日清晨，靠在椅背上睡了一夜的蔚青城先醒过来，他睡眼蒙眬地低头看一眼美景，顿时被吓得彻底清醒。

现在是蚊虫泛滥的季节，一夜没关窗，车内飞进不少蚊子。他这人很奇怪，从小到大就跟被蚊子屏蔽了一样，可他忘记了美景不是，这会儿美景裸露在外面的手臂和脸蛋上，全是红肿的小包，夜里她肯定不老实地乱挠过，才会变成这样。

如果照镜子，她会惊声尖叫出来吧……

腿早就麻木了，他试图把她的头挪一挪，美景就跟诈尸一样突然睁大眼睛醒过来："天哪，我忘记接矫情的蔚爸爸了！"

矫情的蔚爸爸眉头一挑，目光冷到让她怀疑人生。

美景嘴巴半张，眨了眨眼，脑海里浮现三个疑问——我是谁？我从哪里来？我要到哪里去？

断了片的记忆慢慢恢复，她惊悚地坐直身体，看清当下的形势后，尴尬地清了清嗓子："那个，我，昨天，嗯，就是……"

腿上突然轻松起来，蔚青城调整坐姿，手肘搁在车窗处，冷冷地斜视她："矫情的蔚爸爸，是什么意思？"

"嗯？什么？你在说什么？我刚刚是这么说的？"她故作一脸天真，"你听错了，我做梦梦到玩游戏，游戏里有一个buff，我们都叫它蓝爸爸，蔚蓝色的，爸爸……"

似乎很牵强。不用他说，她自己也深深地感觉到了。

两人大眼瞪大眼，互相看了好一会儿，眼看着美景就要张嘴说话，蔚青城先发制人："闭嘴，宿醉的口气实在让人反胃。"

美景捂着嘴巴灰溜溜地爬到驾驶座位上，发动汽车带他回家。

胳膊上的小红包奇痒难耐，挠着挠着，脸蛋和脖子也跟着痒，她扳动后视镜看了一眼，险些没从天窗直接窜出去。

这条街的蚊子也太欺负人了，把自己叮得跟过敏似的，和自己一样在车里睡了一夜的蔚青城却全身而退，脸上什么也没有，难道是他皮肤太滑，蚊子站不住脚？

除了揉揉脖子，蔚青城一路都没怎么动过。美景时不时地通过后视镜瞄他，大概因为没有休息好，他的肤色略显苍白，眼睛下面还有了淡淡的黑眼圈，淡粉色的唇也微干，整个人看起来都很憔悴。

即使憔悴，也好看得一塌糊涂，难怪何培那么中意这个人。

“你在偷看什么？”他犀利的目光突然在后视镜里将她锁定。

偷窥被发现难免尴尬，美景的脸蛋飞快地红了起来：“我没偷看，我是光明正大地看，再说，你长得好看不就是给别人看的吗？你要是不想给别人看，你用丝巾把自己围起来就好了。”

“强词夺理。”他冷哼一声，“不过，没毛病。”

电梯里，蔚青城双手插着口袋看镜子里憔悴的自己，又看了看美景的后脑勺，头发乱糟糟的一团，内心又忍不住嫌弃：“你根本配不上我。”

美景正低头研究自己掉过马桶的手机，一头雾水地抬起头：“这话虽然不怎么好听，但是在理，我确实配不上你，云泥之别吧，可以这么说。不过，配不上就配不上，我也没想配呀，其实，我告诉你啊，作家大人，门当户对的爱情过起日子来才没那么辛苦，真的。”

从蔚青城不以为然的表情里，她读懂了一句话：他的世界里没有人与他门当户对，更加没有人能与他相配。他娶谁，那都是纡尊降贵。

美景突然想起何培，面露三分谄媚，阴阳怪气地笑两声：“我给你介绍个对象，怎么样？”

话音刚落，就见他伸手狠狠地戳了一下她的额头，美景猝不及防，哐当一声撞到电梯壁上，一脸茫然：“君子动口不动手，你几个意思？”

电梯停下，门自动打开，他冷冷地瞥她一眼：“一嘴的酒味，我下不去口。”

美景挠挠眉毛，继续茫然地跟在他身后：“什么叫下不去口，难不成你还要用嘴打我……”

回到家里，美景规规矩矩地在沙发上坐好，端庄得跟蜡像一般，蔚青城随意地横躺在沙发上，对着天花板发了一会儿呆，扭头看向偷偷摸摸挠胳膊的美景：“你是想让我铭记你此刻丑陋的模样吗？”

美景摇摇头：“不是，我这不是等着受审嘛！你要打、要杀都趁早来，我可不想提心吊胆地工作……”

蔚青城挑眉，直直地盯着她看了好一会儿，回想起昨夜她抱着自己的大腿号啕大哭、撒泼打滚的模样，跟如今乖巧的小女孩真是判若两人：“我没什么想问的，也丝毫不好奇你去哪里鬼混了，你最好立刻马上去洗澡、刷牙、换衣服，你的味道熏得我头疼。”

一声气吞山河的“遵命”之后，美景消失在客厅。

第五章
三个女人一台戏

何培的事，是三天以后，美景从电视里看到的。

她的手机跟马桶水火不容，彻底报废，自己刚刚把钱汇给母亲，也没什么积蓄来买个像模像样的手机。除了偷偷用蔚青城的手机给母亲打过一个电话外，她基本处于与外界失联的状态，如果不是她一时无聊打开本地的新闻台，不知还要多久才了解到何培的不幸。

她手里正端着一碗刚熬好的龙骨汤要给坐在沙发上的蔚青城，手指突然就没了力气，砰的一声，整碗热汤悉数倒在他的脚边，还好只是有几滴汤溅到他的裤脚上。

蔚青城不悦地皱眉："你越来越放肆了，不想干就不干，怎么还倒在这里了，这是给我上坟吗？"

美景低头看看面前的地毯和碗，又抬头看了看电视，就算眼睛打了马赛克，她还是能一眼就看出电视里的受害者是何培，可她希望那不是。

抽风似的扑到蔚青城的身边抢走手机飞快地按下何培的号码，美景深吸一口气，告诉自己要冷静，一定要冷静，也许那个人只是刚好长得像何培呢！

您拨打的用户已关机！

关机！

美景双眼瞪得跟灯笼一样大，恨不得把他的手机盯穿，直接顺着信号爬到何培的身边。忽然，手中一轻，蔚青城从美景手中轻巧地抽走手机，顺便瞥了一眼电视："别告诉我你是刚刚那起强奸案的目击证人，打算向电视台提供线索。"

美景没心思和他周旋，伸手去抢手机，他高高举起，她就跳上沙发："借我用用！我有急事！那个人好像是何培！"

"何培？"他听这名字耳熟，又想不起是谁，"你说的是受害人还是记者？"

美景继续扑，他一个闪身向后退开半步，美景直勾勾地从沙发上栽了下来，就像接抛过来的麻袋一样，他一把将美景搂住，顺便在她长长的睫毛上亲了一口。

一波未平，一波又起，美景还没有从在电视上看到何培的震惊中缓过神来，就被这个莫名其妙的吻给吓到僵硬。

他是故意的？他不是故意的？他到底是不是故意的？

上一秒还被他抱在怀里的美景突然触电似的弹起来，捂住自己被吻过的左眼，满眼惊恐，就好像刚刚不是被亲了，而是被他狠狠地打了一拳。

"你……你，我……我，你……你是不是亲错人了？"

"？？"他鄙夷至极，"这里还有其他人选吗？"

美景急得眼泪都快掉下来，狠狠一跺脚："你别闹了，我真的有很重要的事！你再闹！"

蔚青城眉头轻轻一挑："怎样？"

"你再闹，我就不给你做火辣辣的水煮肉片、辣子鸡块、杭椒牛柳等一切有辣椒的菜了，饿死你算了！"

"很好，岑美景，你威胁了我。"他很不高兴地递出自己的手机，一脸恩断义绝的模样。

美景躲到窗边去给另外的好友打电话，对方听到美景的声音立刻就炸了："美景，你终于活过来了！何培出事了，你知道吗！出大事了！那天你走以后，没多久何培就跟了出去，说不放心你一个人，然后她就再也没回 KTV。第二天我去找她，才知道她在半路被人强奸了……"

"强奸"这两个字跟"杀人放火"一样，一直只存在于美景眼中的新闻里，遥远到她从没想象过这会儿出现在自己身边，最要命的是，发生在她最要好的朋友身上，而其中的缘由，她是脱不了干系的。

美景很慌乱，心脏扑通扑通地跳个不停，甚至无法集中精神继续听她说下去：“她现在怎么样？她还好吗？她在哪？”

“很不好，快要崩溃了，在市一院……”

“医院？她受伤了？伤到需要住院？人抓到了吗？”

“她割腕了……”

哐当一声，手机落地。

刚刚回到书房的蔚青城听到声音又折回来，走到美景面前拾起手机，看到满是裂痕的屏幕后，眉头紧锁：“摔碗不过瘾，还要摔手机是吗？”

美景不知该怎样形容此刻的感受，身体一阵一阵发冷，身上的汗毛一根一根竖起，震惊而恐惧，难过又迷茫，大脑一直停留在“自杀”那两个字上。

肢体突然变得迟钝起来，她呆呆地和一脸嫌弃的蔚青城对视片刻，慢吞吞地道歉：“对不起，摔了你这么贵的手机，看在我为你当牛做马的分上可不可以不让我赔了……”

此刻的岑美景，就像悬崖边上一朵摇摇欲坠的小花，好像随便一阵风就能把她吹倒似的。

等待良久，蔚青城迟迟没有开口，美景正要重复，就听到他无情地拒绝：“不可以。”

“为什么！你怎么这么小气！”

“你给我当牛做马是白做的吗？”

“不是……”

“那我为什么要让你白摔我的手机？”

美景的心情差极了，她一点也不想和他胡搅蛮缠下去。她长长地叹了一口气，安静地走回厨房拿来扫把和抹布，把碎掉的碗、洒尽的汤都收拾干净，又重新给他盛好一碗龙骨汤：“我要请一会儿假，有很重要的事情，会赶在晚饭之前回来的。”

说完，她就回到那个从来没睡过的客房去换衣服，准备去何培那里一趟。

美景满心想的都是该如何安慰和面对何培，已经无暇顾及他会不会不高兴。

蔚青城跷着二郎腿坐在沙发上看一本英文原版科幻小说，这是他最欣赏的一个科幻作家写的，没有美景的时候或者美景在默默地围着他前后忙碌的时候，他可以专心地阅读一整个下午，完全沉浸在作者非凡的想象力之中。现在美景这副心不在焉的样子把他也带进沟里，他无法全神贯注地阅读下去，视线随着她飘来飘去。

美景回到房间后，他将书扔到一旁，起身大步走向她的房间，招呼也不打一声，径直推门而入。

美景刚刚脱掉自己平时穿的居家运动衣和运动裤，此时身上只有一身纯白色的蕾丝内衣和内裤，一条腿上套着牛仔裤，正穿到一半。他的突然闯入，令她措手不及，一时之间不知道该怎么躲、往哪里躲。她一边飞快地穿着裤子一边慌张地逃避，咚的一声，屁股撞在柜子上，软软的屁股又把她弹回来，再一次，咚的一声她单膝跪地，疼得直冒冷汗。顾不上揉膝盖，她抓起床边的运动上衣直接捂在胸前。

“不用捂了，我已经看完了。”他悠闲地插着口袋，肩膀轻轻地倚靠在门边，语气十分坦然，仿佛看到的不是活色生香的一幕，而是一筐大白菜。

她岑美景长这么大还是头一次见有人耍流氓还耍得如此理所应当、理直气壮！

“看完了就赶快出去呀！”她有些气急败坏，还是慌张得哪里都想遮住。

“没看够，要再看一会儿。”他仍然保持着那副理所应当的态度。

美景感觉自己又要阵亡了，貌美到近乎不食人间烟火的男人到底是怎样做到如此厚颜无耻的？

“凭什么你没看够，我就要给你看？你这是耍流氓，你知道吗！”

“我在我自己家里看我自己的人，叫什么耍流氓？”

“你的人？”美景圆润的小脸皱起来，自己怎么就成他的人了？如果他的员工也要定义成他的人，这话没毛病，“什么你的人我的人，女孩子换衣服，就算你是老板，也不能偷看！”

“我并没有偷看，是光明正大地看。”

“光明你个头！”

蔚青城十分不悦，他觉得美景近来越发放肆了，有时候甚至分不清谁才是这个家的主人，虽说她现在已经升级为他喜欢的人，但这并不代表她就可以提升家庭地位，就像儿子，一日是他的宠物，终身都是。

“很好，岑美景。”

“好你个头！”美景气呼呼地怼回去，抱着衣服单腿跳到他的身边，豁出老脸用身体狠狠地撞向他，“你给我出去，出去、出去、出去、出去！”

蔚青城大概没有料到美景会有尥蹶子这一招，迷迷糊糊地就被推了出去。

美景关上房门，用力地拍了一下门把手，小声地嘟囔着：“你们家穷得连个带锁的门把手都配不起了吗！”

为了防止蔚青城再次冲进来，她是倚着房门穿好裤子，又飞奔向衣柜拿出衣服飞奔回门后倚着门穿好的。

挎上自己的小包，她清了清喉咙，一脸严肃地打开房门，仰着下巴背着手，走到站在落地窗旁的蔚青城身边，一本正经地教育道：“作家大人，有一件事，我必须郑重地告诉你——男女有别，虽然我们有了非常深厚的革命友谊，但是，你还是应该尊重女孩子的隐私，进女孩子的房间前，应该绅士地敲门，在女孩子换衣服、上厕所、洗澡等时候，如果不小心闯入，要真诚地道歉并且绅士地退出，这是品德问题、是教养问题，你晓得了吧？”

她明明长着一张娃娃脸，还要摆出一副老气横秋的模样，看起来还挺滑稽的。

美景的衣品很好，至少关于她对衣服的审美，蔚青城是没有什么异议的。她不喜欢花里胡哨的东西，衣服的颜色虽没有特别的限定，黑白的或者其他色彩，都是剪裁简单而利落的款式，像现在这样，穿上牛仔裤就会搭配简单的白衬衣，领口绣了一朵小花，简约又不失俏皮。她这样干净而富有朝气的模样，他是喜欢的。

美景见他不说话，忐忑地咳嗽一声：“好了，今天的思想教育课就先上到这里，下课。”

她继续背着手，准备大摇大摆地离开这里，才走三步，就被他拎小鸡一样揪住衣领拽了回来。

美景一边尴尬地挣脱，一边逞强道：“道歉就不用了，我原谅你了！”

“你又开始自顾自地上演弱智戏码了，让我道歉，你做梦都梦不到。”他顺手扳过美景的身体，让她面对自己，“关于你请假一下午这件事，我慎重地考虑了一下，现在给你答案。”

美景屏住呼吸等待，顺手将有些凌乱的发丝别在耳后，两个人就这样大眼瞪小眼地瞪了半天之后，他突然冷酷无情地说：“不批准。”

美景深深吸了一口气，心中有一句骂人的话不知当不当讲，上下来回扫视他两圈，见他牛高马大、身强体壮，打不过，算了，还是不讲了。

委屈来得有些措手不及，美景突然就红了眼眶。她什么都没说，分外冷静地扭头看向落地窗外，对面高楼耸立，这些宏伟的建筑物看起来与渺小的她格格不入。

蔚青城抬起的手掌在空中微微停顿了一下，似乎在寻找合适的落掌点，最后，两指并拢，狠狠地戳了一下她的额头：“摆出一副视死如归的表情给谁看？”

他这样一推，美景绑得松松的丸子头就随着她的脑袋一晃。

蔚青城似乎发现了新的乐趣，接二连三地戳她的额头。

脑子里的悲情瞬间消失，她愤怒地抓住再次伸到自己面前的魔爪：“你不要欺人太甚！我也是会武功的，我跟你讲！”

她的手指圆圆的细细的，此刻有些微凉，蔚青城的视线停留在她葱白的小手上，忽地就心生喜欢，故意与她纠缠：“你会什么武功？醉拳吗？”

“你有没有听过一句话，所谓——”

“没听过。”他及时打断。

美景四肢发抖、七窍生烟，怒吼道：“我还没有说完，你让我说完！”

“我不想听。”

“我偏要说！”

“说。”

这一步退得太突然，美景一时间没反应过来，明明已经做好了跟他死磕到底的决心，谁知道他立场如此不坚定，压根没按常理出牌。

“快说。”他耐心渐失。

美景甩开他的手，接着自己的话说：“打人不打脸，说人不说短！”

“怕人说你短，就做到无短可说。”

虽然很没面子，但是他的话确实很有道理。

一想到自己这样一个机智聪慧的美少女竟然被蔚青城这种吃喝拉撒都不能自理的人给教训了，美景的心里多少会不舒服。

她正了正衣领，深吸一口气，郑重其事道：“作家大人，除了那次喝多了我没有守约，任何时候我都是说到做到的，我今天是真的有事情。我最要好的朋友受伤住院了，我难道不应该去看看吗？换作你，你不会去吗？”

蔚青城理所当然地一点头：“不会。”

“你这叫薄情寡义！人情味儿是个好东西，可惜你没有。”

他继续点头：“你有，所以你适合当保姆。”

美景：“……”

岑美景最终还是离开了蔚青城的家，在经历种种谈判失败之后，她选择以死相逼。她指着落地窗台告诉蔚青城，要么让她从这个门出去并且不反锁门，让她晚上能回得来，要么她就从这里跳下去，永远都回不来。

美景认为，这是破罐子破摔的行为，不见得有用，但试试无妨，万一有奇迹发生呢！

结果，还真有。

临走之前，她收回了刚刚对蔚青城的刻薄评价，他不是没有人情味儿，只是少了一点，至少他还在意她的死活。

美景走后，蔚青城一个人站在落地窗前久久不曾挪动，只是左边看两眼，右边看两眼，最后掏出手机给表哥打了电话。

对方连招呼都不打，上来就数落他：“怎么？助理又跑了？你是用人还是吃人？”

蔚青城无心应付他的揶揄，开口便说：“找个人来把阳台封死。”

电话另一端的陆骁沉默片刻，问：“怎么突然有这种想法？发生什么事了吗？”

“并没有，仅仅是防止有人跳楼。”听筒里突然传来女孩尖锐的尖叫声，歇斯底里的，蔚青城被震得耳朵疼，把手机挪向一旁，保持一定的安全距离，问，“一把年纪了，你要玩出人命吗？”

陆骁低低地骂了一声，匆忙地挂断了电话。

陆骁从没有过这样稀里糊涂地挂断过他的电话，就像美景从来没像今天这样无法无天，他皱了皱眉，有点怀疑人生。

这样一个静谧又惬意的下午，他却总是无法静下心来看书。他想去浇花，走到阳台却发现花的土壤很湿润，显然是浇过没多久，儿子从房间懒洋洋地走出来，像一只毛绒绒的大肉球，来到他的脚边蹭了蹭。他立即俯身将它温柔地抱起，一边摩挲着它一身的长毛，一边和它抱怨：“你妈太过分了，连花都浇完了，现在在这个家里，除了摸你，我完全无事可做。”

儿子抬起肥嘟嘟的大脸，嫌弃地喵了一声，似乎在对他说：你越来越无耻了，好像我妈不在的时候，你除了摸我，还做过别的家务事一样。

不过，蔚青城没有闲心去分析一只肥猫到底在想什么，他靠在沙发深处，安静地做着一件意义重大的事——等她。

医院距离蔚青城的家有些远，美景坐完地铁还要小跑一段距离，跑着跑着丸子头就散开了，黑色的长发在背后随风晃荡。

她冲进医院楼下的超市，买了一个打扮好的果篮，又到旁边的鲜花店买了一束百合，再次风风火火地小跑起来。

医院很大，她第一次来这边，辗转几次才找到何培的病房。

干干净净的四人间，里面只有何培一个人，美景推门而入时，她正望着窗外出神，手腕上的层层纱布就像针一样刺在美景的眼里。

“何培……”她放下手里稀里哗啦响的果篮和鲜花，有些局促地坐在床沿，轻轻地握住她的手指，满怀愧疚地说，“对不起，我手机坏了，才知道你住院了，就来得晚了一点。你怎么样？有没有好一些？”

直到她将这一长串的话讲完，何培才慢吞吞地转过头来，平静的眼眸渐渐翻起仇恨的波澜，眼眶微微泛红。

她这副表情看得美景心里很难受，自责和心疼蜂拥而至，也跟着红了眼眶。

相视良久，何培动了动双唇，她似乎很久没喝水也没讲话了，开口的瞬间，下唇裂出一道小口子，渗出鲜红的血液。美景急忙去柜子上抽纸巾，帮她擦了擦，又将床头的矿泉水打开递到何培的嘴边，可她没有喝水的打算。

她的声音干哑到令美景感到陌生：“美景，我一点也不好。”

这还是平日里生龙活虎的何培吗？她的朝气和洒脱全然不见了，这样的憔悴、不堪，看着太令人揪心，美景鼻子一酸，眼泪就簌簌落下。美景一边哭，一边安慰她：“会好起来的，你肯定会好起来的……”

何培的眼里始终挂着泪，却怎么也不肯往下掉，她弯起嘴角淡淡地微笑道：“我好不起来了，美景，我这辈子都完了，全都完了。”

“你胡说什么呢！不会完的！一切都会过去的，总有办法过去的！”美景激动地扯了扯她的衣袖，不知道是在安慰自己，还是在安慰对方。

何培抬起受伤的那只手，轻轻地搭在美景的手腕上，这令美景一动不敢动。她一脸向往地对美景说：“如果我告诉你，只要你死了，我就会好起来，我就会忘记我是因为去找你而被一个精神病人强奸，我就会忘记撕心裂肺却不敢呼救的痛苦，也会忘记你跟蔚青城你侬我侬的样子，我就会健康快乐起来，会变回原来的何培。美景，你愿不愿意为了我去死？”

新一轮的泪珠正悬在眼眶来不及掉，美景的悲痛之情已然被她这一番令人惊讶的话打断。

“何培……”

何培突然歇斯底里地大喊一句："你愿不愿意去死！我问你愿不愿意为了我好起来去死！"

下唇上裂开的口子更大了一些，渗出鲜红的血珠，美景被她疯狂的模样吓得缩起肩膀，愣愣地看着她："我不死，我死了你会想我的。你以前和我说过的，我要是死了，你自己都不知道怎么熬到老。我死了，你挤对谁去，我死了，谁帮你追蔚青城……"

"可是，我现在巴不得你死，巴不得被强奸的人是你！"

本是令人讨厌的话，现在在美景听来，只会更加加深她的愧疚。

那天，她要是老老实实地待在门口等蔚青城，没有张牙舞爪地把小伙伴都聚在一起，那这件事也就不会发生。又或者，她没有喝醉，早早地回去，那也不至于让何培走上深夜的无人马路。

平日里，美景也会觉得自己是个伶牙俐齿的小姑娘，这会儿她的嘴巴就跟啃了一嘴木屑似的，连张开都费劲，更别指望它能说出什么好听的话了。

不过，就算是再好听的话，大概也安慰不了何培了。

美景从没想过自己与何培这种打小穿一条裤子，连裤衩都能穿同一条的交情，会害怕空气突然安静下来。

气氛有些尴尬，正当尴尬的时候，靠门位置的床上忽然有了动静。

被子被掀开，一个精致消瘦的女孩子慢悠悠地坐了起来，一头灰紫的齐颈短发，发梢打着波浪卷，此时被蹭得蓬乱，一双眼睛又黑又亮，面容十分俏丽，只是显得有些懒洋洋。

"吵完了吗？没吵完，你们就接着吵，吵完了，就闭好嘴巴，不要再发出声音了。"她的声音也懒洋洋的，却很像二十世纪八九十年代香港片里的女主的配音，带着一股莫名的倔强。

何培没有搭对方的话，斜着一双眼睛仿佛与之有杀父之仇一般瞪着女孩。

美景看看那个小姑娘，又看看何培。她经历过不幸，但失去至亲和失去自己完全是两码事，纵使她难过、心疼也无法完全站在何培的角度去体会何培的感受，她也无从知道，这样的不幸，到底会改变一个人的性格与命运多少，只是何培的眼神……

这种极端又厌恶的凶狠眼神，是何培以前最讨厌的，没想到如今会出现在她自己的脸上。

“你看什么看？”女孩伸了个懒腰，挠挠头，“我说错了吗？两个老女人聒噪个没完，烦不烦？”

老女人！美景顿时感觉自己心中燃起一股洪荒之力，她才二十三岁，正是貌美如花的时候，怎么就变成聒噪的老女人了！

聒噪与老女人这两个词根本和她不搭边！

这会儿连美景也一脸与之有杀父之仇般瞪了回去，不过，她要克制，因为这毕竟是何培的病友，抬头不见、低头见的，万一等她走了，对方趁何培睡着之际给她下毒就惨了。毕竟，这个小姑娘一看就是个叛逆的太妹。

女孩腾地从床上跳下来，美景顿时将何培护在身后：“你、你，年纪轻轻的，大家都是病人，不要冲动！”

眼看对方还有两步就要走到她的跟前，美景当即选择站了起来，在气势上不能被欺压，这是她玩游戏时一贯保持的原则。不过，这懒洋洋的姑娘个子有点高啊，少说也得有一米七二。

不等她开口，人家小姑娘已经长臂一伸，扯着她的胳膊将她甩到一边，看都不看她一眼，一只脚豪迈地踩在何培的病床上，手肘往膝盖上一撑，直指何培的鼻尖：“你这人看着怎么这么讨厌？听你说话也很讨厌，你看什么看，不服气吗？”

美景觉得特别挫败，自己连腰都叉好了，对方压根没把自己当根菜，她走上前打算继续保护何培，刚一靠近，小姑娘一个转身狠推她一把：“站一边去。”

何培冷冷地哼了一声：“刚才在病房里大吵大闹的人不是你吗？你不睡觉全世界的人都不能睡，你睡觉的时候我就要变成死人，什么道理！”

美景一边揉着被推疼的胸，一边愤愤不平地站到两人的中间：“我看你是病人又年纪小，不和你计较，不要以为我真不敢动手打你。对付熊孩子我可是很有一套，你要不要试试？”

女孩盯着美景看了半天，看得美景后背发凉。她慢悠悠地收回脚，站直身体，挺起胸脯，下巴微扬，好好的病号服不好好穿，胸前的扣子开了一半，里面连个小背心都没有，身板虽然单薄，却不妨碍人家发育出一对丰腴的胸，这满眼白花花的肉，看得美景一个姑娘家都忍不住脸红。

“你是弱智吗？”小姑娘问。

“……”美景决定用犀利的眼神回应她。

小姑娘不屑地嘲讽道：“我最瞧不起的就是这种为朋友两肋插刀后又后悔的大尾巴狼。”她一脸敌意地偏头盯着何培说，“说你呢，别装了，不就是被人强奸了吗？一把年纪了，肯定又不是处女，有什么好要死要活的？就算你是因为朋友被傻子强奸了，是他强奸了你，还是她指使傻子强奸了你？让她去死、让她去被强奸，你这是典型的自己过不好、别人也别想落着好的婊子心理！”说完，女孩还顺手朝何培比了一个中指。

“你是谁就在这里指手画脚！你爸妈没教过你怎么尊重人吗？你给我滚，滚回去！”美景气得浑身发抖，指着女孩的病床对她大吼。

哪有人在别人的痛处上一把一把地撒盐，这样的人不是疯子就是傻子。

小姑娘晃悠着一对丰满的胸往回走，听到美景一直在旁边安慰何培，又忍不住转身走过来了，继续用嘲讽的口气说：“她不会死的，她故意让你内疚的，想死的人不会让你发现，只会悄无声息地死。虚张声势地死，必有目的。”

何培这会儿被彻底激怒，跳到地上直奔小姑娘而去了，谁都不是吃素的主，电光石火之间两人已经厮打在一起。

疯起来的女人是很可怕的，娇小如美景，压根扯不开这两个女疯子，她是不知道这小姑娘到底得了什么病，反正这两人打起架来根本不像病人。

拉不开，就一块儿揍吧。美景想着，也暗暗地给了小姑娘好几拳头，一边拉扯着还掐了她好几把。

美景自己也没能毫发无损地退出，不知道被她俩的谁在脸上横着挠了几道，火辣辣地疼。

“三个女人一台戏”，这话果然不假，今天这出，是打戏。

正在打得不可开交之际，病房门被人从外面推开，一位高个男子拎着精致的蛋糕盒子出现在门口。

他无奈地长叹一口气，放下蛋糕冲到三个女人中间，三下五除二就把三个女人分开了。

不等美景说话，刚刚还在进行殊死搏斗的小姑娘就尖叫着往外跑：“这医院不能住了，我挨揍，你不帮我，我打架，你还拉着我。陆骁，你的脑壳上是长大坑了吗！”

胜负还没分出来，何培自然也是不服气的，不过，她被美景牢牢地按住，一屁股坐回床上。

“行了，行了，这小丫头片子看着瘦，可真有劲儿，咱别打了，你的手腕还没好呢！”她翻过何培的手腕看了看，“出血了吧，我去找护士。刚进来的那个人是我的学长，小姑娘肯定不敢再惹你了，我去和他说说。”

她安顿好何培，飞快地拢了拢两把凌乱的头发，走出病房。

走廊里，刚刚还耀武扬威的小姑娘这会儿乖得跟没写完学业的小学生似的，乖乖地站在墙角，陆骁则站在窗台旁边，指尖夹着刚刚点燃的香烟，一脸严肃：“你的嘴是嘴吗？你和我保证的那些事儿都就着烧烤和啤酒下肚了，是不是？”

“我的嘴是不是嘴，你试试，不就知道了？”

美景轻咳一声，打断了两人的对话，不好意思地对陆骁笑笑，正要开口说话，就见那小姑娘一个箭步窜到自己面前，一把挽住自己的胳膊，仿佛相识二十几年的老铁一般，朝她挤了下眼：“姐姐，你说，刚刚真不是我先动的手，对不对？明明就是咱俩聊得挺好，你那朋友无缘无故看我不顺眼挑衅我的，还是她先跳起来打我的，是不是，姐？”

美景一脸茫然地眨眨眼，不知道这话该不该顺着她说，毕竟她的话有对的部分也有错的部分，而她还是学长罩着的人，这就显得有些尴尬了。

“你认识她？”陆骁问小姑娘。

美景正要摆手，手臂上忽然一重，小姑娘抢先道：“嗯嗯，认识，就上回我堕胎嘛，那孩子就是她老板的，一五十多岁的老头。”

这姑娘的没心没肺美景已经领略过了，此番话更是将她的没心没肺体现得淋漓尽致。

美景深深怀疑这姑娘是精神有问题，更是不敢接话了，小姑娘还一直蹭她的肩膀，一挤眼一抽嘴地追问她：“是不是啊，姐姐，姐姐、姐姐……”

走廊另一端有护士小姐走过来，美景如遇救星，咬着牙掰开小姑娘有力的手指头，笑着对陆骁说：“那个什么，学长，刚刚都是误会，我朋友的手腕出血了，我得去叫护士包扎一下，你们先聊着。”走两步，她又回头，“哦，对了，你也带小姑娘看看有没有伤到哪里。”

陆骁的视线一直落在美景脸上那两道血痕上，点了下头：“她死不了，不用管她，顺便让护士看看你的脸。”

美景小鸡啄米一样边点头边跑，这场编瞎话的戏份太复杂，她演不来。

陆骁把人带到远离病房的走廊尽头，在角落里捻灭了烟头。

“医院里不能抽烟，你不知道吗？”

“医院里还不能打架呢！你不知道吗？”

小姑娘哼一声：“你认识刚才那个老女人？”

“对，我不仅认识那个老女人，我还认识她的老板。”

小姑娘半信半疑：“不可能。”

“你说巧不巧，你所谓的那个包养你又让你怀孕堕胎的五十多岁的老男人，刚好是我的表弟。”

说完这话，陆骁的视线飘向刚刚美景离开的地方，美景跟着护士从病房出来，他能看到的，正好是背影。

“你喜欢她。”

陆骁皱眉瞪她一眼：“余宝珠，你是我见过的最烦人的小孩儿，我上辈子肯定是出卖了国家，这辈子才摊上你这么个熊孩子。”

余宝珠也翻了一记白眼，猛地一掀衣领，将半个白嫩丰满的胸脯赤裸裸地展示在陆骁的面前：“你家熊孩子这么性感、这么丰满？”

第六章

一言不合就开撩

美景才跟护士去护士站处理了一下自己被挠花的小脸蛋，回到病房的时候，就见何培不知道在哪里弄到一把剪刀，又在手腕上给自己划了一刀。

被迫观看直播割腕这种事，美景还是第一次经历，她惊呼一声“我的妈啊”，就冲上去跟何培抢剪刀。

陆骁和余宝珠回来的时候，也被眼前的一幕惊呆了，他们看到的是正要拼个你死我活的两个小疯子。

陆骁上来拉架，仗着自己力气大，将何培狠狠地按回床上，美景慌慌张张地甩掉手里的剪刀，叫来医生和护士。

何培在药物的作用下终于安静地睡去，美景的手也受了伤，包扎好以后，很像一只小羊蹄子。

她十分郁闷地坐在椅子上，跷着小羊蹄子，连连叹息。

陆骁拖来一把椅子坐在美景的身边，长腿交叠，视线停留在何培的输液管上：“在青城那里工作得还顺心吗？”

美景摇了一下头，转念一想，不能说不顺心，学长可是帮她解决了生计问题，嫌东嫌西的太没礼貌，于是摇头晃脑地转了一下脖子，又接着点头。

陆骁愣了一下：“你这是让我猜的意思？”

美景连忙摆手：“不、不，我和蔚青城相处得特别和谐，他对我犹如再生父母，关爱有加。他温柔幽默，体恤员工，他……”

“行了，别编了，他是我养大的，他什么样子我很清楚，你能承受就好。”

美景识相地闭嘴，撒谎被揭穿的感觉并不是很好，尤其是在这样一位高高在上的大总裁面前，压力山大，莫名地就会有紧迫感。

她扬起下巴往余宝珠的方向看了一眼，压低声音道：“学长，那个是你家里人吗？我刚刚问过护士了，没有其他空余的普通病房，我朋友也没别的地方去，你要是不放心，给你家人升个级？”

“她的住院费要自己掏，她舍不得住高级病房，就在这窝着吧。”

美景下意识地挑眉，又似懂非懂地点头，抬头的瞬间，与舔着奶油蛋糕的余宝珠对上了视线，美景心头一惊，生怕那个姑娘再胡搅蛮缠。

余宝珠仿佛感受到了什么，顶着一嘴巴奶油，摔着胸前两团白兔，耀武扬威地晃过来：“你瞅啥？”

“瞅……瞅……你咋的……”

她吓得都结巴了，余宝珠便决定大人有大量地原谅她：“我没骗你吧，她根本没想死，这种女的就是作！”

“你还有脸说别人？”陆骁插嘴。

余宝珠在美景旁边挤出一小块地方勉强坐下，吧唧着嘴说：“姐姐，你别听陆骁这个傻子瞎说啊，我和你这个要死不活的朋友不一样，我的作，是有非凡的意义的，而你朋友的不是。她纯粹是见不得你好，我最看不上这种不讲义气的人，以后你跟着我混吧。我余宝珠拍着我的34E号的大胸向你保证，就算有一天我因为你而被什么傻子强奸了，”说着，她瞪了陆骁一眼，“我也绝对不会迁怒于你，因为你是我的好朋友啊！只要你安好，我才会拥有晴天。”

美景见过自来熟的，没见过余宝珠这种一见面就熟到发焦的，一面之缘就要成为生死之交、肝胆相照的人，很诡异。

陆骁冷笑一声，拍拍美景的肩，随后站了起来，笑着说：“别怕，美景，我们家这个二傻子遇见个有眼缘的就要和人义结金兰，芝麻大点事儿就要拔刀相助。她情商有问题，人不坏。”

美景尴尬地笑了两声，实在不知道该怎么回应。

陆骁不知道去忙什么了，大概也没把余宝珠当成真的宝珠来对待，临走时还不忘送她一个嫌弃至极的白眼。余宝珠没心没肺地自动消化掉，挤在美景旁边折腾得火热。

“姐姐，你微信号多少，我加你啊！”

“我手机坏了，还没买新的呢……”

“姐姐，你什么意思啊？你不想加我，是不是？”

“不、不、不。”美景脑袋摇得像拨浪鼓一样，她怎么也要给陆骁几分薄面的。

“真坏了？”

美景郑重地点头：“真的！我的微信就是我的手机号，陆骁就有我的号码！”

“那好。”余宝珠美滋滋地笑起来，“我的送你了，手机，我有的是！”

时间接近晚上七点，何培的爸妈才一起拎着晚餐赶来，见到美景自然没有半点好脸色，美景的脸也好看不到哪里去，苦得跟吃了黄连似的，简单地交代了一下何培的情况，她便打算回去。

何培的父母毕竟是文化人，表面上还算是礼貌的，何培的父亲告诉美景：“何培可能是看见你才情绪不稳定的，我们不在的时候，你也尽量少来吧。你看你不来的时候，她都挺好的。”

这话被正在修指甲的余宝珠听到了，她眯着眼睛就朝门口喊：“岑美景，下回来看我的时候，给我买块奶油蛋糕！”

美景朝她挤眼，示意她别添乱，余宝珠可不埋单，扭头瞪着何培的母亲说：“看什么看，你不愿意看见我和岑美景，你们去住高级病房啊！”

美景遁地逃跑，一分钟也不敢多留。

家里漆黑一片，安静得连掉根猫毛都能听得见，按理说，这个时间的蔚青城应该在看书或者写书才对。她啪啪地按亮了开关，只见一身灰色运动服的蔚青城一脸英伦风，哦，不对，是一脸不悦地坐在沙发上，那种由内而外散发出来的倨傲和冷漠，令美景由外而内地发怵。

“你又骗了我，岑美景。”

“我没想骗你，是身不由己……对不起。”她迅速地穿好拖鞋往房间走，“你饿了吧，我这就换衣服给你做饭哦，很快的！”

她前脚进门，蔚青城后脚就跟了进来，美景嘿了两声：“就知道你要跟进来，这回我没脱！快出去！”

蔚青城对她的指挥熟视无睹，径直走到她身边，拎起她包扎好的小羊蹄子，面无表情道：“你的手是我的，只可以让我剁，这是谁干的？”

她用另一只健全的手抓住蔚青城的手腕晃了晃：“你的手在这里，作家大人，我的手是长在我身上的。你一没发票二没合同文书的，怎么能说我的手是你的？”

“这样呢，盖个章，我的。”说完，他揪住美景的手腕在她的指尖飞快且草率地亲了一口，“这边一样。”

说完，又抓起她的小羊蹄子，飞快地亲一口：“见章生效。”

这个吻来得有些突然，如果这可以算作是吻的话。

美景整个人的状态都非常像网络上流行的一张图片——目瞪口呆。

房间的灯还没来得及开，皎洁的月光占满整个房间，又刚好洒在矮矮的美景压根挡不住的蔚青城的脸上，乌黑的发、明亮的眸，与这月色如出一辙的清冷深色，这一切都美轮美奂得刚刚好。

他太过自然与淡定，以至于美景觉得自己是被何培和余宝珠吓傻了才出现他亲了自己的幻觉。

可是，她的小羊蹄子还真真实实地被托在他的手心里。

如同受惊的小兽，美景的两只眼睛瞪得圆圆的，跟安了两枚硬币似的，应该是又囧又丑的模样，蔚青城却偏偏觉得这模样挺好看的，很像儿子。儿子的眼睛就总是这样圆圆的、亮亮的。

想到这里，他便鬼使神差地用手指的指背蹭了一下她的脸蛋，又刮了刮她的鼻尖，最后，像抚摸儿子那样揉了揉她的头顶。

美景心中的一口气分好几段才喘完。

蔚青城眉心轻蹙：“你很紧张？”

美景深吸一口气，哆嗦着点了点头，换了谁都会紧张的吧……

“没事，习惯了，以后就不会紧张了。”说完，他又捧着她的小羊蹄子盖了一个章。

美景的大脑终于重启了，她飞快地抽回手腕，满脸凝重地向后退了一大步：“作家大人。”

“我允许你叫我的名字，或者随便别的你喜欢的昵称。”他将双手插回口袋，目不转睛地看着她，这眼神里面好像还夹杂了几分不可思议的深情。

“我、我！”美景结巴起来，“我就喜欢叫你作家大人！那个……这个随便的！”

“那好。”蔚青城看似愉悦地点头，“既然你这么喜欢，这就是你的专属昵称。”

美景猛吸一口气，不假思索地飞起脚掌，狠狠地踢在他的小腿上。

蔚青城没有挨过打，更没有挨过踢，这一脚的气势和声响都有点大，以至于同时震撼了两个人，以及一只正在摇摆着肥硕身体进来讨食的猫。

“以前怎么没看出来你这么泼辣？这算什么？恃宠而骄？”

美景一脑袋问号，又飞起脚丫踹了他一脚：“你疯了，蔚青城！什么叫我以前没这么泼辣！我一直这么泼辣，只是看在你这个留守儿童小可怜的面子上才不收拾你！我对付熊孩子最有一套了，我告诉你！”她换了一种更严肃的方式，单手叉腰，小羊蹄子在他面前点了又点，继续说，“蔚青城，我警告你，我可不是好欺负的小姑娘，你刚刚的行为已经构成职场性骚扰，你再亲我一次试试！”

蔚青城依旧保持着刚刚的姿态，只是表情看起来略微凝重了一些。

他不反击，令已经进入战斗状态的美景很是尴尬，当然，从她走进这个屋子里就压根没有停止过尴尬。

虽然他有些过分，可她也过分，或者她更过分，她是一刀子直接捅进了蔚青城的心窝里，他应该很讨厌与留守儿童画等号吧，谁会发自内心地喜欢一个人孤独着呢……

“那个……我不……”她支支吾吾半天，不知道该如何安慰他。

一直不怎么按规矩出牌的蔚青城突然倾身过来，一个微凉湿润的吻轻轻地落在她的唇上，又飞快地离开："试了，怎样？有什么问题吗？你也没有原地爆炸。"

我呸！我马上炸给你看！美景心一横，连打带踢地把蔚青城从房间里推了出去："没有得到允许的吻都算耍流氓！你个臭流氓！文质彬彬的臭流氓！衣冠禽兽！"

铺天盖地的花拳绣腿打得蔚青城有些发蒙，他站在门外，一脸莫名其妙，低头问脚下同样一脸茫然的儿子："不是她让我再试一试的吗？"

"喵。"

"其实她脾气挺差的，是不是？"

"喵。"

"你要知道，并不是我选女人的眼光出现了问题，而是她一直深藏不露。"

儿子冷冷地鄙视他一眼，他拍了拍自己的嘴巴，真是一波未平，一波又起。

她不是无所事事的大小姐，即使身心都已经疲惫，还是要打起精神把该做的事做好，把该喂的人喂饱。

因为手受伤了，晚餐就显得格外简单，吃的是辣椒肉丁炸酱面。她本就不能吃太辣，手受伤了更加不能吃，只能打开一盒豆腐卤。

蔚青城显然不满自己的保姆如此敷衍自己，但毕竟她手伤了，就勉强将就吧。

"那个，作家大人，我想跟你打离职报告……"这话讲得十分没底气，当初明明是蔚青城只给她一个月试用期，而她死皮赖脸地恳求他多给两个月来观察自己，如今这怎么看都有一种半途而废的意思。

"哦。"蔚青城先是意外地挑了挑眉，又继续淡定地吃辣椒，"不用打了。"

美景一愣："你同意了？"

"我驳回了。"

"……"

这是来蔚青城家里这么久以来，美景第一次没有在他的房间里打地铺。客房的床很舒适的，可她还是有点不习惯，于是硬是把儿子从猫窝里捞出来陪她睡了一夜。

第二天一早，她早早醒来给蔚青城做好早餐，给儿子倒好猫粮，又把煮好的粥装进保温饭盒里。

这一幕恰好被睡眼惺忪的蔚青城撞见，他眉头紧皱，伸手夺过她手中的饭盒，问："挪用公粮？这是给谁的？你拿我的米、用我的电煮成粥送给我以外的人？"

"我煮了这么多，你一个人又吃不完！"美景伸手去抢，想到昨晚的事，此时她稍微有些脸红。

"吃得完。"他一本正经地胡说八道起来。

"行，你吃吧！撑死你！我去外面买来送人！"

蔚青城是在吹牛，美景心里有数，别的不敢说，蔚青城一顿饭能吃几粒饭，她还是清楚的。

伺候完主子，她又要告假。这回蔚青城没有说不同意，也没妨碍她换衣服，只是美景出门的时候，他也跟着出了门。

美景扭头看了一眼他身上的居家服和脚上的拖鞋以及被他睡得快要爆炸的短发和隐隐作祟的青胡茬。

"你跟着我干吗？"美景用力往后一甩包，一副戒备十足的模样。

蔚青城双手往口袋里一插，好像小区的花园就是他们家阳台一样，自在地说道："你走过的路，我就不能走了吗？这条路每天多少人来来回回地走，你如何确定我是在跟着你，而不是跟着别的平胸、扁屁股的智障少女？"

美景咬牙切齿地瞪着他："我平胸、扁屁股、智障，你倒是别跟着我呀！你稿子写完了，太闲是不是？"

她差一点脱口而出"我平胸、扁屁股又智障，你倒是别亲我啊"，为了避免尴尬，她决定将这句话咽下去。

蔚青城对她的怒气视而不见，若无其事地向她靠近两步，大战即将开始，美景已经由咬牙切齿发展为摩拳擦掌。

“青城？”轻柔的女声从身侧的不远处传来。

美景眼珠一转，视线定格在那一行三人身上，怎么说呢，衣着不能说华丽，但能看出来价值不菲，一看就是有身份的大人物。

尤其为首的那个男的，高大庄严，一脸的自命不凡，还有他身边身材高挑的女人，乍一看是满脸的尖酸刻薄以及满满的优越感，真是不是一家人不进一家门啊。

美景知道以貌取人是十分不礼貌的，但是这两个人打量自己的眼神，还真是不友好。

倒是两人身边的美少妇，也就是那个温柔甜美声音的主人，长了一副挺讨人喜欢的模样，怀了孕的肚子圆滚滚的，很可爱，好像快生了。

美景确定这几个人是认识蔚青城的，可是，蔚青城却跟着了魔似的只盯着她看，故意忽略那几个人。

蔚青城长长的黑睫毛不自然地颤了颤，抓住美景的手腕就要离开。

美孕妇快走几步追了过来，急急地拉住他的手臂，不料被他猛地一把甩开，险些把她甩个跟头。

“别碰我！”他飞快地扳正正要伸手去扶孕妇的岑美景，一副不顾孕妇死活的模样。

“青城！”美孕妇不依不饶，满眼无辜地纠缠上来，可是这一次，她的手指来不及抓住蔚青城的手臂便被美景牢牢地握住手腕，不知怎么的，刚刚还针锋相对，恨不得一个芭蕉扇把他扇到火焰山，这会儿突然就和他站在了统一战线。

美景极其严肃地对她说道：“他让你别碰他，美女，你不要碰他。”

“你是谁？”她疑惑地挣开美景的手，“你认得我吗？”

美景撇撇嘴：“我是岑美景啊，不过我不认识你妈。”

蔚青城意味深长地看了美景一眼。

孕妇的视线转向面覆寒霜的蔚青城，美景也斜眼瞄他，虽然他没睡醒，此时的整体造型很不适合这种高冷的气质，但是他是蔚青城啊，就算剃成光头、穿上麻袋片也是可以很高冷的。

“青城，这个女孩子是？”

蔚青城十分不解地瞪了她片刻，反问：“我有向你解释的必要吗？”

美景的大脑飞速运转，她来蔚青城家里工作的时候，学长可没交代这里会有什么重要人物登场，这下麻烦了，她有些措手不及。

“有必要，我是你的未婚妻。”美孕妇温柔地回应。

美景倒吸一口凉气，迅速地将自己的小羊蹄子从蔚青城的手里抽出来。

我的天哪！学长也没提他是有妻室的人啊！

“哦！那个……你是他的未婚妻，那……”

不等她说完，蔚青城便飞快地抬手捏了一下她的嘴巴，不悦地训斥道：“她说什么，你就信什么？我说你是红孩儿，你怎么不光着屁股、穿着肚兜给我扭两圈？”

美景自然是不会完全相信，但是按照蔚青城这种自命不凡的性格，如果有人真的冒充他的未婚妻，他是不会生气的，只会对她的表演视而不见。

小区的保安骑着电动车在进行日常巡逻，路过他们几个人身边时稍稍停顿了一下：“美景小姐，需要我帮忙吗？”

美景没有立即回绝，而是下意识地看向蔚青城，确定他可以单挑孕妇加一对中年夫妻以后，她才礼貌地摆摆手：“不用！您继续遛弯吧！”

蔚青城带着美景离开了，板着一张冷若冰霜的脸，哪怕是在炎炎烈日下，美景仍旧感觉周身包围着一股冷气，其实也蛮好的，好像随身携带了一个“人肉空调”。

察言观色是美景的强项，她选择保持沉默，然而就在硬生生被他扯着羊蹄子徒步一公里之后，她小心翼翼地开口：“作家大人，那个你……”

“你问题很多。”他无情地打断。

美景气得顿时嘴巴一鼓：“我就问了一个，而且还没问完，这就算多了？我本来有四个问题要问你的！”

大概也是觉得热了，他突然走到路边一处阴凉的台阶上坐下，小臂架在膝盖上，带着几分随意和痞气地说道：“第一，你想问我刚刚那三个人是谁；第二，你想问我到底要带你去哪里；第三，你想问我需不需要回家换身衣服、洗把脸、梳个头；第四，你想问我今天这个假还能不能请成功了。”

美景倒吸一口凉气，竖起小羊蹄子给他点了一个大大的赞，眼中浮现出大写的崇拜：“不愧是我喜欢的作家，心思如此缜密，居然如此轻易地就猜到了。你这样显得我智商好低哦！吼！好可怕！”

蔚青城：“……”

美景挤着五官假笑一瞬，恢复正常神色也跟着在他身边坐下，学着他的样子劈开双腿架上胳膊：“所以，作家大人，您倒是给我个答复啊，难得我们如此心有灵犀。”

蔚青城一向不善于倾诉，甚至是非常讨厌向别人剖析自己，他自认快乐和不快乐都应该属于自己，或许，这是因为这么多年来，他一直没有遇到一个可以让自己开口的人。

他不理美景，美景也没有老实地陪他看风景，举着小羊蹄子在他眼前晃来晃去：“作家大人？您现在这副表情特别像个高冷的痴呆患者，一点都不灵动，您倒是说句话啊？是不是被刚刚那三个怪物吓傻了？在您放弃生命之前，是不是需要写一份遗嘱什么的？继承人写我的名字吧？怎么样？”

蔚青城斜着眼睥睖她半晌：“你想多了，我是不会死在你前面的，你永远做不了我遗嘱的继承人。”

“为啥？”美景一愣，“你哪里来的自信一定会比我长寿？”

“我先死了，怕你闲着没事做不习惯。”

美景皱着眉头深思片刻，这货好像认定自己要给他当一辈子保姆了，他当这是旧社会童养媳不成？还得打小卖身给他一直到老，这都什么时代了，结婚都可以离婚，别说雇佣关系了。

“我不会一辈子当助理的，我是一个有梦想的……”

“闭嘴。”

“哦。”她十分理解蔚青城现在不想听自己畅想未来的心情，“所以，那四个问题的答案是什么？”

“让我亲一口，我就告诉你。”他面无表情地望着车水马龙的街头说道。

美景脸色微红，吸了吸鼻子说道：“我有第五个问题……”

蔚青城突然伸手揪住美景的衣领，将她拉到自己面前。美景心里一惊，这怕是要给自己一拳？然而下一秒，他只是轻轻地在她的额头上吻了一下：“我先回答你前面四个问题。”

美景已然不关心那四个问题的答案，只想捶他一顿以发泄心中的不满，她虽身手灵活，力气却小得可怜，三下五除二就被蔚青城控制在怀里。

“蔚！青！城！”

“那对夫妇是我的父母，我每年只能见他们一面，最多两面，每次不超过三十分钟，有时他们回国办画展或者别的事，会顺便见我一面。至于那个孕妇，她确实是我的未婚妻。”

美景的身体微微一僵，怒气加重了几分：“你这个人真是！搞文艺的人都这么轻浮吗？你有未婚妻还占女助理的便宜？你简直是人渣！”

“你知道你这个人最大的问题是什么？”

“是好看！”

他不屑：“是武断，武断只会让你看起来像个弱智。”

“哦吼，谢谢你给我诊断，我就是弱智！”她用力挣脱，却如同被上了枷锁，“好歹你也是个知名作家，当街抱着一个弱智算怎么回事？你放开我！我警告你，我要喊非礼了。”

嘴上这样威胁，美景心里还是有所顾忌，谁会相信长成蔚青城这样的男人会非礼她这样一个只是一般好看的小姑娘。

“我喜欢弱智，我爱抱着，谁管得着？”

美景吓傻了，没再挣扎，实事求是地说，突然遭遇一位美男子的告白，小心脏还是会扑通扑通地猛跳几下，而且这美男子可不是一般的美男子啊，那是蔚青城！是多少少女只见到一张偷拍的侧颜就开始无限幻想的对象啊！

蔚青城见她老实了，也不再用力控制，反而像摸儿子一样在她头顶摸了一把。他的声音有些低哑，似乎透着一丝难过：“她是我爸妈的得意门徒，我们指腹为婚、青梅竹马，曾经我真的以为我们是天生一对，一个画画、一个写作，可是，她为了一些不值一提的小事放弃了我。”

“小事？”她讷讷地问。

“嗯，为了两场可以成名的画展，和另一名画家进行绯闻炒作。”

“这叫小事？”

“难道会有比我更重要的事？”

美景点点头，这话似乎也没毛病，每个人都希望自己在爱的人心中是无与伦比的。

“可是……”美景犹豫了一下，“她都有宝宝了，你这样始乱终弃不好吧？”

“孩子不是我的。”

剧情扭转得有些生硬，敢情这郁闷的美男子是被自己的未婚妻戴了绿帽子？

“那要是她在你们分手以后和别人……”

蔚青城冷声打断：“分手？她对所有人都说孩子是我的，或许她自己都信以为真了，但是那天我们都喝了酒，她醉得一塌糊涂，我还清醒得很。做没做过，我心里有数。”

“她说是你的，别人就信吗？别人都是傻瓜吗？”

蔚青城没回答这个问题，大概是因为他凡事都选择沉默，一切事实真相都无法掩埋，总会在时间的长河里慢慢被冲上裸露的河滩，与其花费时间去向无关的人解释，不如等那些睁眼瞎的人自己看个明白。

既然那个小孩不是自己的，他就更加没有必要在他的死活和姓氏上浪费自己的口舌。

美景还有很多问题想问，可她觉得这并不是一个提问的好时机和好地点，况且她现在也真是没心情和他看风景、晒太阳、聊人生。

气氛一度有些尴尬，当然只有她一人尴尬，蔚青城是个不知道尴尬为何物的冰块。

“第二个问题。”他突然出声，把美景吓了一跳。

“啥？”

“我也不知道去哪里，不过我去哪里都会带着你。第三个问题，我不需要洗脸梳头，这样也很好。第四，我不给你放假。第五……”

“你知道我要问的第五个问题？”

他微微一点头：“你想问我，为什么亲你。”

美景举起小羊蹄子挥过去，想起自己会疼，立马换一只手，狠狠地推他一把：“哎呀，我的天哪，蔚青城大作家！你这个人真是没羞没臊到极点了！保护地球不受外星人攻击，靠你的脸皮就可以了！这么尴尬的事儿，你这么一本正经地讲出来，真的好吗！”

蔚青城眉头微微蹙起，面无表情道：“我喜欢你，是很正经的一件事，为什么不可以一本正经地讲出来？”

“你说正经的？”仿佛听到天方夜谭，她不可思议地睁圆了眼睛。

他平静地看向远处，回答：“我说的每一句话都很正经，无论是有关嫌弃你的，还是有关喜欢你的。”

第七章
流浪街头

美景清清楚楚地记得，当初入职时自己跟蔚青城签了一个怎样的不平等契约，弄不好那可是要出人命的，她一点也不想成为《女助理的一百种死法》的女主角。

关于接受蔚青城的告白，她非常认真地思考过后，觉得还是不妥。

首先，她虽然爱钱，但不至于真的会为了钱出卖自己的灵魂；其次，她才失恋没多久，虽说和遥远不会有复合的可能，可心里还是有那个人的影子，她不会因为想否认过去的存在而疯狂陷入新的恋爱；最后，如果何培知道了她和蔚青城之间冒出爱的火花，弄不好刺激到她，又要自杀。

当然，如果她真的有足够喜欢蔚青城的话，上面这三条都当她在放屁吧。

时光如水，岁月如梭，一转眼，两个人就这样尴尬地坐到了黄昏。整整一天的时间都耗在了晒太阳这件事上，美景饿了，又想尿尿，可是人家才告白完，还没等到她郑重的回复，她也不好提出来去吃喝拉撒。实在憋不住的时候，她才勇敢地深吸一口气，站起来拍拍屁股，一副准备英勇就义的模样说："我觉得，我们还是适合做朋友，或者你做我的老板，实在不行，等我有钱了，我做你的老板？"

"拒绝。我觉得你适合做我的女朋友。"他也终于在变换了几种坐姿以后抬起尊贵的屁股，站了起来，出门时还飞扬跋扈的乱发这会儿也变得温柔服帖，在黄昏橘色的阳光下泛着它该有的珍珠光泽。他原本就高，站的台阶也要比美景高，双手很自然地插在口袋里，语气不重，却透着一股不容否定的霸道。

“可是，我并不觉得我适合做你的女朋友，这个谈恋爱不是要建立在喜欢的基础上吗？”

“难道我不喜欢你吗？”

美景被这个反问句问愣了：“我怎么知道你喜不喜欢我，反正除了占我便宜，我是没看出来你哪里喜欢我。”

蔚青城平静的目光里开始释放出一波又一波的嫌弃，他已然拿出对牛弹琴的耐心：“就凭你臭毛病那么多还智障我没有开除你这一点来说，就足以证明我喜欢你了。”

美景气得嘴巴鼓起，正要反驳，就听他说：“以你这个姿色资质，我能看得上你，你上辈子应该拯救过银河系。”

“呵呵。”美景皮笑肉不笑地耸耸肩，“我要去尿尿。”

她边走边说：“这么说吧，我上辈子可能嫁给村里一个大善人的傻儿子，给这个天真的傻子戴了顶绿帽子并且给别人生了个儿子，最后毒死傻子全家，抱着无辜的儿子跳井了。”

“你在骂人。”

“哇噻，你好聪明哦，作家大人。”

“……”

这算什么？谈崩了。

晚餐吃的是湘菜，菜都是蔚青城点的，辣得美景哭爹喊娘。直到吃完了，他才想起来，她受伤是不可以吃辣椒的。

虽然全程都是端着小羊蹄子在吃饭，但美景也忘记自己是一个病号，放下筷子便开始紧张：“我吃了这么多辣椒可怎么办！到时候伤口长不好，会落疤的！像断掌一样多难看！”

“那你吐出来。”

美景朝他翻了一个巨大的白眼：“你这样子讲话，一辈子都要当单身狗的。”

“单身不是无奈，是我自己选择的一种状态，不过，现在我有女朋友了，并不是单身。”

美景举起小羊蹄子对他做出一个噤声的动作：“停、停！打住！我知道你要说什么！你这叫一厢情愿，你知道不？叫耍流氓，你知道不？”

“那你报警。”他痛快地为她指出一条明路。

美景一边辣得嘶哈嘶哈，一边有条不紊地打开包包拿出余宝珠强行“送”给自己的手机，装模作样地放在耳边：“喂？110吗？我老板是个流氓，我不想要了，麻烦帮我扔到垃圾堆，谢谢。”

蔚青城对她浮夸的演技视而不见，全心全意地盯着那部陌生的手机看。

“你不是已经穷到要卖身给我当助理了吗？”他十分生硬地扭转了当下的局面。

美景挥手招来服务员，递出他给她的平日里用来买菜和日用品的信用卡：“埋单，谢谢。”她不以为然地耸耸肩，“你长得好看，说什么都对，不过，我要更正一点，我不是卖身哦。咱们是简单的雇佣关系，再说，我都向你提出过辞职了，你不同意呀！这个呢，也不怪你，毕竟，像我这样才貌双全又善解人意、温柔体贴的女助理不多了。”

“我也更正你一点。”他放下手中的茶杯，“你签的是卖身契，这就是你不认真阅读的结果，回去好好再看一遍合同。”

美景心里一惊，该不会真马虎到忽略了什么重要信息吧？不过，她仍装作一副有理横行天下的模样。

这里距离蔚青城的公寓有些远，蔚青城出门就要叫出租车，美景赶紧拦下来：“坐公交车。”

“不坐。”

“你没钱，拒绝不了，只能坐公交车。”

“岑美景。”他的语气带了几分危险，“我警告你，不要一再挑战我的忍耐性，你是我的助理，应该按我的要求做事。”

“哟哟哟……”美景嬉皮笑脸地用肩膀撞了他一下，“你要是不提醒我，我都要以为自己是你的监护人了呢！”

尽管蔚青城一再拒绝，美景最终还是带他踏上了回家的公交车。

已经过了下班的高峰期，车上人不多，零星几个都坐在车厢的后半段，很多老弱病残的专属座位都空着。

蔚青城上车就坐在左侧的橘色专用位置上，美景伸手拉他的胳膊，让他起来：“这里是给老弱病残坐的专用座，你去后面坐。”

蔚青城纹丝不动：“除了你，这里没有任何老弱病残。”

也对，如果真有人需要，她再拉他起来也不迟。为了照顾好蔚青城，她这个残疾人也暂时坐在专用座上了，不过是和他面对面，坐在另一侧。

车厢内的光线有些昏暗，蔚青城黑亮的眼眸一瞬不瞬地盯在美景的脸上，开始美景是不服输的，觉得自己更有气势，慢慢觉得累了，就去看窗外那些灯火阑珊。汽车的红色尾灯与街边五彩的广告牌交相辉映，热闹非凡的模样与蔚青城冷冷淡淡的面孔大相径庭。

其实，蔚青城真的更适合坐在台灯下书桌前，美景是见过他全心全意安心伏案的模样的，至少她个人认为，他那个时候最讨人喜欢。

“你在看什么？”他抱着肩膀，突然冷冷淡淡地开口。

“看风景啊。”

“还有什么风景比我更好看吗？”他自信满满地反问。

“景是景，人是人，这怎么能相提并论？你说狗和玫瑰哪个好看？”美景否定了他的逻辑。

蔚青城不假思索地回答：“我最喜欢的就是最好看的。”

美景很不要脸地联想到了自己，他不是说喜欢自己吗？那现在她就是最好看的？

好歹也算混成美人了，她可记得他说自己丑来着。

公交车走的路线有点绕，慢慢腾腾地好像带着他们在城市里观光一样，美景有些困乏，脑袋一下一下地向后仰去，樱桃般的小嘴微微张开着，很快就迷糊地睡了过去。

是蔚青城把她叫醒的，醒来时，她正靠在他的怀里。

她是什么时候睡着的，他又是什么时候坐过来的，她一无所知。

美景迷迷糊糊地被他牵起手，混混沌沌地下了公交车，直到夜里微凉的风从脸上拂过，她才彻底清醒过来：“这么快就到站了……”

“我要扣你工资。”刚刚还有情有义给自己当人肉枕头的人突然脸色大变，无情无义起来，美景瞬间化为丈二和尚摸不着头脑。

“凭啥啊？我咋的了？在公交车上睡觉也要扣工资？‘资本家没人性’这句话在尊贵的您身上真是体现得淋漓尽致！”

蔚青城不以为然，插着口袋边走边说：“如果没有我，你就坐过站了，我们两个到底谁是谁的助理。”他突然转身，来不及停下的美景险些与他撞个满怀，她十分不悦地仰头瞪他：“转个身也这么突如其来，你就不能慢点吗？”

蔚青城不理她的抱怨，继续自己的话：“当然了，我蔚青城是不会以任何人的助理的身份存在在这个世界上的，之所以照顾你，是因为你是我的女朋友。”

美景当即翻了个白眼，不屑地哼了一声，昂首阔步地往家走。她认为，蔚青城一定是属王八的，咬住人就不肯松口了。

一厢情愿这件事是很难制止的，比如，有些女孩子就认为吴彦祖是她的老公，对此，吴彦祖也是很无奈的。

她只是有些担心，他的一厢情愿，会伤害到无辜的人，比如，要死要活的何培，再比如，极度孤独的他自己。

早晚她都是要离开的，只怕那个时候，他更难放下。

两人一前一后地进入电梯，再一前一后地走到公寓门前，没有任何防备地按下密码开门，却迎来意外的灯火通明。

迎宾垫上整整齐齐地摆着三双鞋，坐在沙发上聊天的三个人一起转过头来看向门口。

美景愣在原地，不知道该不该脱鞋，不脱吧，好像自己误闯民宅一样尴尬极了，脱吧，又担心万一蔚青城再拉起自己大刀阔斧地往外奔走时来不及穿，她可不想光着脚丫子陪他轧马路。生活已经够艰辛了，何必再让自己受无辜的伤害。

她深吸一口气，镇定地转头，双目极灵动地一瞟，无声地发问：草丛里有埋伏，我们是撤退，还是团战一次?

相比白天见面时的剑拔弩张，此刻的气氛要好得多，蔚青城似乎也没那么抵触。

他慢条斯理地脱下在外面穿了一天的拖鞋，光脚踩在地板上，见此情景，美景也跟着安静地脱鞋，然后飞快地从鞋柜里拿出备用拖鞋放到他的脚底下，蔚青城则理所当然地穿上。

这一举动，沙发上的三个人都看在眼里。

“你们在我家里干什么？”他冷冰冰地发问后，拉着美景走向卧室，以免她一个人在这里尴尬，“难道不知道你们根本不受欢迎吗？”

白天在外面出了些汗，他觉得很不舒服，打开衣柜拿起一件白色T恤换上。他抬手在美景的脸上揉了一把，她下意识地躲开，还抬手给了他手背一巴掌，可美景还是很轻易地从他不够温柔、不够温暖的掌心里感受到安慰。

“你可以不出来，就待在我房间里。”

“干……干吗？你要出去和他们拼命啊？”

“？”

“一般电影里都是这么演的——你待在这不要出去，我去引开敌人，然后这一集就是这个人的角色终结了。”她一本正经地把套路讲给他听。

蔚青城却根本不埋单：“行了，别在这给我秀你的低智商了。”

他一个人回到客厅，美景则抱着儿子悄悄地躲在门口，万一客厅内发生冲突，她好及时出手。

客厅方方正正，窗外万家灯火，蔚青城倨傲地依窗而立，显然是不想与他们太过靠近。

蔚青城的父亲首先坐不住了，他气愤地指了指蔚青城：“看看你对父母是什么态度！你的教养哪里去了！”

“教养？”蔚青城不屑地冷笑，“我的教养哪里去了，你们应该问问陆骁，毕竟我是他教的、他养的。不过，答案可能会让你们失望，陆骁教过我很多东西，唯一没有教过我的是如何跟父母对话。”

蔚青城这副冷冰冰又得理不饶人的样子，他们多少是了解的，就算生气，也不至于会被三言两语给气死。

一直安静地坐在蔚母身边的徐染放下一直摊在腿上的外文书，起身走过来：“青城，你不可以这样和你爸爸讲话的，这些年他们在国外也是很忙碌、很辛苦的。”

蔚青城望着窗外的视线慢慢收回，落在向他靠近的徐染身上。

她还是那么漂亮，除了漂亮，他也没有心情找出其他复杂优美的词汇来形容这个女人，只是，有些人即使漂亮，也会令人厌恶。

“别碰我。”看到她向自己伸手，准备来碰自己的手臂，蔚青城直接后退半步，“如果一个男人讨厌你，你就应该知难而退，太下贱的女孩子不讨人喜欢。”

徐染大概没听过他说这么重的话，不可思议地在原地愣了两秒：“青城，你怎么变得越来越像一只刺猬？你明明知道他们的工作很忙，每次回国第一时间就是来看你。好好享受短暂的团聚不好吗？他们很想念你的……”

“可以。”他十分爽快地打断了徐染的话，“我们一家三口团聚，你在这里扮演什么角色？我父母的爱徒，还是我甩不掉的前未婚妻？或者像外界的传言那样，你是我父亲不可告人的秘密？”

他平静得仿佛在陈述别人家的故事，嘴角露出淡淡的鄙夷：“我才想起来问，你肚子里怀的不会是我父亲的孩子吧？”

蔚青城的话音刚落，他母亲便三两步冲过来，扬手就是一个耳光，在她眼里，她的丈夫神圣不可侵犯，连她儿子也不行，那份来自于艺术家的文艺气息与端庄瞬间消失得无影无踪：“不是我们不要你，是你自己不愿意和我们在一起！这么多年，我们的电话你接过吗？都到了结婚的年纪了，逢年过节都不知道问候一声你的父母！我是怎么生出你这么冷冰冰的儿子的！”她越说越气，忍不住开始发抖，徐染上前来抚着她的背部安抚，她还不解气地指着蔚青城说，“每一次见你，都被你弄得鸡飞狗跳！”

美景被这一巴掌惊呆了，她从不认为蔚青城这种骄矜的公子哥适合挨巴掌，原来耳光这种东西不仅仅存在于豪门婆婆打媳妇这件事上，还有可能是打儿子，而打儿子的原因竟然与媳妇无关，单纯是母子之间的不和谐引起的，看来电视剧都是骗人的。

她有一点点心疼，不为别的，就是觉得自己大气不敢喘一口地悉心照料和对待的人，被别人这样虐待，心里很不舒服。

可也只能不舒服，那个人毕竟是他的母亲，他已成年，既然挨揍的本人都没反抗，她也没有什么理由挺身而出。

蔚青城的皮肤白得就跟他们家厨房覆着釉的白瓷砖一样，这会儿已经开始慢慢渗出五个指印，且愈发鲜明。

“出去。”他垂眸看着地板，长长的睫毛微微扇动着，“这里是我的公寓，是我哥买给我个人的住所，和你们一分钱关系都没有。”

“你哥！你哥！没有我们的叮嘱，你表哥会照顾你吗！”蔚母的怒气不减反增，美景眼巴巴地看着她的手腕抖来抖去，生怕她下一秒再给蔚青城一巴掌。

蔚青城的沉默换不来母亲的退步，反而是变本加厉：“在你父母的面前，要懂得收敛，不要总是露出一副高高在上、不可一世的样子！你有什么傲人的成就来支撑你的骄傲？就凭你写的那几本不知所云的什么科幻、什么惊悚的儿童小说吗？徐染比你小两岁，都可以在国际画坛占有一席之位，和你的未婚妻相比，你都逊色得多！如果不是因为我和你爸，你以为陆骁或是其他人会愿意理你这个冷冰冰又六亲不认的废物吗！”

这话就像一颗炸弹，瞬间将已经快要垂眸入睡的蔚青城惊醒，他猛然抬起的双眸已然泛红，愤怒伴随着绝望和悲伤一起涌出，薄唇抿成一条刚毅的直线，他死死地盯着自己的母亲，如同一头压抑的困兽，下一秒就会爆发残忍的天性。

可他没有任何机会展露自己残忍的一面，比如，像他妈一样给他妈一个大耳刮子。在辱骂停止的那一刻，整栋房子都静得仿佛古墓，只听砰的一声，美景以狗啃泥的姿态出现在众人的视线内。

她是一个失败的盗墓贼，哦，不，是失败的捍卫者，这个出场真是相当没有气势。

蔚母的话让她这个旁观者都忍不住要原地爆炸了，她本能地站出来保护她的主人，当一条尽职尽责的看家“大黄”，不料，“大黄”登场登出了哈士奇的特效……

美景觉得自己的门牙有些松动，疼得五官都挤在了一起，好在蔚青城没有让她自己爬起来而是立刻回头把她从地上拎起来，否则就更难堪了。

她特别想揉一揉自己丰满的胸脯，真的很痛，如果不是害怕自己受伤的手掌再次裂开出血，哪个女生愿意让胸先着地啊！

“这又是谁？”蔚母将矛头指向美景，“白天我就想问你，结果连个说话的机会都没有。”

“阿姨，您好，我叫岑美景，您可以叫我美景，我是蔚青城的……”

蔚青城突然开口接话：“女朋友。”

“不管你是谁，都请你马上离开这里，并且以后都和我儿子保持距离，他是有未婚妻而且要当父亲的人！”

“等等！”美景及时打断了蔚母一厢情愿的剧本，“阿姨，您等等，您这说话的速度也太快了，蔚青城要是不告诉我，我都以为您是职业相声演员了！”

蔚青城说她是他的女朋友，蔚青城他妈就将她升级为小三，可她哪个也不是，也不想是。

美景眼睛一眯，露出甜美的微笑：“阿姨，您先别生气，也别急着定义我是什么人，我姓岑，不姓蔚，所以，肯定是和高贵的人搭不上关系的，就不劳您替我妈教育我了。”

徐染平日里是个挺安静温柔的女孩子，但也十分会看眼色，她挺肚而出，不服气地站在美景面前：“既然你不姓蔚，那这是我们的家事，请你不要插手。”

“你姓蔚？”美景鼓了鼓腮帮，单手叉腰，开始进入战斗模式。

“我不姓蔚，我肚子里的宝宝……”

“宝宝？”美景皱眉，想起蔚青城说过这根本就不是他的小孩，底气更足了，“你怎么证明小宝宝也姓蔚？你有发票吗？有保证卡吗？哪儿的权威给你盖的章？我肚里揣个蔚青城的枕头，那我也可以算蔚家人了啊！”

“这就是你所谓的女朋友？和你一样不懂礼教没有规矩！”蔚母再次咄咄逼人地对着蔚青城发问。

其实美景真的不该掺和这一家人的事儿，简直是惹火烧身，可是，事情发生得太紧急，她也就顾虑不了太多了。

她放下叉腰的手，身体向左迈了一步，将蔚青城的半个身体挡在自己的小身板子之后，虽然挡得不够全面，但聊胜于无，不过分但也不示弱地摆出保护他的姿态：“阿姨，在我这一个生活阅历没您丰富、没有资质能力也没有家庭背景、身份极其普通的并且没有眼界的小姑娘看来，您刚刚对蔚青城的话，说得太过了。”

“连我教育儿子，你也要插手吗？你算什么东西！”

美景咬了咬唇，这话没法反驳，说自己是东西不对，说自己不是东西也不对，索性跳过：“我没有要插手您教育子女，但是蔚青城对我来说，是很重要的人，我希望您能用正确的方式教育他，而不是不停地训斥和羞辱。”

蔚青城在她身后轻轻勾住她受伤的小羊蹄子，美景本来有些疼，还是微微发力捏了捏他的指尖。

“我只用我认为对的方式来教育我的子女，不需要外人来指手画脚！”

美景无奈地耸肩，深深地发现，蔚青城的妈妈也是一个老顽固：“很显然啊，您的教育方式是错误的，如果是正确的，就不会有一个如此让您不满意的蔚青城。”

蔚母一直在压抑自己的怒气，尽量不让自己失态，尽管在美景看来，她的语言比泼妇说得还难听。

“蔚青城的冷漠不是天生的，是您生的，工作繁忙并不是冷落小孩的好借口。您知不知道，在我认识蔚青城之前，我从来没想过一个二十七岁的正常成年人，他的生活居然不能自理，甚至连洗内裤和擦地这么简单的事情都是我教过，他才会。而这两件事，我四岁的妹妹都可以做得很好。”

蔚母轻蔑地冷笑：“我的儿子不需要做这些用人做的事。”

“OK!”美景耸耸肩，感觉自己又无辜地躺枪了，好像会洗衣服、会擦地就很低贱一样，真庆幸蔚青城没有待在他父母身边，这种自以为是的优越感真是很难让人喜欢起来，“不需要做，和不会做，是完全两种概念，您要真的足够关心他，那您知道在我来之前他生活得有多糟糕吗？大概没有哪个高贵的公子哥能把这么好的房子弄成猪窝，但是，他做到了。”

蔚青城用力捏了一下她的手腕：“走。”

美景自然不肯，我枪都上膛了，不杀个人意思意思，显得多无能啊！

“还有，他的人生成就真的没有您所谓的那么不堪，他是没有得过诺贝尔文学奖，这些所谓的荣耀也不能完全体现或否认一个人真正的才华。他的书在好几个国家畅销，他有世界各地的忠实读者，在他们和我的眼里，蔚青城是这个世界上顶级的作家，甚至在我们这些读者眼里，他要比您这位知名画家，要成功许多倍。这么成功的他，您有过一瞬间是为他而感到骄傲的吗？”

她扭头看向一直在身后沉默的蔚青城，眨巴两下眼睛，拉起他的手腕就要离开：“作家大人，此地不宜久留，走！哦，对了！”她又停住，镇定自若地看着蔚青城的母亲，平静道，“不知道您所了解的蔚青城是什么样的人，在我眼里，他是个耿直boy，多损、多伤人的话都说得出来，丝毫不懦弱。所以，您今天这样对待他而他没有还口也没还手，不是因为他不敢或者不会，而是因为他不想。”

蔚母眼看着她要把自己的儿子领走，自然不情愿，于是伸出手去阻拦美景的去路，却被蔚青城按着手腕推开了。

“我是你妈妈！你居然为了一个不知道哪跑出来的野丫头推我！”

美景差点没忍住就要把白眼翻出来，这蔚青城的妈妈哪里像个画家，分明就是个影后，戏也太足了，蔚青城只是把她按着自己手臂的手推开而已，这语气就像蔚青城给了她一套佛山无影脚。

蔚青城一脸淡漠地看向母亲，沉声道："你可以打我，但不可以碰她，对我来说，在这世界上除了陆骁，美景最重要。"

在蔚父一句"混账"的骂声中扬长而去的两个人，此刻正面面相觑地流浪在街头。

"你爸妈怎么有你家的钥匙呢？现在惨了，我们要流落街头了。"

这个问题问得宛如智障，蔚青城不屑地瞪了她一眼，好歹那也是他爸妈，有他房子的钥匙并不奇怪。

"其实，我们刚刚错了。"美景一脸后悔莫及地叹息，"怎么是我们走呢！应该是他们！虽说惹不起的人就要躲开，可是，这样真的好像是我们败下阵来了。"

"你已经赢了，我妈这辈子还没被别人这样呛过。"蔚青城仰头看向身后小区里的高楼，这样远的距离他还是可以看到自己的公寓亮着灯，语气忽然变得很低沉，"以前一直以为我只是没人要，至少还有个家，今天忽然有了别的感受。"

"啥啊？"美景顺着他的视线一同看过去。

他说："无家可归。"

美景无奈地叹息。她理解这句话的意思，家不等于房子，而是一个可以供心灵栖息的地方。可像她这种被父母宠大的孩子，对他的遭遇并没有办法切身体会。

快乐好分享，孤独却是旁人永远不懂的。

"你以后会有幸福又美满的家，你又没做什么伤天害理的事情，老天也不瞎。"

"和你吗？"他问。

美景无辜地捧着尖尖的下巴，一脸坏笑："我装作一副听不懂的样子。"

今晚睡在哪里，成了现在最先要解决的问题。

美景觉得自己追随的这个对象不够戏剧化，按常理来推测，蔚青城应该是个霸道总裁而不是霸道作家，原因很简单，霸道作家毕竟是文人，就算霸道也是很斯文的，但霸道总裁就不一样了，总裁有钱啊！最好是那种一生气就往她脸上扔一沓人民币或者一张卡，别人敢霸占他的房子，他一甩脸就原地爆炸，老子全球有私人别墅两百套，你奈我何！

她扭头看看跟在身边的蔚青城，除了长相和身材上档次，和她心中的总裁完全不沾边啊……

“我带你去吃一种吃了心情就会变得特别好的东西吧？”美景见他一直精神恍惚，想到用这个办法安慰他。

可她还是做好了被拒绝的准备，以蔚青城这种冷漠的性子自然是没有兴趣陪她吃夜宵的，也没兴趣和她一起参加各种室外活动。

“吃什么？”

美景一头雾水，居然预估失误：“你不是应该说不去吗？”

“你以为你很了解我？”

“是，我很了解你，顺便要帮你纠正一下，你的内裤就不是M码的，只有你常穿的那个意大利什么的牌子才会有那么大的M码，其实你应该穿XL码。”

这次换作蔚青城不可思议：“我有那么胖？”

“和胖瘦关系不大，你的身高、骨架在那里摆着呢！”她边说边再一次地将他推上公交车。

这一路上，她找了许多有趣的话题来吸引蔚青城的注意力，换作平日，他一定会忍不住拿儿子塞她的嘴巴，今晚却破天荒地，虽然情绪不高涨，却还愿意陪她有一句没一句地搭话。

下车时，他还没忘记回头扶了美景一把，美景意外至极：“虽说你生活的自理能力不怎么样，撩妹的技能还是很可以的，在哪里学的？”

“我不懂什么是撩妹。”他的眉头微微皱着，视线停留在公交车站对面一排排的大排档，各种炫彩灯牌闪烁得人眼花缭乱，这是他第一次在现实生活中见到如此熙攘的街头。

他看了看身边正仰着小脸吸收空气中美好的烤肉味道的美景，说：“但是一个人如果真心想对另一个人好，就会莫名其妙地拥有很多奇怪的技能。”

美景赞同地点头：“你长得这么好看还给我发工资，你说什么都对！”

她带蔚青城来到一家叫“大胡子小糊涂”的烧烤店，豪迈地指着摆在烤炉右边的展示冰柜问：“想吃什么，你随便点！反正刷你自己的卡，不用客气！”

烧烤店的老板刚给客人埋完单，回身看见美景来了，乐呵呵地打招呼：“小美女来了！今天就你自己啊？你那几个大美女朋友呢？”

美景嘿嘿一乐：“今天换大帅哥了！”

老板笑眯眯地看了一眼蔚青城，点点头：“确实帅。”

蔚青城直勾勾地盯着冰柜里的生冷食材，完全不知道从哪里下手，确切地来说，这将是他人生二十七年来第一次吃这种路边大排档的烧烤，此刻的他十分缺乏选择美食的经验。

“我来吧，吃烧烤这一块我是专家，从小吃到大。”她拿起一个在蔚青城看来不怎么干净的小粉筐，打开冰柜开始往外拿东西，“这个烤肥牛烤得焦一点，嗞嗞冒油的那种，特别香。还有这种羊排，据说这羊都是草原上的羊，管它是不是草原来的，好吃就行了。还有这个五花肉辣椒串，我保证你吃一串就一生难忘。”

她絮絮叨叨地一边当美食讲解员，一边把要吃的东西都拿出来，捧着满满的小粉筐就像捧着一堆金子，满眼幸福地端在面前冲他笑：“我都恨不得生吃了！”

她将小筐递给老板，指着摆在外面的小龙虾说：“这个，两斤，一斤不辣的，一斤大辣的。这些肉串也一样，一半不辣的，一半大辣的，再来两瓶哈啤。”

美景找到一张刚刚收拾干净的长桌坐下，用热茶帮蔚青城洗好杯盘，帮他倒好啤酒，坐等吃肉。

“你的手到底是怎么弄的？还有你的手机，哪里来的？”他喝了一小口啤酒，淡淡的啤酒香气让他更好地融入周围的气氛。

蔚青城是个很难令周围的人忽略的存在，他清俊的面孔和来自文人的美好书香气在人群里显得有些另类，路过的人都会侧目多看他两眼。

美景一边托着下巴，一边观察着周围的人看向蔚青城的眼神，一边回答："说来话长。"

"那你就该学会长话短说。"

"好的，作家大人。"她开始一五一十地将事情的本末向上级交代，说到余宝珠的时候，忍不住将自己的内心旁白说了出来——大胸、小腰、翘屁股，那个身材也是没谁能比了哦！

蔚青城也就跟着她这句话下意识地将视线落在美景的胸口，美景双手交叉护在自己胸前，狠狠地瞪他一眼："我发现你这两天就跟发情的猫一样，能不能收敛一点，你这样会吓坏你的女助理的，我都开始把你和变态色情狂联系在一起了。"

他淡淡地嗯了一声，不知所谓何意，过了好一会儿才说："你是我的女朋友，我看两眼怎么了？"

"哟嗬，我的作家大人，您这话说得，我是你的女朋友这件事，我本人怎么不知道？你说我是你女朋友，我就是你女朋友，你嘴这么好使，麻烦你说我是英国女王好吗？大街上随便来个陌生男人说我是他女朋友就可以随便拿眼神猥亵我？"

"那我会让他后悔自己长了眼睛。"

美景硬挤了一个不怎么好看的笑容给他："谢谢你哦，你人好好，可惜我还是不想做你的女朋友。"

"你会想的。"

美景耸耸肩，什么都没说。

终于等到肉串和小龙虾都端了上来，她已经馋得快流口水，虽然还不是很饿，却莫名其妙地馋，吃了还能再吃。这可是要发胖的迹象，不是好事啊。

她细心地用餐巾纸将竹签的顶端擦干净，才把肉串放到蔚青城的面前："吃吧，不干不净，吃了没病。"

蔚青城吃饭的样子是真真招人喜欢，很少有人吃东西能兼顾吃相端庄还吃得香，大概是真的很喜欢吃肉的原因，所以他吃得很认真。

“作家大人，你真的是阴阳眼吗？”她用两根手指捏着一小段羊排的两端，口齿不清地问道。

蔚青城被问得一愣，默默地抬起头，否定道：“不是。”

“那你到底为什么能看见鬼呢？”

他似乎并不是很想谈论这件事，所以一直沉默，低头继续吃东西，就在美景准备开启下一个话题的时候，他突然冷冷淡淡地开口道：“在我还小的时候，做过一个梦，梦里有为我做饭的母亲、坐在客厅里喝茶的父亲、陪我在房间玩耍的伙伴。是很真实的一个梦，以至于我醒来以后觉得，一个人孤孤单单地生活才是梦，那种有人陪伴的日子才是我真正的生活。从那以后，我把梦见的那些人都放进我的生活里，和我一起生活，陪着我长大。我的那些保姆和助理都不喜欢我，他们觉得我有精神分裂症或者有某种特殊的心理疾病。”

“那你真的有吗？”不知怎的，美景忽然很心疼这样的他，一个人要有多孤独，才愿意和鬼魂做朋友，也许并不是他不想和别人相处。

蔚青城白了她一眼，不想回答这个弱智的问题。

“很多人都说作家的心理都是有问题的，动不动就抑郁啊什么的，还寻死觅活的，很脆弱的样子，你是那种吗？”

“你觉得我是吗？”

美景真诚地摇头：“不，我觉得，你吧，是那种能把别人逼抑郁了，还能把别人逼得生无可恋、生不如死的作家，你更胜一筹啊！”

“……”

她戴上一次性手套，先把大辣的那一份小龙虾端到自己面前，手法娴熟地剥出白白的虾肉，蘸上鲜辣的汤汁，再放进蔚青城的碗里。

“你知道我为什么喜欢你？”他问。

美景摇摇头：“因为我漂亮？天使的脸蛋、魔鬼的身材。”

蔚青城面无表情地夹起碗里的小龙虾肉放进嘴巴里，像在说某些平常的小事一般，说道：“因为除了自己，我只能接受和你一起生活。”

美景尴尬地笑笑，继续用小羊蹄子艰难地给自己剥虾：“作家大人，我不知道该怎么和你说。”

“实话实说。”

“好的。”美景点头，“就是我那个小闺密何培，刚刚和你说过了，她是你的粉丝，一直梦想有朝一日能嫁给你。她希望我能促成你俩的好事，现在看来虽然不太可能了，可是，我不能和我好朋友喜欢的男人在一起啊，你不觉得这种做法特别下作吗？”

“不觉得。她喜欢我和我有什么关系。她喜欢我，我就要非她不娶了吗？你觉得自己不能和闺密喜欢的男人在一起，那你闺密为什么不这么想？只有你一个人把她当成闺密而已，她把你当作人生的阶梯，踩到了就说是好的，踩不到就要毁掉。”

在如何对待朋友这件事上，美景和他的意见不够统一，也没有可能达成共识，原因很简单，蔚青城是没有朋友的人，他的立场永远是自私的。在蔚青城的世界里，最重要的只有他自己，他不懂得包容、不懂得谦让，不懂得人与人交往的那些奥秘。

他吃完了美景给他点的所有东西，包括那一瓶啤酒。只不过是舔了一口给他剥小龙虾的手套而已，美景就辣得眼泪快出来了，而蔚青城吃完这么多辣椒还能面不改色，真是令人佩服。

“没有什么烦恼是吃一顿烧烤解决不了的，如果有，那就两顿。”她打了一个饱嗝，叫来老板刷卡埋单。

“怎么样，心情是不是好了很多？”她问。

蔚青城没有回答，若说到这顿饭给他情绪上带来的变化，大概只有加快消化了刚刚在面对自己母亲的羞辱时的愤怒。

那些羞辱并不是他第一次听到，那种愤怒并不是第一次感受，没有美景的那些时间，他也都艰难地挺了过来。

当然，相比一个人去承受那些，显然有了不怎么可爱的美景和不怎么卫生的美食以后，会轻松许多。

之前的许多个夜晚，他都伏案在台灯下想一个严重的问题，那就是自己为什么会喜欢岑美景。毕竟，他是如此矫情和骄傲的一个人，而美景不过是一个平平无奇还越来越像泼妇的小姑娘。现在，他仍旧没想明白，只是，在她挺身而出的那一刻，他告诉自己，不管她是多么差劲、多么配不上自己的人，可这个选择是对的。

在他心中，不够完美的岑美景完美地呈现了一个家人的模样，和他心中的家人一模一样。

她会一边发牢骚，一边无微不至地照顾自己，她会胆小地示弱也会勇敢地发威，她喝醉了会记得找回他才睡，也会像个战士一样无畏地挡在他的身前，她把他不可一世的生活变得琐碎，有人陪他沉默，有人陪他斗嘴。

他曾以为，可能自己一辈子都要孤独地生活下去。那时的自己，是享受孤独的。孤独不过是一种生活的常态，现在他再也不想回到一个人生活的状态。美景白天出了门，他明明知道她夜里一定会回来，却还是不安地踱步，不断地看着时间，不停地抱怨，天怎么还不黑。

美景一边用手挡着嘴巴剔牙，一边瞪他："你看什么看，美女也有塞牙的时候啊，有什么奇怪的！你以为所有人的牙齿长得都跟你的一样，好像镶了一口烤瓷牙一般……"

蔚青城扭头看向别处，心想，她真的是越来越凶，刚刚来我家里的时候多可爱。

如果凶巴巴是她的本性，那她愿意在他面前展露真实的自己，也是极好的。

第八章

我的地盘我做主

夜已深，吃饱喝足的人们在街头的喧嚣声中互相道别，而岑美景则和蔚青城两个人站在插满竹签的垃圾桶旁边茫然地四目相对。

“怎么办？我们去住酒店吧？”她抬手指向远处高耸的大楼，“五星级的，虽然没有海景房和山景房，但俯瞰城市的夜景还是不成问题的。”

蔚青城没有异议，他也不知道父母和徐染他们离开没有，万一没离开，回去还会再吵一次。

“咱们丑话说在前面啊，作家大人，那个地方可不便宜。”

“你去过？”他侧目，在路灯柔和的灯光下打量她，走起路来脑袋上盘起的发髻一晃一晃，蛮可爱的。

“嘿嘿……”美景故意笑得很无耻，小脑袋一摆，“我路过。”

那么高级的地方，每次路过都感觉大堂里面吹出来的冷气比别处的高档，她这种穷得背心都快磨出窟窿的草根姑娘怎么住得起。

“这样吧，为了帮你省点钱，我们去那里给你开一间房，你住，然后我去附近的朋友家住。明天早上，我先回公寓看看你们家的‘批斗天团’还在不在了，要是不在，我就接你回来。要是在，你就查查你卡里还有多少钱，不行，咱买个新房子吧！”她一本正经地计划着，还在暗自感叹自己的计划天衣无缝。

可蔚青城完全不埋单：“你要和我一起住。”

“作家大人。”她停下脚步，扬起小脸，满眼认真地唤了他一声，

“你有没有发现自己身上有一个地方有着惨绝人寰的美？”

“美？”他不解，“哪里的美，需要你用到‘惨绝人寰’四个字。”

“想得美。”

“……”

她傲娇地哼了一声，大摇大摆地走在前面：“我呢，主要是怕你在酒店那种旖旎的环境下兽性大发，毕竟我是个守本分的好姑娘，不是那种随随便便的人，除非……”

“除非什么？你知道有多少人想和我共处一室且巴不得我兽性大发吗？”

美景翻了一个巨大的白眼，这话无从反驳，一定有很多人是这样想的，至少何培就愿意：“除非呢，你说你害怕，我就考虑一下陪陪你，毕竟，照顾你是我的责任。”

美景笃定他一定不会说出这种话，他是养了二十来年鬼的人，别说住酒店了，就是让他去住墓园，他也不会眨眼。

她刚刚这样腹诽完，就听他痛痛快快地说了一句：“嗯，我害怕。”

“你、你！”美景气得语无伦次，心想这人真是为了泡妞而无所不用其极，“你怕个屁啊！”

“屁有什么好怕的。”

“……”

这是一个调节气氛的玩笑话，美景像模像样地施法让他忘掉刚刚发生的一切，蔚青城则一副看待二傻子的表情看着她。

酒店到了，光看这大门就恢宏气派，每次路过都想进来看看这金碧辉煌的大堂到底有多漂亮，这回终于看到了，美景还有点小开心。

不过很快，她就不开心了。

上台阶的时候，她不小心被大理石台阶绊了一脚，幸好蔚青城及时把她扶住，不然，她的胸还得再和大地来一次亲密接触。“哎哟”一声后，她低头发现自己的凉鞋带断了，要死不活地掉在地面上，她愤愤地叹息，生活已经很困难了，偏偏还这坏那坏的，好烦。

本来就只有两根带子的鞋子坏了一根还怎么穿，她索性将两只鞋子都脱下来拎在手里："就这么走吧，反正这里也挺干净的。"

身边有人经过，也是要进酒店大堂的，刚抬起头的美景不经意地看了那两人一眼，恰逢那两个人也十分不经意地看向自己，于是，三个人不约而同地愣住了。

蔚青城原本正专注地看着美景的脚丫，正想着她这个机灵鬼，连脚丫都不让人省心，感觉到气氛不对，也跟着抬头看过去，然后很自然地加入了这个面面相觑的队伍。

"这不是上次私闯我的公寓、被我打出去的那个人吗？"他平淡地道出无情的事实。

美景用手肘拐了他一下，礼貌地笑着和对面的两人打招呼："嘿，好巧啊，遥远。"

这真不是一个打招呼的好地方——嘿！好巧啊，遥远！你带着女朋友来开房啊！是呀，好巧啊，美景，你带着男朋友来开房啊！

遥远从诧异中回神，嘴角不自然地上挑。

"是美景哦。"遥远身边的女孩甜美且自豪地挽着遥远的手臂笑。她看了看酒店大堂，又看了看美景手里坏掉的凉鞋，十分嚣张地说道："美景，可不要再让你那些好朋友四处说遥远是为了钱才和我在一起的话，只是他喜欢的人刚好条件好而已，就像你和你身边这位一样，难不成你也只喜欢他的钱吗？"

遥远捏了捏女孩的手腕，对美景说了一句"抱歉"就先一步进入酒店。

他们的背影是很般配啊，无关金钱，也无关她，可当她的视线落在遥远脚上的那双鞋子上时，眼睛就忽然发烫了——他穿着她送的鞋子和别的女孩来开房，真是荒谬又恶心，还有那么一点点难过。

好吧……不是一点点，是很多点。

"你是要哭吗？"蔚青城突然很用力地捏住她的下巴，强迫她看向自己。

这也太用力了，美景已经不自觉地发出一声轻哼："你要谋杀啊！脖子要断了！"

“敢哭一个，你试试。”

她用力挣脱他的手腕，牛烘烘地一扭头：“你让我试试我就试试，那我多没面子！不试！”

蔚青城板着脸弯腰，一个公主抱把她横抱在自己的怀里，一步一步拾级而上。美景被他吓到了，还没反应过来自己的双脚是怎么离开坚实的地面，身体就撞在了同样坚实的胸膛上。

第一次被人这样抱起来的美景忽然脸红了，很想下来，挣扎了两下，发现太丑了，像个大蛤蟆，于是自觉地安静下来。

门童为他们开了门，这里面也如她的想象一般绽放着殿堂般的光芒，唯一不好看的地方大概就是站在柜台前办理入住手续的遥远和那个漂亮的校花。

他一个劈腿的人都没有想逃走，美景为自己刚刚产生的那一瞬间的逃走的想法而感到羞辱。

“抱起来比看起来要苗条很多。”他的声音很近，美景缩了缩肩膀，有些不好意思，声音低如蚊蝇一样回应：“我只是看起来有一些婴儿肥，不是真的肥。”

蔚青城忽然想起了儿子，那只看起来很肥也确实很肥的加菲猫，胖得一点也不含糊，如果儿子也长美景这么大个子，大概能把他压死。

他这个人向来不顾及别人的眼光，即使在这里仍不在意，旁若无人地将美景搁在酒店光洁的大理石前台上，除了他自己，所有人都愣了。

美景的脸噌地红了，连脖子都跟着变成了粉色，作势就要往下跳，被蔚青城一巴掌按住：“坐好。”

遥远已经办理好手续，深深地看了美景一眼后，和女友朝电梯的方向走去。

“您好，先生，请问是需要办理入住吗？”

美景扭头，居高临下地插嘴：“对，对，我们要两个房间。”

“一间房。”他冷静地操控全局，好像对开房这件事十分有经验一样。

“好的，先生，现在只有豪华大床房和商务标间，请问您需要哪种？”

“有什么区别？”他不理解这两个房型有什么不同，怎么说也是人生第一次亲自开房嘛。

“豪华大床房有一张一米八宽的大床，商务标间是两张……”不等前台小姐把话说完，他就做好了决定：“大床房。”

“好的，先生，豪华大床房一间。”

美景噘着嘴巴抱着肩膀，一脸不爽。

“麻烦出示一下两位的身份证。”

蔚青城朝美景伸手：“身份证。”

美景不情愿地打开包包翻找起来，猛地一拍大腿：“哎呀，没带！”

这就尴尬了，原来有钱花不出去是这种感觉，蔚青城抬起食指揉了揉眉心，沉默地把美景抱下来。

“干吗？生气了？要把漂亮的女助理扔出去喂狗吗？”美景自责地抱着包包，“对不起，作家大人，是我的失误，千万不要把我扔出去，会摔成半身不遂的。”

他抱着美景走过十字路口，来到酒店对面的购物商场，决定先给她买双鞋子。虽然美景不胖，可他抱久了还是会觉得有些累。他抱着美景直奔商场一楼一家奢侈品牌专卖店，进门就将她放到沙发上。

美景从没逛过这种级别的品牌店，这不是她可以消费得起的地方，爱美之心，人皆有之，可她还是觉得不要去奢望不属于自己的东西才会过得比较幸福，还有，进入这样的地方，她会有那么一点点自卑。

蔚青城虽然对品牌没有研究，但好歹也算富家子弟，花钱能买到的东西在他眼里都是一个样子。

他在店里转了一圈，指着一款带有朋克风的芭蕾舞鞋说：“这个，要黑色，给她试试。”

美景在没有看到蔚青城选的鞋子的时候，默默地认为他的眼光一定差极了，他连自己的鞋子都没买过，穿的都是陆骁给他选的，他怎么会选女人的鞋呢。

等鞋子真正摆在自己面前等待着她去试穿的时候，美景才知道有些人对于“时尚”二字，是不需要学习的，这东西也有人天赋异禀。

营业员帮她将绑带仔细地缠绕在脚踝上，打上一个漂亮的蝴蝶结，美景怀着兴奋又忐忑的心情站到镜子面前，仿佛灰姑娘穿上了耀眼的水晶鞋。

穿着这双鞋，她在店里来来回回走了两圈，他挑选的这一双确实最符合她的眼光。

“合脚吗？”见她反反复复地感受，好像不是穿了一双新鞋，而是安了一对新的假肢，他以为她觉得不舒服。

美景跷起小脚左右来回看，心想这么贵又这么美的鞋子怎么会不合脚啊，简直是你多大的鞋我多大的脚啊！

“作家大人，你怎么知道我会喜欢这种，没准我喜欢别的款式呢！”

蔚青城可没看出来她喜欢别的款式，他走到美景身边，粗鲁地翻开他的小皮包，找到自己的信用卡递给营业员，头不抬眼不睁地对美景说：“我不知道你会喜欢哪款，你喜欢哪款都不重要，重要的是，我想让你穿哪款。”

美景撇撇嘴，忍不住又看了两眼镜子：“谢谢你送我这么贵的鞋子，我无以为报，以身相许也不可能。”

蔚青城提笔签字，不以为然道：“我的彩礼肯定不止一双鞋子，这一双的钱从你工资里扣。”

说到工资，生活的压迫感再次席卷而来，快两个月了，蔚青城连一个钢镚儿都没让她看见过，又不是发不起工资，非要拖欠，这可不是好习惯。

“可别提工资了，一提工资，我就想跳河，我都快忘记人民币长什么样子了……”

蔚青城很礼貌地向营业员小姐询问：“你这里有一百元现金吗？借我用几秒钟。”

很快，粉红的百元大钞被立在美景的眼前，他还不忘将钱来回翻面，方便她看得更清楚：“人民币长这个样子，看清楚了吗？”

美景眼珠瞪得圆溜溜的，目不转睛地欣赏着眼前的粉红大钞，蔚青城以为她会一巴掌把自己的手腕打到一边去，顺便呛他两句，谁知美景一把抓住他的手腕，对着他的指尖深深吸了一口气：“我不仅想起了它的样子，我还想起了它的味道！”

蔚青城下意识地把钱放到鼻尖，也闻了闻：“嗯，铜臭味。”

美景调皮地笑起来，发出甜美动人的声音，蔚青城也跟着无声地弯了弯嘴角。他一笑，她就愣住了。

原来那么冷的一个人，笑起来是这么好看，不知是不是太久没有笑过的原因，他的笑容里竟透着一丝腼腆，可即使专卖店里这么明亮的灯光，还是没能挡住他微笑时周身散发出来的夺目光芒。

他将百元大钞还给营业员，准备和美景离开，营业员拿着他刚刚签字的银联单不可置信地问：“请问您是写《他杀》的作家蔚青城吗？”

蔚青城停下脚步，转身看向她：“嗯。”

“抱歉，打扰您了，我真的是太喜欢您的作品了，这本书我看了整整四遍！”她真的很激动，说话的时候整张脸都红得快滴出血了。

《他杀》这本书美景也看过，讲述的是一个在孤儿院长大的十六岁的少年——子禾因为一场梦而怀疑自己拥有外星血统。他没有上过学，却拥有丰富的物理学和天文学知识，莫名地热爱太空。他总是莫名其妙地受伤甚至几次经历死亡。他怀疑过周围所有的人，写下密密麻麻的拯救自我的计划。他推断有人要从另外一个空间进入他所在的空间要将他置于死地，直到他遇见建筑师凯文。他俩一起来寻找真相，最后他在凯文的家里杀了凯文并自杀，警方赶到后，发现安装在凯文别墅的摄像头记录了一切。少年患有严重的精神分裂症，他其实是五十三岁的前科学家，根本不是孤儿，而建筑师凯文，是为了治愈患有精神分裂症的父亲而成为了精神科医生的儿子。

故事从一开始就通过不断地制造悬念而引人入胜，直到最后整本书快看完了，才道出这个逆天的真相。这是一本可以让人一口气读完又一口气叹息出来的好作品。

子禾分裂出来的每一个人格都鲜明有特色，子禾的坚强和脆弱、光明和阴暗，以及种种惊恐到近乎崩溃的边缘，都具有极强的代入感。

只不过，她看的不是正版，而是她在网上下载的盗版，当时因为这件事还被蔚青城的小粉丝何培数落了一顿，说什么一定要支持正版，这样才对得起蔚青城那么用心的文字。

当时的美景是不屑的，她倒不是真的舍不得花三十几块钱买一本评分很高的好书，只是恰好遇到了盗版，并没有将这件事进行思想上的升华，反正她只是一个普通的小市民而已。

后来，她认识了蔚青城，亲眼看到他为了推敲一部作品整夜坐在台灯下，看到他为了阅读一些资料而捧着字典翻看意大利文的书籍，还有在她看来和羊肉串一样的阿拉伯语书籍，那时候她才懂得，没有哪一样成功是偶然的。

他的父母是画家，只看得到感受得到绘画是需要耗费心血的，却没有看到他的用心。

在很多人看来，写作是需要与生俱来的天赋的，或许这是真的，但这不能说明，拥有天赋的人就不需要努力。

蔚青城值得被崇拜，这毋庸置疑。有人这样喜欢她的老板，她竟有一丝小小的骄傲和自豪。

女营业员请求他为自己签个名，因为今天刚好是她的生日，虽然这违反了她的工作规定。

蔚青城很大方地在她的笔记本上签上自己的名字。

“能不能帮我写一句话？”女营业员感动不已，不好意思地要求道。

蔚青城仍不吝啬，在他的名字下面按照对方的要求铿锵有力地写下：一句话。

翘首期盼的女营业员：“……”

踮起脚丫看热闹的美景：“……”

“有什么问题吗？”他将笔记本还回去，不明所以地看着营业员。

对方连忙摆手：“没有，没有，您真可爱。”

可爱？难道不是智障？美景想。

离开专卖店，美景再次带他踏上公交车，蔚青城不知道她还要搞什么幺蛾子，难道这是要进行公交车一日游吗……

“作家大人，我也很喜欢《他杀》，你什么时候送给我一本签名书呢？”

“自己去买，我没有。”

“那你倒是给我发工资啊！”美景说完这句话，蔚青城又好久没理她，美景啧啧两声，“看吧，看吧，一说到工资，就没话说了。”

“你脑子是不是有毛病？”他突然的反问把美景问得一头雾水。她不服气地反驳道：“我怎么了！我要工资，怎么就叫脑子有病！农民不用生活的呀！卫生巾都要重复利用了，穷得口袋比脸都干净，咋不能要钱了！”

“卡就在你手里，你自己不会取钱吗？”他皱眉。

美景生气地抱膀：“不会！你又没说可以取工资，我一毛钱都不敢乱花，我可不想犯法！”

“……”

她跷起二郎腿仔细欣赏起自己的新鞋子，爱到深处还忍不住摸一把，忽然之间，就想起来刚刚在酒店大堂看到的画面，遥远穿着她在他生日时送给他的鞋子和别的女孩去开房，心生生被捅了一刀，又疼又恨。

她的情绪写在脸上，他看在了眼里。

“岑美景，你需不需要看一下心理医生？”

“嗯？”美景一脸茫然，“为什么？”

“为什么一下子开心得像个孩子，一下子难过得像个傻子？”

这个形容虽然不好听，但很贴切，她低落地扭头看向窗外：“要是你刚刚分手的前女友穿着你买给她的新鞋去和别的男人开房，你也会像我这样，难过得像个傻子。”

“我不会。”他笃定道，“如果我决定分手，她对我来说就是路人，穿什么都和我无关，裸奔我也不会多看一眼。”

“行行行，你财大气粗，行了吧，我那可是省吃俭用……算了不说了。”

“所以呢？”他没有打算停下来的意思，“一个男人穿着你省吃俭用送的鞋子却和别的女人去酒店翻云覆雨，这种人还值得你费神吗？我觉得，你应该把精力都放在我身上。”

“哦。”美景对这个提议不感兴趣。

“我很认真地告诉你，我在吃醋。”

美景不可思议地看向他，他的脸上却是写满真诚，她有点想笑了，可是又觉得人家这样认真，她笑出来不太好，一忍再忍以后，她还是没忍住，把刚刚女店员对他的评价再一次送给他：“作家大人，你这个样子真的好可爱。”

蔚青城可不觉得“可爱”这两个字是赞美，他郁闷地将身体转向另一边，不再搭理她。

整整十六站，从城市的中间坐到城市的边缘。

他和美景一起下车，站在老旧的路灯下观察周围破败的楼房。

美景打开手机自带的手电筒，往又深又长的巷子里面照了照，远处已经没有路灯，脚下的路也因常年失修而变得坑坑洼洼。

“再往前面走十分钟就是我家了，今天晚上就先住在我家里。丑话说在前面，我家可是很普通的家庭，没有你家里的那些高级生活用品，你可以睡在我的房间，我去和我妹妹睡。还有，我们要悄悄地进去，不要弄出较大的声音，我妈一直睡眠不好，被吵醒了就很难睡着。”

两个人深一脚浅一脚地走到美景家楼下，刚一拉开一楼的大铁门，就见一团白影从两人中间一闪而过。美景被吓了一跳，回过神来后狠狠地一跺脚：“好像是猫，哪里来的，吓死人了。”她见蔚青城十分淡定，忍不住好奇，“你怎么不害怕？”

“一只猫有什么可怕的。”

这是一栋很神奇的居民楼，只有双数楼层的灯才亮，也就是说，一楼、三楼以及美景家所在的五楼都是昏昏暗暗的，双数楼层的小灯泡也亮不到哪里去，只能发散出来一丝丝微弱的黄色光。

只差一点点，他都要以为这里就是现实中的贫民窟了。

至于美景家这扇贴满小广告的防盗门，看起来则比美景年轻不了多少。

“你在这里长大的？”他的声音不大，和平时一样，但在深夜的走廊里还是显得有些洪亮。

正在掏钥匙的美景连忙竖起食指放在唇边：“嘘、嘘、嘘！”

“……”

“我是从小就住在这里的。”她压低声音回答了他的问题，接着又说，“不过，这房子可不是我家的，我爸妈买不起这里的房子，租了很多年倒是真的。”

“那你父母，也是挺没本事的，这么多年都没赚到一套房子。”他的声音还是如正常一般，美景生气地在他胳膊上掐了一把，并且掐疼了他。蔚青城皱眉，心想她真是越来越放肆了，还不承认自己是恃宠而骄，居然敢对自己动手动脚的，没见过哪个助理敢这样对待自己的老板。

“你懂什么，你是有钱人家的公子哥，不了解别人家的情况就不要乱说。对了，我家有一只傻狗，不会咬人、不会叫，只会摇尾巴，你不要被吓到。”

她尽量放轻动作，尽量不发出任何声音，小心翼翼的程度可以看出她是多么孝顺的一个孩子，只是，很像进别人家的门，和小偷一样，不发出声音，也不代表一定要弯着腰走路啊。

门一开，门口果然站着一只长着地包天大牙的哈巴狗，这丑陋的程度堪比外星狗。美景没有介绍错，这只狗真的不会叫，只是一个劲地摇尾巴，大概是年纪也很大了，摇了一会儿就累了，没什么精神地回到自己窝里趴好。

美景没有开灯，用手机的手电筒探清客厅的情况之后，对站在门口的蔚青城勾了勾手，可他才迈一步，就一脚将美景脱在门口的拖鞋踢出老远，撞在了立在洗手间门口的不锈钢盆，发出嗡的一声。

美景猛地回身，恨铁不成钢地一把捂住蔚青城的嘴巴：“嘘！”

蔚青城显得有些无辜，这是脚踢的，又不是他喊的，捂嘴有什么用。

过了好一会儿，美景确定母亲的房间里没有发出任何声音，也就是说，她并没有醒过来，才慢慢松开蔚青城的嘴巴，带着他走向自己的房间，开门，关门，再开灯。

有着足够年头的复古灯罩散发出柔和的黄色光线，房间的布置十分简单，一张铺着碎花旧床单的小床，一个简单的小衣柜，书桌上干净整齐，椅子上套着自家做的碎花椅垫，衣柜旁边摞起高高的鞋盒子，窗台上摆着两盆……

嗯？两盆葱？这家人吃葱都不用买的，直接自己种？那床底下会不会有一盆泥土，上面种着生菜、白菜，洗手间里会不会养着一只猪？

美景正在从柜子里拿新的枕巾出来，看到他用一种看待奇葩的眼神看着自己，有些莫名其妙，压低声音道：“看什么看，我也是没有办法才出此下策。我还没带男孩子回过家呢，而且我刚刚已经告诉你了，我家里很简陋的，不过还是很干净的，对不对？这个新的枕巾是我参加校文艺会演的纪念品，没人睡过的，放心好了。”

她像模像样地抖开枕巾，粉蓝色的小碎花上面刺绣着某某大学的字样。

美景将他安置好后，又从柜子里抱出来一个枕头，准备去隔壁房间和妹妹一起睡。蔚青城见她要走，当即黑脸：“你要去哪里？”

“你说话的声音不会小点吗？我就在隔壁房间，不会把你扔下不管的，我和我妹妹睡。”

“不行。”他当即否决。

美景不乐意地一歪脑袋：“凭啥不行？你以为这里还是你的高级公寓啊，这可是我家，我的地盘我做主，我爱在哪睡就在哪睡。”

“你以前不是一直和我在一个房间里睡的吗？”

“那是睡猫窝！那是被你吓的，是被逼无奈！”

“那你现在也可以和我睡在同一个房间里，你睡地上。”

美景低下视线看了一眼自家的地板砖，因为太过老旧，有好几块都碎裂开来，丑陋极了，她哼了一声，将手掌握在门把手上：“我才不睡地上，要睡你自己睡吧，以后我都不跟你一个房间睡了。你现在是个有阴谋的流氓，为了我自己的贞洁，我必须远离你。”刚要开门，突然想起来什么似的停下来，眼睛眯起来坏坏地笑，“对了，作家大人，这个房间以前是我外婆住的，要是半夜有个短头发、小眼睛的老太太和你聊天，你可不要害怕哦！”

“你外婆很想你。”他坐在床上，语气十分淡然地说道。

“嗯？”美景眨眨眼，“你怎么知道？”

“从我们进你家门开始，她就跟着你，从客厅到卧室，现在在你身后，可能是要跟着你一起出去。”

虽然她很爱她的外婆，也很明确自己是唯物主义者，可还是忍不住后背发凉。她抱着枕头傻傻地站在门口，不知道该出去，还是不该出去，好一会儿才说：“我……我，我告诉你，我是我外婆亲生的，不对，我是我外婆亲生的女儿亲生的，我外婆是不会对我怎么样的。反倒是你，你是外来人口，无端地霸占她的房间、她的床，还龌龊地想要霸占她的外孙女，你可要小心了。”

蔚青城的胆子是大破天际的，他认为世间一切的牛鬼蛇神都源自于人心，心里若是将它们描绘成可怕的样子，那它们就是可怕的，心里若是将它们描绘成和善的样子，那它们就是和善的。

“没关系，在这间房子里，你去哪，你外婆就去哪，她打扰不到我。”

美景瞬间愁得五官都挤在一起：“你怎么这样啊！”

他淡定地拍拍身边的被子：“我是这样的，不过，你可以和我睡在一起，我能保护你，最起码我可以观察她的一举一动，也可以帮你们沟通一下感情。”

“我呸！”她两眼一闭，拧开门把手就冲出房间。

美景还是有一点点倔强，相处了这么久，他也对她有了或多或少的了解，所以，他也知道美景出去了就不会回来，便自己走到门口关了灯，打开窗，躺回床上。

他并不是很困，脑子里的思绪很乱，不像平时的自己，或许是因为父母回来又闹得不可开交，或许是因为越来越发觉自己对美景的感情朝不可控制的方向发展。

躺在美景的床上，感受着属于美景的世界，蔚青城这才意识到他和美景能有交集是多么不容易的一件事。

看起来，他们是生活在平行空间里的两个人，他从没想过自己会喜欢这样一个普通的女孩子。

他要承认自我的骄傲，他不是没有幻想过自己未来的爱情，各种各样的，对方都是要比徐染更耀眼的。

可等真的找到了才发现，原来对方耀眼和夺目并不是我们爱上一个人的理由，而当我们爱上这个人以后，她便自动发光、发亮，然后这整个绚丽的世界，都会因为她的存在显得暗淡无光。

最漂亮的、最可爱的、最想靠近的、最信任的，再也不是别人。

第九章

意外见家长

美景的回归没有吵醒妈妈，但她在爬上妹妹岑美丽的小床时，却把那个古灵精怪的家伙弄醒了。

美丽一骨碌坐起来，揉着眼睛问道："姐，你大半夜跑回来，不睡自己的房间来霸占我的床，你是不是又喝酒了？"

美景狠狠地推了一把美丽的脑门："你才喝酒了！这床可是我花钱给你买的，我睡一下怎么了？把你小气的！"

美丽往里挪了挪，给姐姐让出一块地方："那你为什么不多赚一点钱买一张大一点的床，这个床这么小，我们两个挤着睡好热，你去你自己的房间睡不行吗？"

睡自己花钱买的床就是腰板直，美景理所当然地一把将妹妹拱到最角落里，舒舒服服地躺好，用被子盖住肚皮，长叹一声："你这个不当家不知柴米贵的小不点，能吃饱睡暖就别抱怨了。你姐我，为了这个家熬得都不像二十来岁的少女了。"

"你长得着急怪谁呀！"美丽一句话都不肯让，伶牙俐齿地顶回去，"你这么喜欢这张床，那你睡吧，我去你的房间睡，你睡觉姿势太狂野，我怕你压死我。人家是祖国的花骨朵，将来还要建设祖国的。"

说着，她就从床上跪起来，灵巧地跨过美景的身体，正要下床，就被诈尸一样从床上惊坐起来的美景给按住："等等，等……等会儿，建什么设什么祖国，祖国什么时候轮到你这种六科考试五科不及格的花瓶来建设！你给我老老实实地躺在这里睡觉，不许去我房间！”

美丽是个人精，从小就是，智商发育得不怎么样，情商可是高得惊人，她沉思片刻，问：“姐，我说去你房间睡觉，你怎么这么紧张呢？”

“我紧张什么紧张，我叫岑不紧张，你躺下。”

“我不。”美丽一把推开她的手，这才注意到她受了伤，心疼地捧起来，“姐，你怎么受伤了？是不是去隔壁老王家偷鸡让人打了？”

“大半夜的，你找揍是不是？”

美丽像个大人一样抱着肩膀，一脸老谋深算的样子：“你的房间里是不是有什么见不得人的东西？”

“是，我房间里有一颗炸弹，你不要去，我怕一开门就炸死你。”

美丽得逞地一笑，伸出小手做出点钱的动作：“封口费。”

美景无奈极了，万般不舍地掏出五块钱：“买你消停一晚。”

“好的，我去尿尿。”她握着五块钱跳下床，“放心吧，我不会叫醒咱妈的，行走江湖靠的就是‘信誉’二字。”

美丽打着去尿尿的幌子，偷偷溜进美景的房间，黑乎乎的一片，什么也看不到，啪的一声，她按下开关，当即愣住了，床上居然躺着一个男人！

姐姐居然学会在屋里藏男人了！

蔚青城以为是美景进来了，没想到是一个缩小版的美景，不禁也愣了一下。

美丽看了一眼自己的房间，美景并没有跟出来，她飞快地关上门并反锁，走到蔚青城的床边，居高临下地打量他：“你是我姐夫吗？”

蔚青城喜欢这个称呼，他撑着身体半坐起来，反问：“那你是我的小姨子吗？”

美丽捂住嘴巴嘿嘿一乐：“原来我的姐夫这么帅。”

“我的小姨子也很漂亮。”

美丽一点也不怕生，骄傲地挺了挺胸脯：“你多大了？”

“快二十八岁了，你呢？”

“快十二岁了。”她伸出右手，等他也伸出右手后，友好地握了握，

“姐夫，你好，我叫岑美丽，在实验小学读五年级。”

“我叫蔚青城，是一名职业写手。”

“啥是写手？”美丽不懂，不过这名字她怎么听着这[illegible]熟呢……

“作家。”他换了一种更简单的表达方式。

这老房子的隔音效果并不好，熟睡的人是可能无法听[illegible]两人的谈话声，可是美景醒着的，她当然听得到一墙之外传来隐约[illegible]谈话声，虽然她无法听清他们在说什么，但是还是能听得出来是一[illegible]女在说话。

她心想，就不该相信岑美丽这个小江湖骗子，[illegible]骗自己好多次零花钱了。

她光着脚下地，准备把美丽拎回来，却[illegible]己房间的门被美丽从里面反锁了，她又不敢大声拍门和[illegible]在拧了几下门把手之后放弃进去的想法，像个小贼[illegible]开。

“姐夫，初[illegible]照关照我吗？”美丽一脸期待地看着他，[illegible]会阅历的、从天而降的姐夫能懂得自己这个江湖[illegible]

蔚青城沉思片刻，实在没琢磨明白小姑娘给自己下的是什么套，于是问：“你觉得怎么关照是关照？”

“咱就按正常流程办事呗！”她继续点明。

“一般这个正常流程，都是什么样的？怎么听你的口气好像有很多姐夫来过这里，都被你整理出流程了。”

美丽连忙摆手：“不对，不对，思路偏了，你是我姐姐第一个带回来的姐夫。”

蔚青城不是很相信她的话，他深深地感觉岑美丽要比岑美景的套路深得多：“你对每一个姐夫都这么说的？”

美丽急得皱眉：“真没有那么多姐夫，我是让你按照别人家的姐夫和小姨子见面的流程办事！”

这算是给蔚青城出难题了，他的家庭关系很简单，确切地说，根本没啥家庭关系，属于一人吃饱全家不饿的单身汉，少有朋友，也不爱八卦，自然很难接触到这种所谓的流程。姐夫和小姨子这两个称呼联系在一起，怎么听都像会有点别的火花产生才对呢，不过，美丽这个低龄小姨子显然不符合这种人设啊……

美丽见他实在是不开窍，就一脸天然呆萌地坐在书桌前：“姐夫，我想去星巴克喝咖啡，我的同学都喝过，就我没喝过。”

蔚青城干脆坐起来，抱着膝盖偏头看着小丫头，算是安慰地说了一句：“哦，没关系，我也没喝过星巴克里的咖啡，你喜欢喝咖啡吗？”

美丽心里凉了半截，果然这个家如果指望姐姐那种笨蛋能飞上枝头当凤凰来改善家庭命运是不可能了，大款都是喜欢性感妖娆、风情万种的，谁会喜欢岑美景那种煤气罐一样的女生，她将来一定不可以成为煤气罐。

这个姐夫欸，居然都没去星巴克喝过咖啡，完全就是一个穷小子了，可惜这一副好皮囊，原来作家都这么穷。

“欸，还有啊，姐夫，我的同学每个礼拜都可以去肯德基和麦当劳吃东西，我一个月才能吃一次，你带我去吃吧！”

蔚青城眨眨眼，说：“哦……我没吃过肯德基和麦当劳，如果你想……”

“天哪！你连肯德基和麦当劳都没吃过，那得多穷啊！我姐姐一顿能吃三碗饭，排骨能啃一盆，你能养得起她吗！”她努力压低声音还要故意做出一副为难的样子。

“可以的。”

“吹牛。”

“没有。”

美丽支着下巴打量他半天，手指一下一下地敲在自己鼓鼓的腮帮上：“也就是说，你不会带我去星巴克喝咖啡，也不会带我吃肯德基、麦当劳，也不会有小小的红包给我当见面礼了？”她突然坐直身体，无奈道，“那我就要告诉我妈妈，我姐姐带野男人回家了，我现在就去告诉她。”

蔚青城恍然大悟，原来这小丫头绕来绕去，就是想要个红包，这是要卖姐姐的节奏？这么小，就这么财迷，似乎跟岑美景不太像。

“红包。”他突然抬手按住小姑娘的肩膀，把她重新按回椅子上，“红包可以，你要多少？”

正常来说，蔚青城是个十分受不得威胁的人，如果隔壁房间里躺着的是别的什么老太太，他也完全不在乎美丽会叫人还是报警，只是，想到美景那么小心地不去吵醒母亲，他不想惹得她对自己发火。

美丽觉得他很穷，不知道该要多少合适：“这个……看姐夫你自己的诚意吧！”

“我身上没有现金，银行卡在你姐姐那里，不过我有这个。”他摘下自己的Apple Watch递给她，“这个送给你。”

美丽满脸惊艳地接过来，她们学校最有钱的同学就有这个，据说可贵了，没想到，他还是有点小钱的人，不过这东西没什么大用处，上学不让戴，被老师抓到了还要没收，重点是，她家里很穷，家长和老师之间没有那一层不可言说的关系，不能像那些有钱人家的小孩那么放纵。

“这个，好是挺好的，就是，对我来说用处不大，我也不能把它卖了去星巴克喝咖啡。”

蔚青城从来没接触过小孩子，美丽算是第一个，没想到，这小鬼这么难缠和天真，星巴克和肯德基居然成为她十二岁的人生目标。

“你可以当作我押在你这里的，等我包好了红包来跟你换。”

“那也行。”她说着将Apple Watch放在自己手腕上比量了两下，“以后我在妈妈面前给你美言多少，就看你红包的诚意了。”

蔚青城“嗯”了一声，算是成交。

离开之前，美丽又问了一遍蔚青城的名字，嘟囔了两遍，还是觉得耳熟，到底在哪里听过呢……

“欸？姐夫，你是不是写《他杀》的那个人？”

蔚青城点点头：“是我，但是，你现在的年纪还不适合看我的书，等你再大一点就可以看了。”

岑美丽还是太年轻，无法估计被她敲诈勒索的这个作家是个多了不起的人，反正他进了她的家门，睡了她姐姐的床，从此就是她们家的人了。

美丽才一开门，就被美景凶神恶煞地当头劈了一掌，不等发出尖叫，又被她大手一捂，夹小鸡似的夹回房间。然后，美景又悄悄地跑出来把蔚青城的灯关上，再关上门，不给他留一句话，就急忙跑回美丽的房间去收拾她了。

可怜的美丽为了捍卫可以给自己发大红包的姐夫，挨揍也硬扛，就是不吭一声，反正美景打得也不痛，再说她是三天不打上房揭瓦的选手，早就被美景打得皮糙肉厚。

终于等到要睡觉的时候，美丽突然说："姐，我姐夫说他的银行卡都在你的身上，虽然吧，他挺穷的，连星巴克都没去过，也没吃过肯德基和麦当劳，但是一个男人能把工资卡都放在你的手里，那说明他是真心想跟你好的。"

"你叫什么岑美丽啊！你应该叫岑大明白。"

"真的，姐，你和遥远哥哥认识那么多年，他都没说把卡给你，我姐夫就不一样了。"

"我再说一遍，岑美丽，他不是你姐夫。如果你有姐夫，我是一定会和你姐夫睡在一个房间的，我还会和你这个烦人精睡在一张床上吗？我都快被你烦死了，你不要说话。"

如此艰难的一天，如此难熬的夜晚，美景噩梦连连。

她又梦到了遥远带着系花开房的画面，很奇怪的是，梦里她没有哭也没有难过，倒像看戏一样，一边嗑着瓜子一边对那一双璧人评头论足，后来蔚青城来了，举着一个平底锅，哐当一声敲在她的头上，质问她为何在这里看热闹，不去给自己做饭，工资还想不想拿了！

然后，美景就被吓醒了。

明明感觉刚入睡十分钟而已。

床头的小闹钟显示已经六点三十分，床上没有美丽的影子，这个时间她应该正在吃早餐。美景从柜子里翻出一身下岗很久准备留给美丽穿的旧睡衣穿上，揉着脑袋、肩膀走进客厅。

岑美丽老老实实地坐在那里，看起来还真是个十分乖巧的小姑娘，校服穿得板板整整，坐在餐桌前规规矩矩，一只手捧着稀饭一只手抓着馒头，笑眯眯地跟她问好。

平时美景不在的时候，桌上只会摆上两副碗筷，她在家的时候，桌子上就会摆三副碗筷，现在桌上摆了四副。

“我看家里多了一个人，就多摆了一副。”美景妈妈一边将厨房门口的垃圾打包好放在门口，一边回头对美景说了一句。

她才四十六岁而已，两鬓的白头发就已经多得惊人，从面相上不难看出她曾经是个美人，只是岁月一向不肯善待这些嫁给平凡人的美人。

美景在餐桌前坐下来，眼睛湿漉漉的，显然没睡醒。打了一个哈欠后，她对母亲说：“昨天我老板家发生一点事就没能回去，大半夜的，他不知道去哪里，我就带到咱们家来了。”

美景妈妈听了这话一怔，有些失望：“是你老板？不是你男朋友啊？”

美景点点头：“是老板，小葱拌豆腐那般一清二白的关系。”

为了显示自己足够招人烦，美丽及时插嘴：“是她男朋友，昨天我叫他姐夫，他都叫我小姨子了，还送了这么贵的电子手表给我。”

美景想起表的事就又想揍她了：“表呢？给我拿出来！”

美丽耸耸肩：“你能翻到就给你！”

“什么表啊？”美景妈妈听不懂两个女儿在说什么，又十分好奇，俨然一个大孩子的模样。

“妈啊，你太惯着美丽了，你知道她昨天晚上，居然跑去威胁我老板如果不给她红包，她就叫醒你来把人赶出去。这样发展下去，她指不定会长成什么样，该打就得打。”她撕了一小块馒头扔到地上，对着趴在美丽脚边的哈巴狗说道，“是不是，哈哈？”

听了美景的话，妈妈很震惊，没想到小女儿居然能干出这种事来，于是语重心长地说：“你有这个心眼留着以后自己找对象的时候用，就不会吃亏了，现在用还太早。”

“妈！”美景气急败坏地跺脚，“改天她成杀人犯了，你也这么惯着，你就说有那能耐留着以后宰老公，看她能不能干出来！”

“那不能。”妈妈信誓旦旦地保证，“美丽连鱼都不敢杀，还能杀人吗？除非，她以后学医了。”

“妈……”美景无奈地一头磕在桌子上，一副生无可恋的样子，“我真是……对您的教育方式佩服得五体投地。”

美景妈妈不乐意地反驳：“这话让你说的，好像你不是我教出来的……”

美景不忍心说，她以前真不是这样教育自己的，大概是因为外婆和父亲相继去世，妈妈才格外珍惜家人，生怕会再一次失去谁。美景总觉得现在的妈妈已经和从前那个悍妇不一样了，不仅仅是性子温柔许多，偶尔还会在阳台上自言自语很久。

原本家里还住着外公，可是外公太顽固了，非要回乡下和自己的妹妹相依为命去种地，妈妈拦不住，美景也觉得她不适合照顾一老一小，也就同意了。

现在，她身边只有美丽一个人外加哈哈一条狗，她都不舍得训狗，哪里舍得训自己的小女儿。

美丽的两个丸子头梳得很是霸气，一看就不是省油的灯，指望她自己把蔚青城的手表交出来是不可能了，美景打算自己翻。

书包里里外外、校服口袋均翻了，都没有，美丽窃笑个不停：“在我肚子里，你要帮我切腹吗？”

姐妹两个很快就拉扯在一起，哈哈在脚下欢快地摇尾巴，妈妈则淡定地坐下来准备吃早餐。阳光很好，穿过阳台穿过厨房，温暖地照在她们身上，破败的小房子也变得温馨好看起来。正当一切都无比和谐时，门口的方向传来一阵阵急促且霸道的砸门声。

美丽吓得一把抱住美景的腰身，躲在姐姐的身后，吓得大气不敢喘一口，哈哈这条傻狗叫都不会叫一声，还在傻乎乎地冲着自家大门摇尾巴。

家里没人出声，最大的声响来自于脚下的哈哈，它不停地喘着粗气。

砸门声在持续，眼看着老旧的门框都被砸得松动，稀里哗啦地往下掉粉末，美景妈妈硬着头皮应了一声，胆战心惊地走去开门。

门锁刚一打开，门外就赫然出现四个彪形大汉，犹如复制的熊大、熊二一般。

“大姐，又两个月没还钱了，这钱是能还，还是不能还了？你们有困难，也要理解我们的困难，我们一个个也有一家老小张嘴等着吃饭呢！”

美景妈妈往后退了两步，美景上前抓住她的袖子，把她拉到自己的身后，壮着胆子赔笑：“叔叔，我这个月就能发工资了，发了工资第一时间给你们汇过去，这大早上的，还麻烦你们跑一趟……”

“小丫头，叔叔我都让你这话骗多少回了！”为首的“熊大”为了体现自己生活十分困窘，将五官拧成一团，可脖子上的大金链子已经出卖了他的演技。

“不是，叔叔，那个，你们的利息太高了，我们该还的钱不是早就还了……”

“什么？”“熊二”是个脾气暴躁的家伙，从“熊大”身边挤进来，一副无法听懂美景说什么的样子，“你说什么，小姑娘？你这话，我怎么这么不爱听，什么叫你该还的？合着你借钱白借，我们辛辛苦苦赚的钱是用来扶贫的？大家也要相互理解，是不是？”

美景也很想理解他们，更想反手丢出去一个皮箱，砸他们一脸美金，让他们赶快从自己家里消失，可她没那个能耐，所以，只能傻瓜一样杵在这里任人数落。

“大姐啊，我得提醒你们一下，手上要是有钱就赶快还，这都是为了你们好，利息这么滚下去，你们只会更难还清啊。”

“会的，会的，我们会尽快还。”每一次这些放高利贷的来，美景妈妈都只会说这一句话，像她这种老实人，欠了别人的就觉得理亏，什么厉害的话都说不出了。

“今天就先还点吧，也别让我们几个起个大早白跑一趟。”“熊大”说。

眼看着几个人穿着鞋就要进屋，美景将身后的美丽护得更紧了：“叔叔，今天真没有，这个月肯定会还的。”

“还多少？”“熊二”问。

美景在心里核算了一下，怎么也要留一点钱给家里做生活费，吞吞吐吐地开口："一万二吧……"

"你个小姑娘拿叔叔寻开心呢，是不是！""熊二"凶神恶煞地冲上来，抓住美景的胳膊就往外拖，"还不上钱就别费劲了，叔叔给你想个好办法，你那份工作不赚钱，叔叔带你去做赚钱的工作，肯定比你现在的工作轻松。你就白给叔叔工作一年，你们家的欠款就免了。"

天下没有免费的午餐，美景知道他们所谓的好工作是什么，不就是到风月场所去干些风尘事。

美景吓哭了，这辈子大概都没见过这种逼债的阵仗，也没想过自己可能会被拉出去卖。

在最初、最绝望的时候，她不是没想过走这些偏门，可生活还不是糟糕到不可救药，她不想毁了自己一生。

一生太长了，她宁可用一生去辛苦，也不想用一生去后悔。

怎么说也是九十几斤的大人，在几个大男人的手里就跟小鸡崽一样。美景跪在地上，死死地扯住自家的沙发，一边哭一边求饶："叔叔，我再多还你们一点，我真不能去干那些工作。我爸妈供我上学不容易，求求你们了，你们也有女儿，我和你们的女儿一样啊，求求你们再给我一点时间，我不能就这么完了，叔叔……"

这样的哀求声任谁听了心里都跟着揪一把，美丽看到姐姐被人像拖猪肉一样拖在地上，眼泪跟豆子一样噼里啪啦地往下掉。美景妈妈想上前去把美景拉起来，另外两名大汉马上堵在她的面前。

美丽赶忙弯下腰，掀起校服裤脚将扣在脚踝上的Apple Watch摘下来："叔叔，这个特别贵、特别贵，先给你们缓一缓，行不行？放过我姐姐吧，我姐姐又丑又笨吃得还多，你们拉她走，会赔本的……"

咔嗒一声，属于美景的房间门在此时被打开，蔚青城睡眼惺忪地站在门口，衣领松垮垮地挂在肩头，板着一张冷冰冰的脸审视着眼前的一幕。

所有人都望了过去。

他张了张嘴却什么都没说，大步走到美景身边去拉她，视线落在讨债人紧握着美景的粗糙大手上，刚刚那股慵懒的气质完完全全被此刻散发的危险气息所取代：“松开你的手，立刻马上。”

不等讨债的人说话，美景就先慌了起来。这几个人壮得和熊一样，随便给蔚青城几拳都够他受的，那可不是蔚母的绣花巴掌，他长得跟个绣花枕头似的，怎么能受得了。

“哎呀，谁让你出来的呀！你快回去接着睡吧！回去、回去！”她又开始跟大汉求饶，“那个什么叔叔，这是我一个朋友，不了解情况，没他什么事，您别和他一般见识。”

说完，她还冲蔚青城眨眼，示意他快滚。

蔚青城不领情，直接问抓着美景的人：“放不放手？”

随便来个人挑衅几句他们就屁滚尿流，那就太对不起他们脖子上的金链子了。那人似笑非笑，正要开口问他是哪里冒出来的、不知死活的小白脸，忽觉手指传来一阵撕心裂肺的刺痛，咔的一声后又是一阵粗犷的惨叫，中指被蔚青城硬生生掰断，脸色顿时变成了猪肝色。

他们针对的目标不再是美景，拳脚混乱地砸向蔚青城。

美景以为完了，蔚青城一定会被捶成肉饼，一个平时懒得连楼都不下的人，谁能指望他身姿矫健呢！

生活中是存在很多反转与意外的，比如，现在，躲在门口捧着胸口的美景，一脸不可思议地看着蔚青城为她反转剧情，他岂止可以用矫健和灵活来形容，一躲一闪一出拳，完全是专业运动员的身手。

他一脚踹在其中一人的膝盖内侧，回身长臂一伸，手腕回到被自己踢得下跪的人面前时，紧紧攥着一把细齿木梳，一端长而尖，那是女孩子用来在头顶分出缝隙的工具，平时把玩在手里是很普通的东西，被蔚青城这样用尖端直指喉咙，便理所当然地成为了伤人的利器。

蔚青城也不傻，身手灵活不代表他能打得过四个体形如此彪悍的大老爷们，所以要智取。

这样一来，另外三个人都不敢动了，被他控制住的大哥也是十分郁闷的，一伙四个人，偏偏他一个人挨揍。

“小伙子，你这是什么意思？今天就是要弄出一条人命在这呗？”

蔚青城急促的呼吸渐稳，神色冷静得仿佛刚刚经历一场夺命厮杀的人不是他：“你也可以弄出四条。”

“你杀人不偿命，还是怎么的？”

“是哦，你说得对，精神分裂患者杀人不需要偿命，我的自由换你们四个人的命，你自己觉得是值还是不值？”他继续冷静道，垂眸时瞥见自己给美丽的表在地上，便目光淡淡地看向小姑娘，“你的东西，拾起来放好。”

美丽抱着妈妈的腰，哆嗦半天，才飞快地拾起来揣进校服口袋。

“现在这间房子里我说了算，你们有什么问题，找我解决。”

为首的男人对蔚青城的话半信半疑，但总这么僵持着也不是办法，他抱着肩膀咬牙切齿地对蔚青城说：“看你年纪也不大，也得对我叫一声叔叔。叔叔今天就跟你原原本本地说说我们为什么来老岑家，你要是明理的人，你听听，看叔叔们做得过不过分。”

“我对你们和岑家有什么故事不感兴趣，只要告诉我你们的目的、你想要什么。”

“要钱。”男人说，“这家人欠我们五十万。”

美景在一旁小声地辩驳：“上回不是说四十万吗……”

“那你上回要是还完了，可不是就没这十万了吗！”

蔚青城这才明白，是美景的家里人借了高利贷。他临近天亮才睡着，梦里一直有人嚷嚷，但是都没能把他嚷醒，直到他隐约听到女孩子的哭声，他在梦里还稀里糊涂地问自己，为什么这个声音这么像岑美景的。

“岑美景”这三个字让他惊醒，他开门时什么都不了解，只看到她在被欺负。

蔚青城一直以为自己本人就是“理智”二字的化身，从不认为自己会如此失控。

是的，他刚刚的举动是失控的产物。

“这个钱你要是替她们家还，咱就谈钱的事儿。你要是不替她们还，这就没有你什么事，咱们就天天来这里要钱。”

蔚青城默默地看了一眼吓到两腿打战的岑美景，一时间没有说话。

美景的双眼透着楚楚可怜，当然也是因为无助和委屈，她拼命地向蔚青城发送求救信号，由于一直被认为是长了一双会说话的眼睛，她坚信就算自己不出声，蔚青城也可以从她的心灵之窗看懂自己的渴望。当然，她更坚信，蔚青城是还得起这笔钱的。

虽然她可能需要很多年的奋斗才能慢慢地还给他，但利息肯定不会压死人。

“作……”“家大人”三个字还没来得及说出口，蔚青城便兀自打断了她的话。

他说：“哦，我为什么要替她还钱？”

岑美景心中刚刚蹿起的希望的小火苗扑哧一声被浇灭，人生最后的希望破灭了，她绝望地一屁股坐在地上，用一种极其恶劣的道德绑架的心理去审视他——你那么有钱却见死不救，活该你没人疼没人爱！

“完了，蔚青城，我不能再给你当助理了，他们要拉我去夜总会卖了。”

蔚青城眉头微微蹙起，看看那几个男人，又看看美景，她是必须给自己当助理的人，她只能待在自己身边，哪里都不能去，这毋庸置疑。他问：“你去夜总会能卖什么？卖酒吗？”

美景真是败给他的天真，去夜总会卖酒要猴年马月才能还上这利滚利的巨额欠款：“不是卖酒，是卖身……”

“你卖得出去吗？”

美景：“……”

讨债的：“……”

“好吧，我来还。”他十分干脆且轻松地说道，似乎这是一个值得深思熟虑的问题同时也是根本不值得一提的问题。

“行，有你这痛快话就好说，还钱这事儿解决了，你就先放了我这兄弟。”

美景决定收回自己刚刚的话，蔚青城怎么可能是见死不救的大坏蛋呢，他是天下第一小可爱，那些不喜欢他、不疼他、不珍惜他的人，都是瞎子！

重新拾回人生希望的美景双腿充满力量，一口气爬完万里长城都不费劲，她飞快地爬起来，两步跨到蔚青城的身边，狗仗人势，不对，是狐假虎威道：“叔叔，我这朋友家里经济条件是挺好的，但真的有点精神分裂，有鉴定书的，生活都不能自理。我就是他的代理监护人，咱先说好了，我让他把这位叔叔放了，一会儿咱们别再做啥过激的事儿，场面失控的话，真的会出大事的！”

说完，她就去拉蔚青城的手腕，又在他耳边说了一句悄悄话，果然，蔚青城很顺从地放开了人。

美景让母亲带着美丽回房间，客厅里只剩讨债的和美景以及蔚青城，为首的男人一屁股坐在客厅中间的小沙发上，巨大的身体直接占了两个人的位置：“我们也是工作，不是说故意找谁麻烦，钱能解决的问题，在我们这就不算问题。今天我们就要带钱回去，还有我兄弟的手，你不能白伤了，是不是？现在看病多贵啊，万一落个终身残疾怎么办？”

美景给蔚青城搬了一把椅子，他看都不看，直接坐到墙边的小餐桌前。桌上有稀饭、馒头，还有一盘好像是昨天剩的看不出来是用什么东西炒的肉片，还有一小盘火辣辣的辣白菜。

他拿起干净的碗筷给自己盛了一碗稀饭，夹起一口辣白菜放进嘴里，然后用筷子指了指站在一旁不知所措的美景，问坐在沙发上的人：“她这种女大学生，拉到你们那里能卖多少钱？”

此话一出，震惊四座，美景以为他要反悔，立刻咬牙切齿地瞪他。

讨债的人也被问得丈二和尚摸不着头脑，一边点了一支烟，一边答：“具体这个我也不太清楚，包装好一点自然收入就高一点，不过你得搞清楚，我们是让她签约给我们公司做公关小姐，不是卖淫，那是两码事。怎么，你又后悔了？”

这个辣白菜很好吃，不过粥只是普通的白粥，不是美景平时做的牛肉粥或排骨粥，不好喝，他决定多吃一点辣白菜，即使它有些咸。

作为一名标准的富家子弟，起码的餐桌礼仪他还是懂的，嘴里有东西时不说话，咽下去再说：“我打了你兄弟不能白打，她的手臂都让你兄弟捏紫了，白捏白摸吗！”

美景刚刚悬起来的心又放回肚子里了，这一大早上的，心情跟坐过山车一样。

“话不能这么说，那叫请她，哪有什么捏啊摸啊的，我兄弟这可是实打实的骨折，咱去了医院就知道孰轻孰重。”那人笑了。

蔚青城冷眼看着他，也嘲讽地勾了勾嘴角：“那是在你眼里，在我眼里，就凭他刚刚对岑美景做的事情，我卸他一条胳膊都不为过。”

美景看他吃得挺来劲，决定再给他盛一碗白粥，却被他无情地拒绝，顺便给了她一个嫌弃的白眼，表示这粥本少爷不爱喝，不好喝。

他接着说：“欠钱谈欠，故意抬高利率令人无力偿还，然后逼良为娼，是你们这一行的潜规则吗？且不讨论你们这种放高利贷的行为是否合法，就你们刚刚的行为已经触犯刑法构成强迫卖淫罪，如果我没记错，这是要判五到十年的，至于咱们双方对你所谓的公关小姐和我所谓的卖淫到底是不是一回事，我们可以找司法机关来鉴定一下。”

“这么谈话有意思吗？你这没有谈判的态度。”

“我和一群五大三粗的大老爷们能谈出什么有意思的话题？道不同不相为谋，话不投机半句多，拿出你们的借贷合同，等着查款就好。”他敲敲桌面，“水。”

“哦！”美景小跑进厨房，给他倒了一杯温水端出来，看了一眼辣白菜，都快被吃没了，那得多咸啊……

“岑美景是良家妇女，你强迫她做任何事都不合法，至于你兄弟的伤，是由于过激行为伤害精神分裂症患者而造成对方做出的正当防卫。”

美景在心里默默地为他的机智点赞，同时也在深深地怀疑，他不会真的是个精神分裂患者吧？说得自己好像很有患病经验一样……

无论蔚青城具有怎样的铁齿铜牙，都无法改变这些地痞流氓讨要医药费的决心，蔚青城也不是受威胁的主，只给对方一句话，要么现在拿五十万走，要么把岑美景拉走，这忙他不帮了。

美景十分郁闷地在一旁给蔚青城做牛做马，一方面感激他的慷慨仗义，一方面痛恨他把自己说得跟一棵大白菜似的。

蔚青城给美景的那张卡里面肯定是没有五十万之多，他的卡都在家里，于是，他给表哥陆骁打电话来解决这个由美景引起的燃眉之急。

这个时间，对于陆骁来说有些早，陆骁问他需不需要自己来一趟，这是蔚青城第一次开口跟他要钱，而且要的数目也不小。

蔚青城拒绝了，只说要把钱汇入自己手上这张银行卡里，并没有解释太多，反正自己回到家里就会还给他。

这钱来得太痛快了，美景羡慕嫉妒恨，自己借钱的时候可是四处求爷爷、告奶奶，脸皮都磨得只剩塑料袋那么薄了……

虽然是民间借贷，还是有一点点麻烦的手续存在，整个上午的时光，都用来忙活这一件事了，中途那个受伤的男人去了医院，美丽去了学校，美景的妈妈还去了趟菜市场。

人是铁，饭是钢，一顿不吃饿得慌，作为只会给孩子洗衣服做饭的标准家庭妇女，这是美景妈妈觉得唯一能帮得上忙的地方。

那个人在临走时问了美景一句："这小伙子是你的男朋友？"

"是老公。"蔚青城迅速纠正。

美景目瞪口呆，时至今日，肯定不能在外人面前否定她和蔚青城有那么一点特殊关系，就算否定了，人家也不会信啊。她尴尬地笑笑："没结婚呢还……"

"快了。"他理所当然地接了一句。

家里终于安宁下来，美景早起到现在还没梳头、洗脸、刷牙，更加没有吃早饭。她并不是很有胃口，但嘴上说不要，身体还是很诚实的，肚子咕咕地叫个不停。

"你都没刷牙。"她没头没脑地说了一句。

"我拿什么刷，用你的牙刷吗？"他倒是思路清晰地回了一句。

美景没有回答这个无理取闹的问题，家里突然变得出奇安静，两个人坐在椅子上大眼瞪大眼。眼看着就要瞪出激情的火花了，美景妈妈拎着一袋子菜回来了。

她采用了家里待客的最高规格，做了红烧肉、豉汁蒸排骨、剁椒鱼头和啤酒鸭，光听这菜名，他的心情就已经开始晴朗起来。

美景妈妈出去的时候，还不忘给他买了一支新牙刷和一条新毛巾，蔚青城拿着牙刷、毛巾去洗手间，看着这狭小的空间有些不知如何下手。马桶紧挨着洗脸池，淋浴的地方只用防水帘挡着，水龙头打开很久，水才热起来。

牙刷后面的标签贴着金额——七元八角，摸起来软软的，他正准备挤牙膏的时候，美景妈妈突然破门而入，对了，这简陋的小洗手间的门锁还是坏的。

“牙刷我给你烫一烫再用，拿来。”她说着，热心地从他手里抢走牙刷，拿着就往厨房走。

于是，他决定先尿尿。

正尿到一半，洗手间的门又被人毫无防备地拉开，岑美景举着牙刷进来：“作家……”话没说完，门又砰的一声关上了。

原来，美景的细心随她妈妈，这急性子也随她妈妈。

蔚青城自己出来拿回牙刷，一脸真诚地问：“你要进来一起洗吗？”

美景扔他一个大蒜瓣，扭头进厨房帮妈妈干活去了。

第十章

命中注定我要救你一命

穷人的孩子早当家，美景从小就不娇气，虽然长了一副细皮嫩肉的模样，却是能扛煤气罐的选手。

家里两个灶、两个锅，她和妈妈同时开工，美景用力按了两下头顶的抽油烟机，这老家伙还是一点反应都没有，还得美景妈妈亲自出马，才不情愿地启动了。

“妈妈我是过来人，哪有老板对员工这么好啊，再说又不是多优秀的员工。看你笨手笨脚的，也不会说话，人家能要你就不错了，还能帮你还债？分明就是对你有意图。”

“是哦，妈。”她一脸不屑地说道，“既然这样，我们就报警吧，这个男人居然对我一个黄花大闺女图谋不轨，咱们这叫引狼入室，万一他真是精神分裂患者的话，那我的清白可就不保了。”

妈妈更加不屑：“要不是人家给咱们五十万，你还有啥清白啊，你就进青楼了。”

“你到底是不是我亲妈啊，你还盼着我进青楼啊？”

“我不还有美丽嘛！”

“……”

要不是因为长得和母亲太像，她简直要怀疑自己是抱养的。

“人家要是不嫌弃咱们家庭差，你就主动点，万一能发生点啥呢？”

美景选择扣上锅盖去阳台吹吹风，即使这里的风景并不美，对面一排居民楼比她们家的这一栋还要破，看起来没塌都是很有骨气了。

平心而论，在蔚青城刚刚决定替她还那笔高利贷的时候，她不是没有心动的，当然其中很大一部分是因为钱，有一小部分才是因为他的决定。如果蔚青城替她还二百块，她可能就不会心动了。

那些人走后，她问蔚青城，难道没有更好的办法去解决这件事了吗？明知道这钱不该这么还，就算是抢劫也没这么恐怖。

蔚青城却说，正因为涉及金额大，他们才不会善罢甘休，能用钱解决的问题不叫问题，如果钱没解决这件事，以后他们想什么歪门邪路怎么办？美丽还小，就算他们不能把她怎么样，吓一吓美丽，也会让小孩子一辈子有阴影。

当他突然像个大人一样保护她时，她还有些不习惯。

她谈过恋爱，她知道真正的喜欢，会比这浓烈和炙热许多，一瞬间的动心也许在下一个瞬间就会消失。她不盲目地去接受，是在为他好。

蔚青城洗完澡了，头发也没擦干，湿淋淋地走出来，闻到排骨红烧肉的香气，下意识地摸了摸肚子。

美景听妈妈的话，给他切了两块哈密瓜，蔚青城只是淡淡地看了一眼，并没有动，于是美景自己拿起来啃了。她打开洗手间的门，准备放一放里面的潮气，结果，刚一开门就瞥见垃圾桶里有一条纯白色的男士内裤。她往里迈了一步，确定那真的是一条男士内裤，于是不可思议地对着坐在沙发上的蔚青城发问："你怎么把内裤扔了？"

"不然呢？你家里有我换洗的内裤吗？"

"没有，那你也不能扔了啊！你现在没穿？"

"嗯。"他理所应当地点头。

美景扶了一下额头，深深地败给蔚青城了，内裤再穿一天也不会死，一言不合就扔垃圾桶，简直是败家子，再说，不穿内裤也……

她贼溜溜地往他下身看了一眼，万一出现什么不可描述的尴尬画面可咋办，家里有妈、有狗的。

"你想看什么，需要我脱了给你看吗？"他好整以暇地看着美景，"很好看。"

岑美景倒吸一口凉气："就算你是我的救命恩人，也不能这么直白地和我耍流氓吧？"

"我只是客观地评价了一下自己的身体，算耍流氓吗？是真的很好看。"

美景妈妈端着铺满剁椒的剁椒鱼头拉开厨房门，听到这句话不由得接道："什么很好看？"

美景脑袋摇得跟拨浪鼓一样："没啥，闲聊。"

蔚青城可以发誓，这是他这小半辈子用过的最差的餐具，却是最好吃的一顿饭，难怪总是有人说有一种美食叫妈妈的味道，由于他妈妈的身上只有香水味，这是他第一次感受到什么才是真正的美味。

美景妈妈对蔚青城感激不尽，自己觉得无以为报，只能把女儿许配给他，如果他不嫌弃的话。

此话一出，蔚青城也十分大方地表示，那五十万就不用还了，算作彩礼。

美景嘴里塞满米饭，视线忽而落在蔚青城的脸上，忽而落在自己妈妈的脸上，好像在听别人家的闲话一样。

吃好饭，她把蔚青城一个人留在自己家，先回了一趟他的公寓。蔚青城的床有人躺过，上面有一根很长的头发，肯定不是她的，那就是他前女友的，至于有没有在这里过夜，她就不知道了。

给儿子打开一盒猫罐头，铲好猫屎，她又倒了三趟公交车回自己家去接蔚青城。与妈妈告别时，妈妈说："想吃我做的饭就回来住，等我把美景房间的小床换张大的。"

美景心想就算你把整个房间都换成床，蔚青城这种高级人也不愿意住这种破破烂烂的地方。

谁知世事难料，一向不按常理出牌的蔚青城居然欣然答应了，并且称赞美景妈妈的提议"非常有必要"。

全程只有美景一个人黑着脸，赌气赌得双下巴都出来了。

两人一到楼下，蔚青城便插着口袋站在原地，周身那股斯文又高贵的气息与这满地臭水沟简直格格不入，有街坊邻居远远地看过来，就跟看到什么稀奇的动物一般。

“走啊！你站在这里干吗？等着别人拿闪光灯来咔嚓咔嚓地拍你？”

“不想走路，你把车开过来。”

车？车！

美景当即傻眼了，精神上连续两天坐过山车，她的脑子已经不够转了，把蔚青城有车这件事忘得一干二净。

她抬起手指了指公交车站的方向，大脑转得跟陀螺似的，开始顺口胡诌：“那辆车，对，你那辆车，你那辆车傻大傻大的，你以为我是开坦克出身，什么车什么路都那么好驾驭吗？这么窄的路开进来两边的后视镜都要被刮没了！”

蔚青城信以为真，跟着她朝公交车站的方向走去：“所以，你把车停在哪里了？”

“在……地下车库里。”她讪讪地笑，“我看这天要下雨嘛，就没开出来，前几天不是才洗过，一淋雨又白洗了。”

蔚青城眸光深深地望了她一眼，情绪阴晴不定地说了五个字：“很好，岑美景。”

天气好得很，用万里无云来形容一点也不为过，下雨是不可能了。

蔚青城坐在公交站台的长椅上，开启自带空调模式，脸上写着清清楚楚的四个大字“生人勿进”。美景见他被晒得有些睁不开眼，便主动地站到他面前，为他遮去头顶的阳光。

蔚青城倒也不客气，心安理得地享受着，美景东张西望了半天，低头一看，他正直勾勾地看着自己的胸部，顿时火气上行：“你干吗呢！”

“目视前方。”他淡定地回答。

“早知道你是这样的人，我就不带你回我家里睡觉了，就让你流浪好了！”

蔚青城微微仰头，一脸不屑地看着她说：“昨天如果不是你一会儿折腾着要吃东西，一会儿又要去宾馆开房，最后还把我带到这个狗毛都洗不白的地方，我昨夜应该睡在陆骁的别墅里，现在坐的是他的劳斯莱斯。”

“你个马后炮！昨天晚上你怎么不说啊！我还想住别墅、想坐劳斯莱斯呢！你早点说，我们就不用这么折腾了！”她生气地一屁股坐在他的旁边，准备吸收一下他的冷气给自己降温。

“你现在发怒毫无意义，如果我昨夜睡在陆骁家里，那么今天上午就不会有人拯救你们全家。”

美景的怒火还没开始燃烧，就被他一盆冷水浇灭了，她长长地叹息，说：“这都是命啊……”

蔚青城忽然笑了一下，说：“命中注定我要救你一命。”

“呵呵。”她皮笑肉不笑地挤了挤五官，说不上来为什么心里有一点点害怕。

或许是这种好，她承受不起。

蔚青城终于穿上了干净的内裤，也换上了一身清爽的运动装，从地板上捞起儿子抱在怀里蹂躏了好一会儿，才走去书房准备写稿子。

写作之于很多人都是一门赚钱的工具、生活的本领，或者艰难的任务，对他而言，是最好的消磨时间的方式。

他对“厚积薄发”这四个字深信不疑，认为当一个人有足够的高质量阅读，就会有呼之欲出的文采。

他光着脚抱着猫，靠在书房门口，无声地打量着美景的背影。

她脖子后面的碎头发梳不上去，皮肤没有他白，但是也干干净净的，显得那点碎发毛绒绒的，很可爱，因为总是需要干活，所以她总把长发挽成一个圆圆的丸子，今天这颗丸子格外好看。她的手不灵便，是妈妈帮她梳的，当时他也在，总觉得美景妈妈在给她梳完头以后就要把她送上花轿了。

美景在整理他的稿子，近来她除了伺候他的饮食起居外，还有了别的工作，就是把蔚青城随手写在一张张白纸上的内容整理到一起。

这间书房只比他的主卧小一点，面积上要超过美景所住的次卧。

书房里有两张不规则的实木书桌，一长一短，摆成一个钝角。

但是，家里只有一台电脑，他在用的时候，她不能用。

有时，他不仅会在白纸上写下自己临时想到的东西，如果不想面对电脑，他会用本子继续创作，美景会把这些文字原封不动地录入电脑。那些零散的灵感，则被她用水彩笔标记出内容关键词，最后用文件夹一页一页地夹好，再用便利贴将每一页的关键词标注出来，粘在每一页的边缘，方便他直接找到自己想要的内容。

当然，这种整理方式并不是蔚青城发明的，如果他可以这么有条理地做一件事，就不会将手稿写得满屋飞。

不过，现在她的手受伤了，暂时不能打字。

美景收拾好桌面，用干净的抹布擦掉浮灰，偶然看见书柜最高处露出木头相框的一角，相框被倒扣，只有那小小的一角露出来，这么长时间以来她一直没有注意到。她踮起脚尖伸手去够，无奈海拔有限，于是就蹦了两下，别说，还真够到了，就是结局有点惨，相框直接落在她的头顶上，发出咚的一声。

美景龇牙咧嘴地揉了揉脑袋，拾起相册先给它一巴掌，相册里的内容还是很令人惊讶的，居然是蔚青城穿着空手道服和穿着碎花长裙的前女友的合照。

相片应该有些年头，蔚青城的眉眼中透着年少的青涩，那股斯文冷清的气质倒是与现在的他没什么两样，他身旁的徐染笑容温婉，柔和得如三月春风。坦白地说，这个女孩子长得挺漂亮的，气质也好，就是命不咋样。

美景不想也知道为什么相框会被冷落在这里，两个人都分手了，蔚青城肯定也不待见这种往事，像他这性格，一旦真心被伤到，什么云南白药、天山雪莲都是没有用的。

她弯着腰在抽屉里找出一支黑色的记号笔，将笔盖叼在嘴里，用力一拔，啵的一声，然后把相框放在桌子上，非常认真地在相框的亚克力透明板上将前女友涂黑，最后盖上笔盖，心满意足地一扬手，将相框扔回书柜的顶端。

一转身，她就看见蔚青城站在门口目不转睛地盯着自己。

美景吓得倒吸一口凉气："作家大人，你不要这样默默地站在别人背后，很恐怖的，吱一声也好啊！"

"吱。"

美景："……"

她说了一句"都收拾好了"，假装什么都没发生的样子，低眉顺眼都与他擦肩而过。

蔚青城走到书柜旁，轻而易举地拿到相框，只看了一眼便不屑地扔了回去。

没过一会儿，美景又背着小包出现在书房门口，蔚青城有些生气，以前美景除了出去买菜和生活用品，基本不会出门，现在怎么老惦记着往外跑，就跟特殊时期的小母猫一样，家里的防盗门都快关不住她了。

"我去给手换药。"她抬了抬自己的小羊蹄子，说完便准备开溜。

蔚青城刚打开电脑，闻言又立刻点了关机："我陪你去。"

"不用陪，我自己去就行。"

显然，这个意见不被他采纳，蔚青城已经先她一步穿上鞋了。

原本附近就有社区医院，美景不去，偏偏要去很远的地方。蔚青城并不问为什么，但要求她必须开车，因为他不想坐公交车。一路上两人都没怎么说话，她安静地开车，他专注地低头摆弄手机，交通广播到底在说些什么，两个人谁都没听进去。

蔚青城平时是很少玩手机的人，虽然他的人生也没有什么特别有意义和有趣的事情发生，但手机对他的吸引力还是不够大。

此时，他却破天荒地在与人聊微信，美景只能看到微信聊天的画面，至于是和谁聊什么，她看不清。

美丽：我同学打算用超大屏幕的华为手机跟我换你的表，我拒绝了，你觉得我应该换吗？

蔚青城：你在哪里找到我的号码？

美丽：你的表里。

蔚青城：不换。

美丽：你怎么那么有钱？

蔚青城：赚的。你哪里来的手机发信息？你不应该在上课吗？

美丽：自习课，他们的作业还没写完，我没什么可抄的，好无聊。手机是我同学的，他在写作业。

蔚青城：作业应该自己写。

美丽：学习太好将来只会变成书呆子，然后给别人打工，就像我姐姐。

蔚青城：不学习能做什么？

美丽：我要保持气质，将来嫁给大款，然后雇我的同学给我打工。

蔚青城：你怕不怕你姐姐打死你？

美丽：如果她是那样的人，姐夫你可要小心了，对自己亲妹妹都能下手的女人，对你会更心狠手辣。

医院到了，美景绕着停车场转了两圈才找到一个看起来比较宽敞的停车位，毕竟这车的体形过于庞大，万一刮碰到别人的车，就不好了。

“你倒车倒得像一只王八。”

“王八？”美景不理解这个评价的含义，反问，“为什么像王八？”

“和王八一样慢。”

美景：“……”

确实很慢，可为什么要说像王八而不是说像乌龟呢？这是一个知名作家该有的思路吗？令人费解。

车子停好，两人一起下车，蔚青城将手机揣回口袋，如来院参观的领导一般用视线将医院外面的整体情况大致扫了一遍。

美景带着他直奔门诊大楼，拆纱布、换药，小护士的动作十分麻利。

蔚青城看到了她手心上的伤口，很长的一道，看起来有些狰狞，美景应该是害怕看这幅画面，又很好奇，所以整张脸上呈现的表情十分纠结、可爱。

对于一个非医学专业的女孩子而言，直勾勾地看自己受伤的掌心被人用药棉戳来戳去，是有些残忍。

他走到美景的面前，捏着她尖尖的小下巴一下抬起来，流畅而利落，把美景吓了一跳：“你要干吗呀？”

“让你抬头看我。”

“那你说就完了呗！我以为你要把我脑袋拧下来呢！”她另一只手仿佛受惊一般拍了拍自己的胸口，随即去推他的手腕，“让我看你干什么？你怎么了？为什么要我看你？”

“没怎么，难道我不比你那丑陋的手好看吗？”

小护士扑哧一声乐了：“你男朋友真逗。”

美景不乐意地抽回自己的脑袋，死活不让他把住自己：“他不是我男朋友。”

“嗯。”他淡淡地同意了这个说法，就在美景以为他居然破天荒地没有占自己便宜时，他又开口了，“是老公。”

美景无语极了，小护士倒是很感兴趣地抬头看了一眼蔚青城又看看美景：“结婚这么早，有小孩吗？”

“没有。”他说。

“打算要几个啊？”小护士又问。

“要个足球队！”美景气呼呼地接话。

蔚青城点头：“可以，养得起。”

矛盾升级，美景觉得他不仅仅是口头上占便宜，他是想里里外外地占便宜，这边八字还没有一撇，那边就已经考虑到生孩子了，并且还敢如此猖狂地说养得起。就算他养得起，也得女人愿意为他生，有几个人真的愿意生十几个小孩？

她被成功转移了注意力，全心全意地在和他掐架：“你没听过一句话吗？现在的女孩子，从最开始的不愿意结婚到后来不愿意生孩子，现在是连对象都不爱搞了，生怕耽误玩的时间。你不要耽误我玩，我的青春很宝贵的。”

“不跟我结婚，你永远都没时间玩，你可以试一试。”

“什么意思？”

“我会让你还债还到老。”他说。

小护士一看这情况不对，立马闭上嘴巴不再说多余的话，心里还是有些纠结，这男人长得多好看，换作别的小姑娘早就趴在他的怀里撒娇了，她却一副很不屑的样子，真是人傻福气多啊……

美景哼了一声，跷起二郎腿，说：“等我以后找个有钱的老公，一下子就还清。”

“那种低头只能看见肚子看不见脚尖的有钱老公吗？”他揶揄道。

美景撇撇嘴：“我觉得不是。谁说有钱的男人都是大腹便便的？有的是身材好、颜值高的总裁，好吧？陆骁学长就是典型的例子啊，又高又帅又有本事。”

“这种人是很多，可你有什么过人之处会吸引到他们吗？”他顿了一下，说，“你对陆骁有误解，他的高和帅是没有争议的。至于本事，他又不是白手起家，他也是个富二代。”

护士已经缠好新的纱布，美景翻来覆去看了又看，真白净，都不舍得摸了，她耸耸肩：“反正我觉得学长很了不起。”

蔚青城深吸一口气，转身出去了。

原来她喜欢陆骁这种，这种……老男人，很好，陆骁现在的身份不仅是他表哥以及长兄如父那么简单了，他还是自己的情敌。

蔚青城心情一落千丈，一想到自己的“爸”成了自己的情敌，就看什么都带着一股狠劲。

在门诊楼的大厅，美景指着一排长椅让他去坐：“我去买点东西，很快回来。你等我一下，外面会热的，在这里吹空调就好。”

她匆匆忙忙地跑出去，二十多分钟后，抱着一束鲜花重新出现在蔚青城面前。

“看来你并不是无可救药，知道犯错了要弥补。”他抱着肩膀坐在椅子上，双腿长到逆天，惹来不少人侧目。

美景茫然地眨眨眼：“啊？”

“我原谅你。”他说，“下次送花不要买这么丑的，我不想抱着，你自己抱着吧。”

他这种自信还是很令人欣赏的，做人就应该自信一些，我们常说“自信的女人最迷人”，自信的男人，只要不是太不要脸那种，也是很迷人的。

美景尴尬地挤出一个笑脸：“那个，不好意思啊，作家大人，由于小人眼拙，刚刚并没有看出你生气了。不是，是没有看出你生气到需要我买花哄，所以，这捧花是送给我楼上住院的朋友的，不是给你的。不过，你要是喜欢，一会儿去咱们小区里面我给你摘点鸡蛋花，又清香又清新，很符合你作家的气质。这么丑的花，我去送给凡夫俗子。”

蔚青城：“……”

美景打算去看一看何培，即使何培并不想看见她，可她相信那只是何培一时难过说的气话，她们一起长大，有十几年的情谊，就算她恨自己也不会不理自己。

蔚青城在弄清楚她的目的之后，表现出了强烈的不满，并且严厉地谴责了她这种脑残行为。

由于成为她的救命恩人，所以蔚青城的地位今非昔比，美景有一肚子的话怼他，却不敢太造次。

他伸手去抱她怀里的花，不让她去自取其辱。他给美景灌输的观点和余宝珠的一样，如果这个人为了你受伤而反过来伤害你，那她当初保护你的行为就是多此一举，真正的朋友为你做的任何付出，都只为了你好，而不是见不得你好。

美景却觉得他和余宝珠一样，他们不懂友情。她不肯把花给蔚青城，蔚青城就拎着她的衣领不让她走，美景用力往前挣脱，连胸罩的形状都勒出来了，他还是不肯放手。

这一幕，恰好被抱着一袋子中药的何培看到。美景与她四目相对，何培的精神看起来比前两天更差了一些，面色苍白，唇色也不太好看，平日里总是画着精致的妆容，长发也会弄出漂亮的造型，穿着性感艳丽，现在，她只穿了一身素色的睡衣，整个人都暗淡极了。

这是名副其实的妆前妆后判若两人，可从前的何培是绝对不会允许自己素颜出现在别人面前的。

一个对生活充满希望和向往的女孩子，应该是充满朝气的。

蔚青城没有见过何培，自然也不明白为何美景会突然停止挣扎，他试探地松开手，只见美景忽地往前一扑，险些抱着一大捧鲜花摔倒。

顾不上整理衣服，美景飞快地小跑到何培的面前，像犯错误的小孩一样红着脸把鲜花递出去："送给你的，培培，我来帮你拿药。"

美景见何培一动不动，便主动从她手里抢过沉甸甸的塑料袋，往怀里一夹，顺手将一大捧花塞进她的怀里。

何培向后躲了半步，花束掉在地上，她夺回美景手里的塑料袋，用近乎仇恨的眼神看着美景。这种仇恨，随着蔚青城的靠近而显得愈发恐怖，接着，她的眼眶红了。她强忍着就快要奔涌而出的泪水对美景质问道："岑美景，我从来没想过你是这么有心机的一个人，你带蔚青城来这里做什么？你让他看到我这副样子做什么？你把我的遭遇告诉他了，是不是？"

美景眨眨眼，吞吞吐吐地说不出话，何培也不想听到美景说任何话了，她只想打人，并且有点不留余力地这样做了，狠狠地给了美景一个大耳刮子。

医院里面人来人往，声音嘈杂，可这一巴掌实在太狠了，以至于很难被人忽略。不少人驻足侧目，还有人原本正打着电话都立马挂断，生怕会错过什么好戏。

这一巴掌同时震惊了几步之外的蔚青城，他开始理解什么叫妇人之仁，岑美景是个彻头彻尾的大傻帽儿。

如果她们之间的友情真如她所说的那般深厚、悠远，那这一巴掌就是真正的"打脸"。

美景捂着脸颊不可思议地看着她，还想开口让她消消气，毕竟她现在不适合生气，万一又想不开要死要活的，那就太可怕了。

蔚青城已经几步跨到美景的身边，只看了一眼美景的表情，就知道她要说出什么话，眼神里居然一点愤恨都没有。她不是很凶吗？看来是窝里横。

他在美景面前横出一根手指，成功地打断了她的思路。

“这……这是什么意思？”美景红着眼眶看向他。

“让你闭嘴的意思。”他说。

如果她闭嘴，那么当下的场面就太过于尴尬了，她窘迫地想去弯腰把花拾起来，蔚青城却一脚踩在包装纸上，冷漠地道：“不许拾起来，别人扔掉的东西，你拾起来干什么？你是拾破烂的吗？”

美景鼻子一酸，很不争气地掉了一滴眼泪。

何培恶狠狠地盯着眼前一双人，脑海里忽然浮现那个可怖难熬的夜晚：“你们是故意到我面前来秀恩爱的吗？”

美景摆手，蔚青城一把挥下她那双令人无法理解的爪子，看着何培说：“你想多了，我是带她来换药偶遇了你。”

“我们不该用这种方式见面的。”

“那只是你的想法而已，我根本没打算和你见面。”说完，他便拉着美景大步离开，美景频频回头去看何培，无奈他粗鲁霸道的手掌实在太过有力，她没办法挣脱开。

回到车上，蔚青城用了两个极重的字眼来讽刺她，他说：“她这么对你，你还拿她当朋友，你是不是犯贱？”

美景哇的一声趴在方向盘上大哭起来：“她以前不是这样子的，我的那些发小里，她对我最好，最疼我。我爸生病时，她把自己攒下来的钱都借给我了，还总是给我妹妹买衣服、买吃的。是我不守信用，辜负了她。”

“那你说说你怎么不守信用了？”他没有安慰她的意思，抱着肩膀冷眼旁观。

“我答应她一定要帮她追到你，然后我不能近水楼台先得月，那我现在是不是犯规了！”她气得跺脚。

蔚青城有些不懂美景的脑回路，很想敲开看看里面的盘线是不是和电磁炉一样，怎么一点智商都没有。

这两个莫名其妙的女人莫名其妙地就把他的终身大事给拍板决定了，什么叫作一定要帮她追到自己，凭什么她们觉得有人追，而他就一定要答应呢？

他忽然想起一件事，表情极其严肃地拎着美景质问："她怎么知道我是蔚青城的？我刚刚并没有主动开口说话，没有人知道蔚青城到底长什么样子。"

"怎么可能！"美景决定甩锅，"你觉得以你的名气会没有人深扒吗？反正网上是有两张你的照片，一张侧脸，一张低头看钱包的，是不是你以前的助理拍的，我就不知道。"

"凭着一张侧脸和一张低头照就可以如此轻易地认出我？"他继续质疑，转念一想，这实在没什么可怀疑的，她们身为闺密，美景这个姑娘大聪明没有、小主意一箩筐的人，怎么会不把自己的照片给她看，于是，将问题转换了概念，"你只给她看了我穿衣服的照片吗？"

原本悲伤到不能自已的美景听了这话差一点就炸了："什么意思你，作家大人？你居然怀疑我的人品！我在你身边这么久，你还怀疑我是那种没有底线的坏女人吗？我怎么可能发你不穿衣服的照片，那是你绝对的隐私。别说我没有发，我压根也没偷拍那种不穿衣服的好不好，那是女流氓才会干的事情！"

"哦。"他淡淡地应了一声，一把夹起美景就往停车场大步流星地走去，美景怎么挣扎、怎么踢都没有用。她实在很费解，蔚青城看起来是如此斯文，一看就是手无缚鸡之力的文艺青年，怎么又会打架还这么有力气。都说有些人瘦是因为肉长在骨头里，他一定就是这种怪胎。

美景快要被夹断气了，终于到了他们的停车位。蔚青城像扔宠物一样把她扔进驾驶位，单手扶着车顶，居高临下、一脸警告意味地对她说："也就是说，你没发不穿衣服的照片，发了穿了衣服的照片。很好，非常好，岑美景，我看你离挨揍不远了。"

美景疼得五官都挤在一起，怯怯地揉着自己的腰，小声嘟囔着："你这个人这么凶，以后不会有女朋友了，当一辈子单身狗吧。"

他哼了一声，似乎是真的很气，捏着美景的下巴强迫她看自己，肉肉的脸颊硬是让他捏出两个坑来："你个白眼狼，如果我当一辈子的单身狗，你就准备好当一辈子的单身母狗，我会让每一个惦记你的男人都变成太监。"

所以，现在他们两个是“狗咬狗，一嘴毛”吗？美景也哼了一声，一巴掌落在他坚硬的胸膛上，狠狠地推了一下，将他推出老远，然后关上门，落锁。

蔚青城觉得自己的威胁有了效果，她就是这样，一生气就会发脾气，于是，他心里升腾起满满的成就感。绕过车头准备打开车门上车时，发现美景把车门锁上了，他不耐烦地敲窗，单纯地认为是她一不小心落锁的，然而下一秒，美景在原地踩了两脚油门以后，开着大家伙瓮声瓮气地冲了出去，留下不食人间烟火的文艺青年一个人在风中凌乱。

美景在后视镜里看到蔚青城诧异的表情，心里爽极了，一边抹着眼角未干的泪水，一边哼着小曲，潇洒地扬长而去。

她真的走了，真的，真的，在收费口交了费，拐出医院大门驶上了马路。

第十一章
你一定要在原地等我

蔚青城咬了咬下唇，站在原地有些不知所措。现在他该怎么办，没有钱、没有卡，难道要给陆骁打电话跟他说自己被助理扔在医院了回不了家？

好吧，在经过一番心里挣扎之后，他决定了——不打电话。

既然岑美景如此胆大包天地把自己扔在这里，那他就流浪好了。

他回身又朝医院门诊部走去，大厅的中间有几棵又高又直的大树，树下围着一圈长椅，虽然人来人往，休息的人却不多，毕竟不会有人愿意来医院消磨时间。

大概是坐着很无聊，他打开手机百度，输入自己的名字，出现的都是与书籍相关的内容，于是又在名字后面加上“照片”两个字。

还真的被美景说中了，真的有两张自己的照片，不过他已经回想不起来当时自己身边的助理是哪个小红、小花、小凤凰了。

收起手机，他又开始环视四周，看到住院部的指示牌时，想起美景那个奇葩闺密，他便起身朝住院部走去。

医院很大，他并不知道那个叫何培的女孩子住在哪个楼层哪个房间，只好先去问咨询台的人。

“你好。”他敲了敲咨询台的大理石桌面，引起正在伏案写材料的小护士的注意力。

小护士抬头后双眼立刻放光，面带微笑甜甜地说了一句“你好”，脸也红了起来。

蔚青城被她如此积极的态度惊讶到了，下意识地微微一怔：“我想问一下自杀未遂后住院，一般住在哪里？”

“那要看她是怎么自杀的了，是割腕还是服毒什么的，这个您清楚吗？”

“割腕。”

“是今天入院的吗？”

“不是，好像很多天了，刚刚我看见她了，她能自己下来取药了。”

“一般住院是不需要自己来药局取药的，您确定她在住院吗？”

“嗯。”他点点头。

“那要是像您描述的这种情况，她应该不需要住院的，住院的话应该在精神科。”

他沉默了两秒，又问：“那你能帮我查一下她到底在不在精神科吗？”

“很抱歉，先生，我不能。”

蔚青城不说话了，但也没走，就这样直勾勾地和小护士四目相望，直到小护士的脸色越来越红，从脑门红到脖子根，还特别害羞地说：“您别这样看着我呀。”

他还是不说话，小护士无奈极了，说：“好吧，好吧，我帮你查一下。”

两分钟后，他按照小护士的指引步入电梯。

陆骁以前总是说，长得帅是一种人生资本，这是一个看脸的社会，他爸妈虽然一直没有尽到做父母的责任，但在基因保留这一块还是很负责任的，起码把他生得挺好看。

单纯看脸是十分肤浅的一种心理，但长得好看可不肤浅，投胎是门技术活。

很顺利地，他来到何培的病房。门半开着，里面只有何培一个人，她正坐在床上背对着门口看窗外的风景，听到有人进来也不回头。

蔚青城在另一张床边坐下，铁床发出轻微的声响，他无声地打量她，许久，大概是她想自己转身回来的时候，才慢悠悠地扭头转过来。

显然，以她现在的状态来说，蔚青城的出现不是惊喜而是惊吓。她看向门外，并没有美景的存在，只有他一个人。

何培爬上床抱着膝盖靠在床头，小心而戒备：“是岑美景让你来的吗？”

“不是。”他诚实地回答，岑美景如果知道他来这里，恐怕会吓得肝胆俱裂。

她小心地理了理自己的头发，半张脸都自卑地埋没在膝盖之中，继续问：“那你来做什么？看我的笑话，还是打算替她打我一巴掌。”

“鬼使神差。”他仍保持自己的诚实。

何培不知该说些什么，严格来讲，今天是她第一次和蔚青城见面。她现在精神差到没有办法像其他小迷妹一样表现出自己的爱慕之情，甚至很害怕他看见自己这副样子：“你能不能走？我不想在医院里看到你。”

他撇撇嘴，没有立刻回应，而是走到门口将病房的门关好，回身后，直接坐在她床边的椅子上，更近距离地观察了她一会儿。

客观来说，她的长相不是丑到看不下去那种，但没有美景漂亮是肯定的，现在这个世界上的所有女人在他心里都没有美景好看。身材的话，何培会好一点，整个人的骨架是十分修长优美的，如果肯打扮打扮，走在路上会有很高的回头率，可惜，她没脑子。

“你的家族有精神病史吗？”他语气平平淡淡，似乎打算与她聊一会儿。

何培皱眉，有些委屈地说：“我没有精神病。”

他点点头，没有在这个问题上执着：“你是我的读者？”

何培点头。

他说：“你从来没见过我本人，没接触过我本人，那些关于我的被公众所知的八卦，都是假的。我是什么样的人，完全是外界凭空杜撰出来的，你为什么会喜欢一个虚无缥缈的人？”

何培回答不出来，或许是因为他的才气，或许真的是因为那些道听途说的关于他的故事。

“因为一个虚无缥缈的人，要和一个闺中密友决裂，你觉得这种交换是等价的吗？”

“你并不是虚无缥缈的人，曾经是，可是后来你变成现实的人。你是我最好朋友的老板，我明明就有机会的，不是吗？”也许是又想起美景，想起那个恐怖的夜晚，自己在草丛里经历人间炼狱，她却和自己喜欢的男人拉拉扯扯、四目传情，眼里的悲伤突然就变成愤慨，说出这些话时，声音里有着抑制不住的颤抖。

蔚青城淡定地从旁边的柜子上抽出两张纸巾放到她的手边：“哭能解决什么问题？你哭死了，我就会喜欢你了吗？”

这个安慰人的方式没办法让人平静，她飞快地抓起纸巾，死死地攥在手里。

蔚青城说：“你的机会不是岑美景给的，只能是我给你，可无论从哪种角度来看，你都不会是我喜欢的那种女孩子。”

“岑美景对你说了我的事，你更加不会喜欢我了，没有男人会喜欢有过这种遭遇的女孩子。”

他将嘴角抿成一条直线，伸出食指挠了挠眉头，似乎是在思考，随即说：“我不是很能理解你为什么要把我不喜欢你这件事怪在美景的身上。首先，无论有没有岑美景这个人，我都不会喜欢你。其次，如果没有岑美景，可能你这辈子都没有见到我的机会。她答应为你做点什么，那是人情，她什么都不为你做，那是本分，你并没有给她付说媒的钱，对吗？还有，”他稍稍顿了顿，又说，“你的人生可以有很多目标和梦想，为什么要把人生寄托在男人身上？你仅仅是为了让男人喜欢你才活下去吗？”

何培低垂着头，眼泪吧嗒吧嗒地落下来，蔚青城觉得自己应该趁热打铁加把劲，全然不顾及已经伤心透顶的何培。他说：“想要别人爱你，首先你要可爱。另外，谢谢你那天夜里送美景回到我的车上。对于你的遭遇，我表示很同情，希望你坚强一些。至于美景，你看重她，应该高于任何男人，包括我。她是值得任何人都善待的好女孩，你也应该是。”

“你觉得她很好，那你们在一起了吗？”她哽咽着问。

客观上来说，并没有完全在一起，所以他的回答是：“还没结婚。”

何培当即傻了，蔚青城感觉自己要说的话已经说完，没必要再坐下去，她哭起来也不是很惹人爱，他更没必要看下去。

他将门恢复原来打开的模样，站在门口停留两秒，说：“如果你真的想死，是不会被人发现和抢救的，我说得对吗？所以，你只是想让美景有负罪感，让她自责和痛苦，这样做，你真的感觉到快乐了吗？如果有，你一定要告诉我，我有的是方法，让你再也快乐不起来。”

蔚青城离开了，这里没有任何东西值得他回头多看一眼。他突然很想抽一支烟，于是去医院后面的室外长椅上坐了一会儿，恰巧见到有一个穿着前卫的女孩子在点烟，便走过去问她要了一支，为此，他付出了要将自己的微信号告诉她的代价。

然后，这个女孩成为了他微信里第一个陌生女人。

美景在家里等了很长时间，都不见蔚青城追回来，按照正常的套路，他应该打车追自己到家，把自己倒挂起来狠狠地捶一顿，可他居然消失了。

她连着打了几个电话都没人接，再打就关机了。美景有些着急了，蔚青城那么蠢，能说出自己家在哪条路、哪个小区就很不错了，还能指望他自己找回家吗？

万一他在半路出点什么事儿，自己怎么和学长交代啊？告诉学长自己把刚刚给她解决了人生难题的蔚青城弄丢了？

想到这里，原本正在给儿子打开零食袋子的美景顿时吓得浑身一激灵，将零食往地上一扔，抓起车钥匙就跑。此次出门略慌张，她连鞋都没来得及换。

现在，换成儿子站在空调的冷风下凌乱，它用爪子挠了挠地上的零食袋子，对着空荡荡的门口喵了两声，强烈地发泄自己的不满，似乎在对着空气反问自己：朕的家庭地位不复存在了吗？这个女人这样对待朕，是想被打入冷宫吗！

到了车上，美景才发觉自己穿的是拖鞋，开车是不能穿拖鞋的，她索性脱了扔到副驾驶处，光脚开。

一路狂奔到医院，刚一跳下车又想起自己光着脚，于是，她飞快地爬进车里找拖鞋，抓着手机就往门诊楼里跑。

以后，她一定要告诉蔚青城，一旦和自己走散了，就在原地等自己，敢多迈一步就打断他的腿，哦，不对，就死给他看。

医院这么大，不说大海捞针也算小河捞鱼了，她跑得满头大汗，连住院部和后面的草坪都跑了一圈，也没看到蔚青城的身影。他的手机还是关机状态，美景心里后怕，拨通了陆骁的电话。

“学长，蔚青城去找你了吗？”

“青城？没来找我，也没来我这里，怎么，他说过要来我这里吗？”

“就是没说，我才担心啊！我们在医院走散了，我找不到他了！”

陆骁正在开会，通常不会轻易接电话，但知道美景是不会无故就突然给他打电话的。他暂停了会议，走出会议室，才表现出自己的紧张：“他去医院做什么？是青城生病了吗？今天上午他无缘无故从我这里借了一笔钱，也不和我说原因。美景，你应该知道你真正的老板是谁，他的事情你应该第一时间告诉我。”

美景这会儿哪有心情跟他讲那么复杂的事实原委，她只知道若是蔚青城真在她手里出了什么事，她肯定要吃不了兜着走的。

万一今天那几个讨债的人也在这里看病，恰好遇到了蔚青城，把他带去哪个没有监控的小角落……电影看多了，果然没有好事，她还没来得及感受蔚青城为她准备的《女助理的一百种死法》就先想到了《虐杀男作家的100种手段》。

“学长，我现在没办法在意那些细节，我得先找到蔚青城。他身上没有钱，也没有卡，脾气又臭，还没礼貌，我很担心他的。至于别的，我有空再仔细和你交代，就这样，拜拜！”

电话被挂断，陆骁愣了两秒，本来还想问一下是哪家医院，他过去看看，找一个好端端的大活人，医院是不会轻易给她看监控，让他找关系，也许更快捷。

他开始有些担心了，如果美景没有把蔚青城带好，反倒让蔚青城把她带糟糕了，该如何是好……

美景又去医院附近的小商店找了一圈，还跑去问了医院门口的保安，她几乎要怀疑蔚青城是土遁了。按理说，他这种帅到原地爆炸的大高个，站在哪里都是一道标志性风景，是很难被人忽略的，怎么会有人没见过他呢！

她走累了，就坐在停车场附近的石墩上休息，握着手机一遍又一遍地拨打他的电话，真是悔不当初，怎么能把他当成正常人一样扔下。

而此时的蔚青城，手里拿着一个不知道在哪里靠颜值骗来的冰激凌，靠在一辆白色越野车的后车门上，慢条斯理地吃着，顺便悠闲地看着心急如焚的美景。

这就是报应，他想，你有本事走，就有本事别回来啊……

直到他看到美景的肩膀在微微抽搐，才慢慢地绕到她面前："你是准备给我立碑了吗？哭什么？"

美景噌地一下原地蹦起来，激动地冲上去抱了抱他，确切地说是冲上去勒了勒他："你死哪里去了！怎么不站在原地等我！"

看到他居然还有闲心吃冰激凌，美景更生气了，一巴掌打掉他的冰激凌："你还有心情吃冰激凌，你看你把我吓得，吓得我都快化了！"

蔚青城："？"

她是不是弄错了？难道刚刚不是她自己开着车潇洒地扬长而去，把他一个人扔下的？生气的人不该是他吗？

再说了，冰激凌犯了什么错呢？

美景在他身上用力蹭了一把鼻涕，凶巴巴地瞪着他问："你哪里来的冰激凌！"

"别人给的。"他面无表情地回答。

"你知道这里是什么地方吗？这里是医院！谁给你东西你都吃！万一别人有个传染病怎么办！你就这么单纯、这么天真！真把自己当成小红帽了吗？知不知道外面到处是狼外婆，毒死你算了！"

说来奇怪，原本他也很生气的，可是在看到美景寻找自己时的背影都透着焦急与不安，他的怒火和委屈突然就烟消云散了。

她就像太阳，既炙热又明亮，惹人厌也惹人爱。

大概是冰激凌的奶油黏在嘴角上不舒服，他本能地舔了舔唇，然粘抿起嘴巴，看起来好像犯了错不知所措的小孩的举动。美景误以为他在内疚，于是很大方地说：“就先原谅你这一次，上车。”

蔚青城：“……”

他站在原地无动于衷，美景走了两步，发现他没跟上来，叉着腰像坦克似的朝他开炮：“你干吗不走？信不信我再把你扔到这里，让你自己走回去？”

没有人喜欢被威胁，尤其是蔚青城这种从来不受管束的人。他冷着脸走到美景的面前，语气不重但警告意味十足地对她说：“再敢把我扔下，岑美景，你可以试一试把我惹急了到底有什么后果。”

美景吸了吸鼻涕，巧妙地打破危险的氛围，娇滴滴地一跺脚，扭头就走：“哼！”

回到车上，她第一件事就是擤鼻涕，只要一哭就鼻涕泛滥这个毛病真是一点也不女神，别人哭起来梨花带雨、楚楚可怜，她哭起来就像个鼻涕虫。

蔚青城坐在副驾驶座上，系好安全带，等她擤完鼻涕启动汽车。

美景斜睨他一眼，问：“你饿不饿？”

“不饿。”他硬邦邦地回应。

以美景对他的了解，这个时间他一定会饿的，他是不能忍受饥饿的人，自己在家做饭稍微慢一点，他就板着一副死人脸，棺材板都没那张脸恐怖。这会儿他居然不饿，太不可思议了。

“这不是就吃了一个冰激凌吗？怎么会不饿？”

蔚青城目视前方，冷漠地回答：“谁告诉你我只吃了一个冰激凌？”

美景震惊：“你还吃了什么？”

“一个苹果、一根香蕉、一个吞拿鱼三明治和一瓶牛奶。”

她有些无语，嗓门也不知不觉地提高了：“你从哪里弄来这么多东西？也是别人给的？”

车内空间狭小，美景的声音清脆甜美，尖锐起来很是刺耳，他不由得偏头往车窗上靠了一下：“我只是跟那个女孩子要了一根烟而已，她就跟我一起分享了很多吃的。”

美景一踩刹车停在原地，两只眼睛都快瞪出来了：“什么？你还抽了别人的烟！”

“你吼什么？是你把我扔在那里的，你就要接受这些不可预料的突发状况。”他不耐烦地回道。

美景嘴巴张得老大，半天没说出一个字，她缓了缓神，告诉自己一定要冷静，他其实还是个孩子。终于平复心情，她继续驾驶：“我下次不会这么冲动了，万一……”

“还有万一？”他立刻翻脸。

美景连忙解释：“我还没说完，少安毋躁，我要说的是万一以后我们不小心走散了，你就在原地等我，我认路很厉害的，一定会找到你。”

蔚青城不搭理她，她便追问一遍：“你记住没有呀？”

“嗯。”

他突然发现，以后再也不能拿不发工资这种事来吓唬岑美景了，也不能用开除来威胁她，她已经巴不得自己把她炒了，最好和他老死不相往来，这样，她就不用花钱了。

美景又说：“还有，不要随便吃陌生人给你的东西，尤其是在医院、夜总会这种地方，听到没有？”

“滚。”他言简意赅地结束了这个话题。

回到家后，岑美景直奔家里唯一的洗手间，蔚青城在客厅里坐了一会儿，以为美景去了厕所，见她许久没有出来，才进房间去找人。

他觉得自己当初装修的时候要求这个门不安锁是明智的选择。他以为自己打开门会看见一个坐在马桶上尖叫的“小坦克”，没想到看见的是弯腰在洗脸盆前不停洗脸的鼻涕虫。

由于刚刚回来两个人一直没说话，并没有什么冲突发生，所以，蔚青城对她现在流的眼泪表现出一头雾水的模样。

她的眼睛、鼻子都被她搓得红红的，看起来像是受了天大的委屈，让他看得隐隐有些心疼。

“你的泪点会不会奇怪了一点？”

他一问，美景的眼泪流得更凶猛了，刚才还是静音模式地哭，现在调成了响铃模式，无法自控地哼唧出声。

蔚青城沉默了两秒，上前将她抱进怀里，像平时抚摸儿子那样揉了揉她的脑袋：“别哭了，你哭得太恶心了。”

美景：“……”

这算什么安慰，还是继续哭吧，应该让他见识一下自己的威力，哭得再大声一点。

蔚青城耐着性子拍拍她的背说：“我知道了，以后不会乱走，也不乱吃别人给的东西。”

说完这句话，他怎么琢磨怎么不对劲，在原地别乱走、不能吃别人给的东西，这不都是训狗的话吗……

他的话没起什么作用，美景完全沉浸在自己悲伤的世界里，两耳不闻窗外事，一心只想哭个够。

不过，大丈夫有所为，有所不为，看她哭得这么伤心，就勉强让一让吧。

她哭够了抬起头来，小脸看起来肿肿的：“作家大人，谢谢你安慰我。”

“哦。”他伸出手臂抓过一条毛巾，在美景以为他是要递给她、正要伸手接的时候，他将毛巾放在自己的胸口，用力擦了两下，企图擦掉那些鼻涕和眼泪，他说，“没关系，安慰你是应该的，身为你……”

美景飞快地捂住他的嘴巴，用“最好的朋友”五个字堵住他即将脱口而出的“男朋友”三个字。

蔚青城冷漠地推开她：“别用你擦完鼻涕的手捂我的嘴。”他将毛巾翻面，擦了两下自己的唇部，问，“那，你到底因为什么这么悲痛欲绝？”

美景不好意思地拽拽自己的耳朵，说：“女孩子，每个月都有那么几天情绪不稳定，我也不知道为什么会悲痛欲绝，反正很想哭，憋了很久没憋住……”

很好，岑美景，作死的花样真是越来越多了。

两天后的下午，蔚青城在书房写稿子，美景坐在另外一张写字台前整理稿子，双腿盘在椅子上，头顶插着两支水彩笔。自从美景来了以后，家里的水彩笔的笔帽都惨不忍睹，因为她有咬笔帽的坏习惯。

她捏起一张写满字的面巾纸，有些无奈地对蔚青城说："作家大人，以后不要往这种纸上面写东西好不好，一不小心就会弄湿，弄湿了就看不清上面的字。你看看，这写的是什么啊？什么什么寄生在什么什么上，什么什么血带什么痛？你要写的是大姨妈寄生在女人身上，需要一种塞着棉花的止血带来止血，但并不能止痛啊？"

被美景这样一搅和，他成功地忘记了自己原来写的到底是什么。他接过那张模糊得一塌糊涂的面巾纸，一筹莫展地联想了半天，想来想去都是美景的"大姨妈寄生论"，于是决定将它揉成一团，扔进垃圾桶。

客厅里有手机在响，美景小跑出去给他拿过来："是你表哥。"

他接电话的样子有些严肃，除了说两个"不"字，一直在"嗯"，前前后后加起来没说上两分钟就挂了电话。

美景搞不懂他这种人还要手机干什么，一言不合就关机，比如，那天在医院。就算不关机，也是充电十小时通话五分钟，现代通信工具对他来说就是可有可无的。

"我晚上要出去一趟。"他继续埋头在电脑前，似交代又似聊天。

美景咬着笔帽点头："什么场合，我要给你准备什么衣服？"

"随便，我大姨妈过生日。"

美景抿着唇偷笑，低声重复着："哦，大姨妈过生日。"

他探出头来，皱眉问："此大姨妈非彼大姨妈，有什么可笑的？我大姨妈是陆骁的母亲。"

美景鼓了鼓腮帮，假装自己不存在，一个人小声嘟囔着。

"大声点，重复你刚才的话。"

"是！作家大人！"她气吞山河地吼了一句，"我刚才说，你大姨妈也没吃你的、喝你的，她过生日，你为什么一副苦大仇深的样子！"

这不是大姨妈普通的生日，是六十岁寿宴，美景得知这个消息以后惊讶得说不出话来。在她的印象里，陆骁不过三十岁出头而已，没想到他的母亲都已经六十岁了。美景想到自己的六十岁，应该既不是总裁的夫人也不是总裁的妈，只是每天拎着袋子逛菜市场和接送孙子上下学的老太太，真是一点也不令人向往。

举办寿宴的酒店定在坐落在绮云山下的绮云四季酒店，据说那里依山傍水，建了许多别致的庭院假山，好景美不胜收，在这个高楼林立的钢筋城市里，是独树一帜的存在。

这么美好的地方，美景当然是去过的！具体一点来讲，应该是路过，她也在绮云山上俯瞰过，那里的景色简直美到无法用语言来形容，只剩赞叹。

据说在那酒店住一晚价格贵得离谱，普通人也很难订到房间，酒店的作风也十分彪悍，在国内其他酒店，只要你有钱，你是不是人都会被接待，绮云四季酒店不同，你不仅仅要是人，还不能是个随便的人。

简而言之，人家老板不在乎那点钱，有钱人就是大爷的作风，在那里行不通。

她刚上大学那会儿和寝室里的同学一起去爬山，站在山顶时听一个导游对旅行团的游客讲了一个关于绮云四季酒店的小故事——原来的绮云四季不是一整座酒店，而是一片商业区，基本全是生意火爆的酒楼。绮云四季老板的亡妻生前希望自己可以树葬，而她生前留有一套漂亮的园林酒店设计图，他便买了这块土地按照亡妻留下的设计图建造了这家酒店，更有传闻说他的亡妻虽满腹才华，却精神有问题，整日说自己是皇后，她的使命是守护她的臣民。而这也是绮云四季老板为她建的国。

当然，这些都是坊间传闻，或许只是有心人故意赋予它神秘的色彩。

美景一边拿着挂烫机熨烫着蔚青城的白衬衫，一边津津有味地讲着这些，末了问他："你说真有这么深情的大老板吗？"

蔚青城思忖片刻，说："林子大了，什么鸟都会有的。"

美景一脑袋问号，略嫌弃地看了看他，她就不应该希冀能从蔚青城的嘴巴里听到什么好话，狗嘴里吐不出象牙，他嘴里也吐不出。

真怀疑一个心中没有诗和远方的人是怎么成为一名作家的。

“那个，作家大人，我就是一个在门口等你的小司机，我不用穿正装吧？”

蔚青城一愣：“你也去吗？”

美景当即失望得肩膀都塌了下来：“你不带我啊……”

他一本正经地点头：“带你干什么？我生活不能自理吗？到哪里都带条尾巴。”

“可不是呗！”美景激动得一跺脚，“你总算对自己有明确的认知了，你可不就是生活不能自理。你除了长得比猪好看一点，比猪有才华一点，你说你和猪有什么两样嘛！”

“岑、美、景。”他一字一顿地念出她的名字，美景推着挂烫机一溜烟跑出去，假装听不见。

蔚青城换好衬衫和西裤后，从房间走出来，正准备叫她给自己倒一杯水就见她端着他的马克杯从厨房走出来：“来喝一点水，每天八杯水，作家你最美。”

一抬眸，看见身姿挺拔的蔚青城站在门口整理袖口，她不由得慨叹着“天生丽质”这四个字不是谁都配拥有的，人靠衣装，佛靠金装，而蔚青城只需要一套西装就可以秒杀一干娱乐圈的美男子了，明明能靠脸吃饭，却偏偏要靠才华，足以说明他是一个上进的好青年。

他的发质出奇好，黑亮亮的，还闪着珍珠般的光泽，白衬衣的纽扣被解开两颗，恰到好处地露出修长的脖颈儿，不过分庄重也不过分休闲，衬衣下摆放进剪裁得体的修身长西裤里，再配上亚光黑的皮带扣，看起来他的长腿更是长得逆天了。

“你等等！”美景将马克杯放到他手里，转身跑进洗手间，献宝似的拿出自己买来许久已经接近过期的发蜡和发胶，准备给他的帅气升级。

她先用蘸上发蜡的手指把他垂在额前的碎发往后梳了两下，看起来不错，但缺乏一点潮流感，于是，她又跑去小阳台，从置物柜下面翻出一把电推剪。它看起来很新，她不确定有没有人用过，反正她举着这东西跑回来的时候，蔚青城是十分惊讶的。

他一向很淡定，就连刚刚美景把他按在沙发上信誓旦旦地说要给他换个潮人发型也没有表现出多大的意外，也很欣然地接受了，这会儿有点坐不住了，他一把抓住美景伸向自己脑袋的魔爪，满眼疑惑道："你确定你会理发吗？"

"我会！我外公的头发都是我用电推剪给他剪的，用这东西我用得可顺手了！给我一把椅子、一把电推剪，我能去公园门口承包所有大爷的发型！"

"可是，这是买猫粮送的，给猫剃毛用的，你确定可以用在我的头上？"

"我确定，人毛猫毛都是毛，一样的，关键在于手法。"

"等等，万一你挑战失败了怎么办？"

美景眼珠骨碌一转，笑眯眯地说："如果失败了，就剃光头，反正你长得这么好看，剃成光头也埋没不了你的帅气。"

话虽在理，听着还是有些不靠谱，既然他已经长得无可挑剔了，那为什么还要折腾头发？

"作家大人，你不相信我吗？"

"你值得我相信吗？"

"必须的啊！"她推开蔚青城的手腕，打开电推剪，半个身体压在他身上，防止他乱动，一只手开始剪头发，一只手拿纸接着掉落的发，"你别乱动哦，我已经开始剃了，如果你乱动，等一下真的要变成光头去参加寿宴了。到时候，你也别西装革履的了，我给你换件僧袍，给你配个钵……"

"滚。"他再一次用言简意赅的一个字结束了自己不想谈下去的话题。

右边的鬓角修出形状，两边的长度修短，中部的长发向后梳，造型固定，完美。

"有了这项手艺，以后我大概是饿不死了。"她对自己的作品十分满意，将白纸和头发一起扔掉，拿起自己放在茶几下面的小镜子给他看，

“怎么样？作家大人，好看吧？”

“我吗？好看。”

“我说发型！”

“凑合。”

“对、对、对，你最好看，发型只是陪衬你的，是锦上添花，锦就是不添花也足够美了。”她看着蔚青城心满意足地长叹一口气，说，“有时候感觉你像我的娃娃，有时候感觉你像我的儿子。”

蔚青城英气的眉头紧蹙，他觉得岑美景现在已经彻底忘记了她是他的生活助理这件事，说白了，她只是一个高级小保姆，看她的状态是在潜意识里上升了自己的家庭地位，就算如此，也不应该上升到他的主人或者他妈的位置。

他起身，居高临下地看着她：“你要不要去绮云四季里面逛逛？”

美景举着电推剪两眼放光，兴奋地反问：“可以吗？我可以进去吗？听说里面还有古董可以观赏！我真的可以去吗？”

“不可以。”

张大的嘴巴还没来得及闭上，美景当即傻了：“你有病没有？”

“有没有能怎么样？你会治病，还是你有药？”

美景心想，我还给你治病给你吃药，我一瓶敌敌畏送你一步到位入住“小木盒”。

美景的眼神很灵动，鼻子翘翘的，嘴巴小小的，也微微上翘，她的一喜一怒在脸上清晰分明，很是生动。他真是越来越喜欢看了。

他说：“你亲我一口，我就带你去。”

美景不屑地哼了一声，将电推剪放回小阳台，边走边说：“少和我来这套，我可是受过高等教育的四有五好青年，坚决不会向你这种流氓低下自己纯洁的头颅，别说亲一口就带我去绮云四季，就算亲一口送我一座绮云四季，那……”

她准备说“就算送我一座绮云四季，我也坚决不亲你一口”，转念一想这样太吹牛了，就算她是受过高等教育的四有五好青年，也没高贵到看不上一座绮云四季，反正她已经走到小阳台，蔚青城是听不到她的话了，于是她小声地改口道："嘿，要真有人送我一座绮云四季，别说亲一口啊，嫁给他都没问题。"

"真的吗？"他凉凉的声音毫无防备地出现在她的背后，吓得美景浑身一激灵，猛地向前躲，脑袋便砰的一声撞在半人高的柜子上。

一波惊吓未平，另一波惊吓又起，她还杵在原地揉脑袋的时候，蔚青城就霸道地将她抱起，放在置物柜上，将她整个人桎梏在自己的怀里，双手捧着她的脸颊，不容拒绝地吻上去。

美景挣扎着，狠狠地在他的胸口和手臂上掐了两把，他吃痛了，却不松口，反倒报复似的咬了她的嘴唇，就这样，牙关失守，被他攻城略地了。

花拳绣腿是不管用的，浑身热得跟上了蒸锅一样，就差气孔冒气了。她试图咬他的舌头让他放开自己，蔚青城却吃定了她不敢咬死自己，还是不肯松口。待她松懈以后，他反倒变本加厉，手掌用力地捏着她腰肢的肌肤，顺着她的T恤往里面滑。

十万火急，急中生智，智勇双全的美景迅速将手指塞进他的腋下，飞快地挠了两下。

然后，魔咒解除。

两个人都在大口大口地呼吸着，再这么亲下去，不气死也会憋死的，不幸中的万幸啊，无惧刀枪的蔚青城怕痒！

不亲也不舍得松开她，他眼眸中的深情简直能把她彻底淹死在这夕阳无限好的小阳台上，这种热烈且迷恋的目光，就算是情窦初开的小姑娘都看得懂，更别说她怎么也算经历过恋爱的老手了。

"你刚刚说错了一件事。"

"啊？"她湿润的唇亮晶晶的，一开一合让人着魔，不知道是被气的还是羞的，面色绯红，眼神却呈现出惊吓后的呆滞，"我说错什么了？"

他慢慢平复自己的呼吸，说："低下你纯洁的头颅是亲不到我的，你这种身高，亲我一定要抬头，弄不好还要踩板凳、坐在柜子上。"

美景无辜地眨了眨眼，说："我要报警，我的老板性骚扰我，还强吻我。"

“谁能证明我强吻你？”他用指腹摩挲着美景那被他咬得发肿的唇瓣，“我可不只是你的老板，还是你的男朋友。你妹妹可以证明，高利贷也可以证明，你收了我的彩礼拿去还债，现在反过来不让我亲，还要告我性骚扰和非礼，你是打算骗婚吗？”

美景：“？”

等等，等半分钟，她要平复一下心里那只疯狂撞墙的小鹿，再好好用捋一捋，这是个什么套路。

半分钟过去了，原本还有一丝丝理智的脑袋，彻底变成一锅粥，满脑子都是他微凉的唇、霸道的吻。嘴唇很痛，舌头也痛，身上被他摸过的地方全都在发烫，星星之火燃起燎原之势，心脏快要从喉咙里跳出来，这种感觉太可怕了。

“完了，我要死了，我快热死了……”

蔚青城无声地将她搂进怀里，尖削的下巴轻柔地蹭着她的鬓角，而后亲了亲她的耳朵尖儿。

这样应该是凉快的才对，平时只要靠近他的距离少于半米，就会很有人肉空调的效果，今天怎么会热呢？

这个空调是要造反，大热天的调成制热模式。

“做，做，做……”

“做？做不了，我要去姨妈的寿宴。”

“不行！”她思维混乱地喊了一句，自己也没弄明白到底要表达什么。

蔚青城被她清透尖锐的嗓音震到了，不禁偏了偏头，难得温柔宠溺地说道：“那好，做。”

说着他就再次亲上她的耳郭，掀起她的衣摆，考虑到这里是阳台，不得已地将她抱起来，准备转战卧室。

美景瞬间清醒，这不仅是被强吻，这还要被强睡。她飞快地跑到沙发另一边，甚至忘记放下T恤来遮住自己裸露在空气中的皮肤：“作、作……作家大人，你冷静一下，你想一想我在入职时签的合约，我不可以对你产生性幻想的。如果产生了，是要被写进《关于女助理的一百种死法》的，我……我十年寒窗苦读，还没来得及报效祖国，我……我，我不想就这么被弄死！”

她心中已经准备好了万千台词用来应付他，无奈对方根本不给机会。

蔚青城见她吓坏了，便没再继续逼她，只是淡淡地说了一句：“去换身衣服，和我一起去绮云四季。”

见她无动于衷，他再次强调：“去换衣服，刚才不是说亲一口就带你去绮云四季吗？我是个讲信用的人。”

目睹这一切的儿子，晃着肥胖的身躯在沙发旁边一跃而上，一脸鄙夷地看着蔚青城，喵喵两声，似乎在说：你编，你接着编，要流氓只有你能想出这么冠冕堂皇的借口。

美景已经不想去了，她只想夹包逃回娘家。想到娘家，她不禁打了个冷战，什么叫娘家，娘家不是结了婚的人才会用到的词汇吗……

蔚青城点了点手表，提醒她再不出门自己就要迟到，二十四小时随叫随到跟在自己身边是她的工作职责，尤其是她还欠了自己一大笔钱，更没有逃避工作的理由。

就这样，美景鬼使神差地去客房衣柜里翻找出了一条红色素版连衣裙，来不及给头发做造型，只能绾成简约的发髻，来不及化妆，就涂上与裙子相呼应的口红。好在她皮肤白净光滑，眉眼够黑够立体，脚上搭配着他买给她的黑色绑带芭蕾鞋，倒也俏丽活泼。

“这样行吗……”

“嗯，能看出来是个女的。走吧。”

第十二章 畏罪潜逃

蔚青城的心情似乎不错，美景以为，都是那个吻的功劳。她有些赌气地将交通广播里的音乐放得很大声，蔚青城也只是耐心十足地调小，并没有挤对她。

他们抵达酒店的时间刚刚好，保安为她开路指挥倒车。车子熄火后，两人先后下车，蔚青城等了她一会儿，站在她身边说："今天，我父母也会在。"

美景全心全意近距离地打量着这座气势恢宏又别具一格的酒店，心不在焉地点点头，片刻后，猛一扭头，问："你刚刚说什么？"

"我父母也会在。"他们刚好在国内，姨妈的寿宴是不可能不来参加的，这一点，陆骁在电话里就已经告知了，所以，他当时连考虑都没考虑就拒绝了，后来陆骁特别无奈地说，不能因为他爸妈在，就忽略疼爱他的姨妈。他觉得这话有道理，才又答应下来。

美景抬起小手放在嘴边，做出一副要啃指甲的模样，惊讶不已："那怎么办？怎么办、怎么办？听起来很可怕的样子！你妈妈好凶哦！"

他淡淡地点了一下头："还好，也不是特别凶，你凶起来比她可怕多了。"

"会吗？你会怕我吗？"

他朝站在酒店门口的陆骁摆了一下手，压低肩膀偏头在她耳边说："并不害怕。我不跟我妈计较，因为她生我有功；我不跟你计较，是因为我喜欢你。”

美景一脸嫌弃地撇撇嘴：“你不是写惊悚小说和科幻小说的吗？怎么要进军言情界了吗？”

他挑起嘴角，开心的笑容从面上一晃而过。

美景捕捉到了，心里的小鹿又开始疯狂地撞墙了，这很慌很不正常，她可以想象自己有一万种理由去对一个人动心，唯一想象不到的竟然是因为一个吻。哪里有人会因为一个吻就对另一个人怦然心动呢？难道这就是传说中的什么哥斯拉魔鬼还是什么斯德哥尔摩的综合征？

她当胸重重捶了自己一拳，准备捶第二拳的时候，被蔚青城一把抓住手腕：“你大姨妈还没走吗？又犯什么病？这样捶胸口对心脏很不好，《关于女助理的一百种死法》里面可没有让你在众目睽睽之下自杀这一条。”

连衣裙的V字领口令她胸前的景色十分显眼，蔚青城的视线落在上面流连忘返，他甩掉美景的手腕，示意她老老实实地活着，说：“就算不想让我得到，也不用这么着急毁掉，虽然小是小了一点，也不至于到自我放弃的地步。”

这下好了，捶胸改成顿足了。

两人走到陆骁的面前，美景笑眯眯地同他打招呼：“学长！”

陆骁微笑着点头，用拳头在自己胸口比量两下，问：“你刚刚这个动作是什么意思？准备在我母亲的寿宴上表演胸口碎大石吗？”

“哈哈。”美景尴尬地笑了两声，双手放在身前交叉，一副十足的娇滴滴的模样，“让学长见笑了。”

“不会，挺可爱的。”陆骁笑道。

一个事业有成、举止谈吐不俗的成熟男人，对美景这个年纪的小姑娘都有着非比寻常的杀伤力，蔚青城看着美景那副小迷妹的模样，真想一脚把她踹回家里去。

他和表哥并肩而行，两人身高不相上下，气质稍有不同，蔚青城板着脸说：“碎大石的本事她是没有的，本色出演还差不多。”

“嗯？”陆骁没理解他的话，似笑非笑地看向他，“本色出演，演什么？”

“黑猩猩。”

陆骁：“……”

美景：“……”

祝寿要准备礼物，美景在家里已经帮他研究许久究竟该送什么，普通人家可以买个蛋糕或者给阿姨买条披肩，这种豪门家族嘛，送礼物跟进贡似的，让人头疼。玉坠、珠宝、绫罗绸缎她想了个遍，最后问蔚青城到底想买什么的时候，他冷冰冰地扔下一句：“不用买，我姨妈不戴那些东西。”

天真的美景以为是他尊贵的姨妈看不上这些东西，等三个人都已经站在姨妈本人面前，她还在幻想着，这位富豪妈妈应该打扮得多么惊为天人，可姨妈只穿了一身素色亚麻的套装，绾着干干净净的发髻，身上不见半件首饰，脚上一双平底小皮鞋也极其简约，倒能看出来它十分舒适柔软。

这是陆骁的妈妈？蔚青城的姨妈？陆骁的妈妈和蔚青城的妈妈不是亲姐妹？同样的爹娘养大的孩子，差距怎么这么大？

姨妈非但没有半点贵妇架子，还十分和蔼喜庆，不等蔚青城开口说“生日快乐”，她先笑眯眯地拍了一下他的手臂：“你个熊孩子，就不能去日本看看我！坐个飞机能委屈死你吗？你再宅在家里，都要长白毛了！眼看都要三十岁的人了，还要我回来看你！”

蔚青城给她一个拥抱，说了“生日快乐”，这是没有任何敷衍的温情拥抱，看得出他很喜欢这个姨妈，姨妈也喜欢他。不过拥抱了一会儿而已，姨妈就一把将他推开了：“哎呀，你太高了，也不弯点腰，我这六十岁的人了，脖子要经不住了。”

“那你抱你儿子怎么不说他高？”蔚青城反问。

姨妈还是一副可爱的笑脸模样，充满慈爱地摸了一把陆骁的肩头：“那能一样吗，这可是我亲生的。”

“我就知道还是亲生的好。”他说。

陆骁笑着打断两人的对话，为自己的母亲介绍美景：“妈，这位是我在传媒大学的学妹，现在在给青城做生活助理。”

美景礼貌地对姨妈微笑，露出整整齐齐的八颗小白牙：“生日快乐，姨姨，阿姨！”

事发突然，她没想到这么快就会轮到自己，结巴两下才找到合适的称呼。

姨妈笑得眉眼都弯成一条缝，握住美景的小手语重心长地说：“哎呀，给我们青城做助理，那可真是辛苦你了，谢谢你对青城的照顾。”

“阿姨，您别这么说，这是我应该做的。”她有些不好意思接受这个道谢，虽然她确实是很用心地在照顾蔚青城，可没有了美景，他还是那个蔚青城，一样会生活得很好，而没有蔚青城，她大概就不是现在的美景了，弄不好真的要堕入红尘去赚那些不光彩的钱，哪里还有今天的小仙女。

蔚青城一点不留情面地教育美景：“你脑子没带出来吗？”

美景不想和他吵架，尤其是当着学长和姨妈的面，她尴尬地笑笑：“带了呀，不然，我脖子上的是筐吗？”

“带了脑子，你就应该知道和我一样叫姨妈。”

美景唰地脸红了，更加尴尬了，在陆骁和姨妈疑惑的眼神中显得有些无措：“那个，你看你，作家大人，姨妈是以后我的老板娘才应该叫的，我叫阿姨刚刚好。”

蔚青城刚要抬手去捏她的嘴巴，惩罚她的嘴硬，啪的一声被姨妈把手腕打下来：“你要干什么你？越来越像你爸爸了，这么霸道。”

“爸爸”这两个字，完全打破了此刻和谐美好的气氛。陆骁把美景带到一旁去聊天，蔚青城则留下来和姨妈聊了聊自家的事。

从酒店的大堂去宴会厅要穿过一条古色古香的长廊，身侧是莲花池，水下灯光随着水波荡漾，斑斓的锦鲤在水中无忧地游荡，陆骁坐在长廊扶手上，点燃一支香烟，美景便乖乖地站在他的身边。

“这么肥的鱼，好不好吃啊……”

陆骁低声轻笑，变魔术一般从口袋里摸出一小袋鱼食，美景惊讶不已：“学长，你随身携带这个干吗？”

“喂鱼啊。”他理所当然地回答，笑着逗她，“难道我随身携带给自己吃吗？”

美景抿起嘴巴笑，乖巧的模样和在蔚青城面前简直判若两人。她打开袋子将鱼食一粒一粒往池塘里扔。陆骁吞吐着云雾，抓起她的手腕用力向水里一扬，鱼食全被撒进水里，所剩无几，美景惊呼一声，只见水中的锦鲤顿时炸开了锅。

“这才叫喂鱼，你刚刚那种，只能叫聊闲。”他咬着香烟说。

美景立马掏出手机拍照，觉得陆骁坐在这里抽烟的模样有些帅得扎眼，不由扭转手机摄像头，咔嚓一声拍了一张。陆骁朝她伸手，示意她拿给自己看看，美景把手机递给他，他半眯着眼说：“很有拍照天赋。”

“哪有什么天赋，是学长你长得 360° 无死角。”

他笑笑，打开手机前置摄像头，让美景站到自己的身边来，一起拍了一张合照，美景比了一颗心，他则将手腕轻轻地搭在她的肩膀上。美景低头钻研着这张合照，总觉得哪里似曾相识，忽然一拍大腿地说道：“我就说嘛，学长，你长了一张轻熟路线的网红男的脸。”

陆骁皱眉：“这话听着褒贬各半。”

美景笑而不语，给他一个“你懂就好”的眼神。

“美景，我听我的姨妈说，他们在蔚青城的公寓和你们碰过面了。”

美景抬起头，眼神里闪烁着不确定：“哦，学长的姨妈？是蔚青城的妈妈，对吗？我们是见过面的，怎么了？”

陆骁的视线从远处灯火通明的宴会厅落回美景的脸上：“简单来说，是她找到我，让我把你弄走，离她儿子远远的。”

美景有点生气，腮帮一鼓单手叉腰，转念一想，这是在学长的面前，这副姿态不礼貌，于是又乖乖地将手放下，压低声音问他：“你和你姨妈的感情也像蔚青城和他姨妈的感情那么好吗？”

陆骁偏了偏头，撇撇嘴：“并没有。坦白来说，这个世界上我最佩服的人是青城的父亲，可他居然会爱上青城的母亲。爱情真的很奇妙，不是吗？”

美景扑哧一声笑出来：“我觉得，学长的姨妈一点诚意都没有，她应该拿着支票来找我才对，电视里都是这样演的。”

“她不会。她不会为除了她自己以外的人花一分钱。”他笑笑，“不过，话说回来，你真的和青城在一起了吗？”

美景脑袋摇得和拨浪鼓一样，两团肉肉的婴儿肥也跟着微微发颤：“没有、没有，这个真没有。和他在一起我至少要少活二十年。”

“你要知道，他是有未婚妻的人，他的未婚妻也会出现在宴会上。”

“可是，蔚青城说他已经跟她取消婚约了啊……”

“他很任性，这个世界上的事情多了，能因为任性而改变的很少，他们是举行过订婚礼的。我们的亲戚朋友很多人都知道，也对徐染很认可，加上她现在有孕在身……”

美景的表情越来越凝重，不知为什么心里竟然有一丝失落。她点点头，说：“可是，学长，我并不是第三者，是蔚青城说我是他女朋友，而我并没有回应啊。我应该有自己恋爱的权利，不受我的老板和我老板妈妈的干扰才对啊，不能因为我漂亮就将我定义为第三者，那我要是个男孩子，蔚青城现在岂不是变成了 GAY ？”

“你误会我了，美景。”他哭笑不得地说。

美景发觉自己的言语太过尖锐，也感觉抱歉，立马低头认错：“对不起，学长，我有点激动了。”

“好，我接受你的道歉，我想告诉你的是，蔚青城这个孩子很任性也很执着，一般他想做的事情没有做不成的，他想要的东西无论用什么办法最后都会弄到手，除非他不想要了。”他站直身体，看到远处朝他们走来的蔚青城，低声道，“姨妈让我带的话，我已经带到了，我能为你做的友好提醒也做了。”

美景一脸严肃地认真听着，然后问：“等等，学长，提醒是什么？我怎么没懂？”

他低声笑笑：“提醒你，和蔚青城在一起可能很辛苦，你要做好心理准备。如果怕辛苦，你可以考虑我，我父母的开明可是出了名的。”

美景哈哈大笑两声，忽觉领口一重，她扭头看过去，只见蔚青城一脸鄙夷地看着她说：“幽灵般的笑声，就是你的这种。”

三个人又一起进入古色古香的宴会厅，视线所及之处都透着一股精致的古典美，美景小声问了一句：“姨妈怎么不过来，这里都坐了好多客人了。”

陆骁说：“她在等两位重要的朋友，一会儿就进来了。”

来客大多是自家的亲戚，朋友不算很多，陆骁带着他们一路往前走，很多人跟蔚青城打招呼。他看不出有半点热情，但也礼貌地点头示意回去，也许家里人早就知道这人性格冷漠，没有谁表现出不高兴。

美景不能和蔚青城坐在一起，他要跟自己的父母和未婚妻坐在同一桌，而她则被陆骁带到他朋友那一桌。

蔚青城自然不同意，要么让美景和自己坐一块，要么自己和美景坐一块，陆骁跟他商量半天，他才肯松开美景。周围已经有人开始用异样的目光去打量美景，陆骁亲密地搂着她的肩头，与她有说有笑，才打消了别人的怀疑。

陆骁的朋友都是很随和的人，人以群分大概就是这样子吧，只有与你志趣相投的人才能称为真正的朋友。

早知道这里是这样的局面，美景就不妥协了。她在看向隔了四张桌的蔚青城时，一不小心和徐染对视了。她应该用憎恶的眼神看待自己才对，可徐染偏偏没有，她的眼神温柔如水，如果不是蔚青城，美景大概会觉得徐染是想与自己成为朋友的，她看起来是如此和善。

寿宴正式开始，姨妈和姨夫一起上台讲话，夫妻两人很是般配，都是一副和和气气、笑眯眯的模样，只是姨夫更显老态，尽管鬓发斑白，还是可以看出一身非凡气质，年轻时没准比陆骁还要帅气。

感谢的话全都是一样的，隆重又简约，接着便是一支古典乐队上台表演助兴。那些小姑娘，一个个跟仙女下凡似的，让美景好生羡慕，都是吃同一个国家的粮食长大的，都是祖国的花骨朵发育起来的，怎么差距这么大呢？

受陆骁之托，他的两位挚友对美景照顾有加，见她小姑娘家家不好意思夹东西，便不停地帮她添吃的，满桌只有她一个人的嘴巴是在不停地咀嚼，仿佛所有人都是来祝寿的，而她是来吃饭的。

“你看起来年纪不大，几岁了？”

“几岁？”美景眨眨眼，她知道自己有点婴儿肥，但是也不至于才几岁，咽下一块牛肉后，她伸手比量了一个二，然后一个三，“二十三岁啦！”

一桌子的人都忍不住笑了：“太可爱了，说年龄还要用手指比量。”

“陆骁这是要返老还童，最近带出来的小姑娘一个比一个嫩。”

“说到嫩，我想起余宝珠了，她是真漂亮、真年轻。”说着，这位哥哥又给美景夹了一块糕点。

美景腮帮鼓鼓地听大家聊天，还不忘说“谢谢”。

“我也觉得余宝珠挺好的，淘气是淘气了一点，还小嘛，小孩子都没心没肺的，你看这个美景小妹妹，不也吃得没心没肺。”

美景眼珠骨碌骨碌地转着，心想：也不是我自愿没心没肺的，你们一直给我夹啊夹，我不吃谁的都不是。再说，我要是不吃，这一套碗碟里都装不下了，好像我多不识抬举一样。虽然一直吃显得一点名媛贵妇的气质都没有，但那根本不重要啊，她本来也不是名媛贵妇，再装也不是，还不如实际一点，吃饱一点，这也许是她这辈子唯一一次来绮云四季酒店的机会啊。

“你认识余宝珠吗？”坐在对面的一位才俊问美景。

美景嘴巴里正塞着一块骨头，肉还没咬下来，全吐出来吧，怪恶心的，一下子吃完吧，肉还有点硬，不太好咬，她只好含着排骨尴尬地点头：“嗯……”

“你别和她说话，让她好好吃东西，小孩子还在发育身体呢！”才俊的女朋友阻止了自己男友的行为。

美景默默地叹了一口气，还是安静地吃吧。

“真想不到，陆骁爸妈那么开明的人能生出陆骁这么顽固不灵的保守派。”

“他没有得到父母的真传，再说，离过婚怎么了，离过婚也不证明他就不是值得托付终身的好男人啊。”

“不仅仅是因为这个，宝珠的妈妈可是陆骁的初恋，虽然只是一起弹琴、下棋、看月亮连手都没牵过的纯洁关系，陆骁肯定过不了心里那关。原本是受故人所托，然后把人家女儿拖到自己的床上，这不是正经人干的事。”

这话的信息量真大，美景差一点就把舌头咬断了，这几个人看起来都是陆骁的挚友，明知道有外人在，还这样讨论陆骁，想来这也不是什么秘密了。

可对她来说，这真是爆炸性的新闻，陆骁居然离过婚，余宝珠那个刚刚成年的美少女居然喜欢陆骁，他居然和余宝珠的妈妈是初恋关系，余宝珠的妈妈死掉了……

信息量有点大，她需要消化一下。

这个世界上最不缺乏的，就是形形色色的故事了吧。

台上乐团表演结束，宴会主持人走上台，说有人准备了一份特别的礼物送给姨妈。

摄像将镜头对向入席的姨妈，她惊喜的表情出现在舞台后方的电子荧幕上。

接着是蔚青城和陆骁上台，由陆骁演唱，蔚青城钢琴伴奏，作为给姨妈的特别礼物。

陆骁会唱歌这一点，她并不意外，他可是传媒大学最传奇的存在、无所不能的大人物，她意外的是蔚青城居然会弹钢琴。

在她还不怎么了解蔚青城的时候，每天看到他在家里邋里邋遢，除了吃饭、睡觉、写东西什么都不管不问的样子，肩不能扛、手不能提，她总是会默默地担心他这辈子就这么废了。

慢慢地，她发觉他只是一个不爱显摆的人，其实也很多才多艺，比如，他会击剑，还得过奖，奖杯在衣柜最下面装羽绒服的整理箱里和羽绒服埋在一起；比如，他会跆拳道和空手道。可是，他懒到连鞋带都要她弯腰给他系。她一直以为他已经僵硬到和棺材板一样，可偶然一次，她居然看见他飞起一脚踢到头顶的门框。

现在，她对蔚青城又有了另一种认知，他还会弹钢琴！

美景琢磨了一下，他父母都是画家，他应该也会画画……

是她太没有见识了，像蔚青城这种家境优渥的公子哥，会点才艺也是应该的。

蔚青城刚刚在钢琴前坐下，陆骁也靠在钢琴旁边准备就绪，主持人突然上台打断两人，还对台下的宾客说，大家再等几分钟，惊喜之外还有惊喜。

很快，一套沙画设备被抬上舞台边缘，穿着娃娃衫试图遮挡隆起的腹部的徐染走上舞台。原来惊喜之外的惊喜是她。

同一桌的人有人问："这是谁？"

另外一个人回答："青城的未婚妻。"

主持人告诉蔚青城可以开始了，他却黑着一张脸坐在钢琴前一动不动，气氛有些尴尬。陆骁弯腰拍拍他的肩膀，在他耳边说了几句话，他才有所缓和。

琴声悠扬、歌声优美，沙画里的温情也惟妙惟肖，在美景看来，这一切都完美极了。坐在她身边的两位才俊突然一起笑了两声："弹错了这么多音，他多久没练琴了？"

"他以前跟我姐学琴的时候就很不情愿，平时肯定不会自己练习的。"

美景在心里默默翻了个白眼，想说：还练琴呢，我们家，哦，不对，是蔚青城的家里，压根就没有琴！

一曲完毕，三人同时向台下鞠躬，陆骁不着痕迹地将蔚青城推向徐染身边，在台上简单讲了几句话，无外乎温情的祝寿词还有对各位宾客的感谢。

美景发誓，她真的很认真地在听陆骁说些什么，可是为什么视线停留在蔚青城和徐染身上之后，眼珠子会隐隐地胀痛呢？

难道这就是所谓的辣眼睛？

忽然就不开心了，像一个吃饱了撑着的宝宝，她不知不觉地噘起嘴巴，还噘得老高。

“哟，妹妹，你怎么突然就不高兴了？年轻真好，活得真随性，刚才看还挺开心呢！”对面才俊的女友说着端起酒杯，准备陪她喝一点。

美景嘴上说着没有不开心，动作还是很诚实的。她端起香槟杯，一口就干了，末了忍不住皱眉，腹诽道：这是什么怪味，不如啤酒好喝。

酒壮尿人胆，有了第一杯酒的鼓励，美景敞开肚皮喝起了第二杯、第三杯、第四杯，没有人给她灌酒，她这是自己喝开心了，别人拦都拦不住。

她意识到自己喝多了，眼前的一切都开始动荡摇晃，大家还很淡定，说明没地震。迷糊之间，她仿佛看到了余宝珠的身影，主持人在台上说了几句话，现场的音乐一下子热情澎湃起来，余宝珠身着热辣性感的服装在台上跳了一支欢快的桑巴舞。

身边的人一直在称赞余宝珠的颜值和身材，只有她一个人担心余宝珠胸前那块岌岌可危的布料，那对人间“胸器”已然呼之欲出，她真的好想拿一条小毛毯冲上台，给余宝珠包上。

女孩子家家，怎么能如此不检点呢，身上这点肉都让人看去了！

“美景妹妹，今天就先喝这么多，怎么样？等下你喝多了，怕陆骁怪罪我们没把你照顾好。”

美景捂着嘴巴打了一个酒嗝，害羞道：“不会、不会，这是我长这么大吃得最饱的一次了。”

宴会散场，大家陆陆续续地离开，美景装作一副清醒的样子和每一位照顾她的哥哥姐姐挥手再见，自己则最后一个站起来，才迈出一步，就扑通一声坐到地上。

喝多了就是好，摔跟头都没有那么疼了……

她扶着椅子站起来，用力拍拍自己的额头，试图让自己清醒，找到蔚青城，把他带回家。

可是，宴会厅里根本没有蔚青城的身影，她暗自骂了一句：“奶奶个腿，说好了以后都在原地等我，又不见了。等我找到你，呃，给你一个大嘴巴子。”

穿着高开叉旗袍的服务员美女来搀扶她，被她无情地拒绝了，理由是，服务员这么高、这么漂亮、身材还这么好，她才不想给别人当陪衬。

她拨通蔚青城的电话，居然被提示关机，再拨陆骁的电话，对方也关机！这兄弟俩在搞什么嘛！

她晃出宴会厅，在门口吹了一会儿自然风，没过一会儿，脑袋更混沌了。她顺着长廊左拐左拐再左拐，又回到了宴会厅，呃……

宴会厅的旁边有一座凉亭，黑压压的，似乎有人影。她扶着栏杆走过去，便看到蔚青城和徐染对面而立，他们的表情看不清，可身影还是能让人轻易就辨认出来。

徐染突然伸手抱住蔚青城，由于她的肚子挺得高，不得不微微弯腰。

蔚青城没有抱她，却也没有躲开，就笔直得好像一棵扎进水泥里的白杨树一样，任她抱着。

难道一场寿宴上的偶遇，就让他们摒弃前嫌，准备破镜重圆了吗？

男才女貌的画面，应该令人称羡，美景却像吞了一只苍蝇一样觉得恶心，一想到苍蝇在嘴里，她的胃就忍不住翻江倒海。

叫他还是等他，成了一道艰难的选择题。

徐染似乎有些激动了，搂住蔚青城的脖子，踮起脚尖就要亲上去。

美景当机立断，气吞山河地大吼一声：“蔚青城！”

她从没用这么大的声音且如此可怕的语气喊过他的名字，蔚青城下意识地往后退了一步，循着声音朝美景看过去。

她一只手扶着栏杆，一只手扶着胸口，忍住不吐，这个时候不能吐，吐就太没气势了：“你再不回家，我就把你扔在这里了！”

蔚青城看都不看徐染一眼，直奔美景而去，美景满意地笑笑，心中颇有成就感，忽然就想到了小时候在自己楼下找狗，发现哈哈正屁颠屁颠地跟在人家小母狗的后面，眼看越走越远，她也是这样吼了一句：“哈哈！你再不回家，我就不要你了！肉也不给你吃了！”

然后，哈哈头也不回地朝她狂奔过来。

凉亭在长廊尽头，有七八个台阶，蔚青城前脚离开，徐染后脚就不依不饶地追上去抓住他的手臂：“青城，你刚刚答应过我的，别走。”

蔚青城无情地掰开徐染的手指，冷漠道：“我反悔了。”

徐染顾不了那么多，上前用力抱住他的脖颈，无论怎样也不松手。蔚青城抬头看见美景赌气的眼神，突然就发狠，抓住她的肩头用力向身旁甩去，当他意识到要去拉她的时候已经来不及了，两声惊呼之后，徐染顺着台阶滚了下去。

为什么是两声呢，因为还有吓到腿软的岑美景。

她终于理解所谓的醉意都被吓跑了是一种什么感受，她跌跌撞撞地跑向趴在地上痛苦求助的徐染，试图把徐染从地上拉起来：“你快起来，你流血了！”

徐染面色惨白，死死地抓着美景的手腕，哀求道：“帮帮我，求你了。”

美景也急得快哭了，抬起头向蔚青城求助：“蔚青城，快抱她起来，她流了好多血。”

有那么一瞬间，他真的很想抱起徐染冲出去，可是想到她对自己做的事，他宁可当一个冷漠的罪人，也不想对她伸出援手。

他几步迈下台阶，拉起蹲在地上的美景，将美景的手腕从徐染手中解脱出来，冷冷地留下一句：“你不是想知道，如果再给我一个拥抱，我会不会对你旧情复燃吗？这就是答案。”

他就这样无情地走掉了，还带走了美景，头也不回地，美景被他拽得直踉跄，也没能阻止他无情的步伐。

穿到酒店大堂，他告诉酒店的工作人员，有孕妇在宴会厅旁边的凉亭里摔倒，让他们去看一下，顺便叫救护车。

酒店的门外，美景抱着一个垃圾箱不肯松手了：“作家大人，那是两条人命啊，你怎么能这样！要是她有个什么三长两短的，怎么办？”

“那是她活该。”他说。

“杀人要偿命的！酒店里到处是摄像头！”

蔚青城的心里也很慌乱，美景又醉醺醺得难缠，他不耐烦地吼了回去：“我宁可偿命！你现在就去报警，让警察来抓我！”

美景愣住了，她一想，自己的立场不对啊，她应该是跟蔚青城一伙的才对，原来除了冷冰冰的话语，他还可以这么生动，仿佛一个假人活了过来。不过，真的好委屈哦，他为什么这么大声吼自己……

蔚青城在口袋里摸烟，烦躁地撕开包装，正打算点燃，美景突然诈尸一样从原地跳起来，抓起刚把香烟放进双唇间的蔚青城，撒腿就往马路尽头狂跑。

蔚青城不知道她在跑什么，可是她看起来是如此紧张，好像身后真的有人拿着两把大砍刀追他们一样。

美景的体力差，跑着跑着就没力气了，上气不接下气地在风中大吼："蔚青城，你怎么这么重，我快拉不动你了，你跑快一点！"

只怪夜色太美丽，蔚青城只能这样想，他竟发了疯似的主动带着美景跑起来。

耳边呼啸着风，街头的车灯从眼前不断飞速驶过，他不知道该去哪里，脚下的皮鞋也根本不适合做这样剧烈的运动，可是，他停不下，只要有一丝力气，就没办法停下。

等他累坏了，美景早就累成哈巴狗了。

他低伏在路边的栏杆上喘着粗气，美景也扑在栏杆上喘着，一时间，两个人都没有说话。

他的呼吸平复了，问："为什么要跑？"

美景擦掉额头上的细汗，然后撩开沾湿的碎发："我刚才认真想了一下，既然杀人要偿命，那我们还不快点跑，万一被抓到，是要枪毙的！"

蔚青城："……"

就因为这个？他跟着她跑了三条街？难怪都说和什么人混是很重要的，和傻子混久了，他的脑袋也不够用了。

"头好疼啊，好晕，好想吐……"她嘟囔着，靠着栏杆慢慢坐下去，"我们好笨啊，为什么不开车跑呢？不行，我喝酒了，不能开车了，我们应该叫个代驾再跑……"

"你这智商。"他思忖片刻，没有找到任何适合的形容词，于是说，"我居然蠢到认为你有智商……"

美景一步也不想走了，蔚青城招手叫停一辆的士，像拖猪肉一样把她拖进的士后座，自己坐到副驾驶座上，告诉司机地址，也短暂地休息了一会儿。

到了小区门口，他从美景的小手包里翻出五十块钱现金扔给师傅：“不用找了。”

美景猛地坐起来：“找！找、找、找！找钱！”

“很好，岑美景，既然是在装睡，就赶快给我起来回家。”

美景两眼一闭，又躺了下去，一副死猪不怕开水烫的样子。

司机等着走，蔚青城没办法了，只能把美景捞起来，正要伸手去抱，美景就像个牵线木偶一样伸展开四肢，撒娇道：“背、背。”

他深吸一口气，弯下腰，等她爬到自己的背上，托着她的屁股将人背起。

“我心里怕怕的，作家大人，你刚刚那样也太坏了，谁要找你当老公，那是倒了八辈子血霉……”

“对你不会。”

“为什么？难道是因为我漂亮？嘿嘿……”

“你哪里漂亮？”

“那……不能告诉你，漂亮的地方我藏起来了……”

“嗯，那就不是因为你漂亮。”

“因为我对你……嗯……”她想了半天，说，“视如己出！”

蔚青城用力捏了一下她的屁股，声音低沉地说道：“因为我喜欢你。只要你不背叛我，我永远不会伤害你。”

背上的人突然蹬了两下脚丫，一个没忍住，吐在他的背上。

他想收回刚才的话，现在不只想伤害她，简直想把她五马分尸，他的情话就这么恶心吗？恶心到让人忍不住吐？

这一觉睡得昏天暗地，美景不知道自己什么时候睡着的，反正醒来的时候已经是下午，她一个人躺在蔚青城的大床上，浑身上下一丝不挂，连扎头发的皮筋都被摘了，身体就像被压路机碾压过一样无力，脑袋里浑浑噩噩的好像装了一碗浓汤。

房间的空调开得很低，可她盖着厚厚的被子，肚皮上还软软的、热热的，就是稍微有点重，掀开被子，一把将儿子从肚皮上掀下去，顿感呼吸通畅许多。

都说酒后乱性，看来她这一生是十分平庸的，社会上的老套路她一个都没逃过。

她裹上被子在床上匍匐寻找半天，也没发现所谓的证据，大腿之间也没有感到撕裂般的痛苦，但身体上的乏累是不会说谎的，昨天夜里一定被蔚青城那个道貌岸然的流氓强制性地翻云覆雨了。

难道，是……蔚青城的尺寸太小了？

想到这里，美景下意识地倒吸一口气，这简直太可怕了，都说上帝是公平的，给你一些福利就会拿走一些福利。

她死尸一样趴在床上，心想，终于走到用身体还债这一步了。

她觉得自己因为长期跟蔚青城共处一室，已经被他带到变态了。对失去贞操这么大一件事，她居然除了惋惜，就只有认命地心疼。

难道不应该冲进厨房提起菜刀切了他罪恶的根源吗？算了，好累，只想躺着，想当一只一动不动的王八。

她躺了许久才觉得家里异常安静，只有儿子跳下床又跳回床上时发出一声猫叫。

她头不抬眼不睁地指着门口，对趴在她身边等待投喂的儿子说：“你，给我滚出去。你们父子俩没有一个好东西，从今天开始，你再也没有猫粮吃了，你就吃那张牛皮沙发，纯牛皮的，去吧，去，别让我看见你。”

儿子喵了一声，用关爱智障的眼神看着她。

最终她耐不住口渴，把自己卷在被子里如同一只大蚕蛹一样磨蹭到厨房去找水喝。

整整喝了两大杯，肚子撑得鼓鼓的，她发现蔚青城倒是很勤快地把脏衣服都塞进了篮子里。她要回房间拿衣服然后去洗澡，路过书房时，发现房间的门是虚掩的，便趴在门缝外往里瞄。

蔚青城不在。

她惊讶地低头看向跟在自己身边讨食的大肥猫，问："你爹呢？占完便宜跑路了？"

答案当然仅是一声"喵"。

蔚青城失踪了。这有点不对劲，除非公寓爆炸，不然，他是不会主动走出这间屋子的。她以最快的时间洗澡换好衣服，头发都来不及吹，盘腿往沙发上一坐，开始打电话。

第一遍没接，第二遍也是电话响了好几声蔚青城才接起来。他的声音听不出任何情绪，和他往常一样冷冷淡淡："喂。"

"你畏罪潜逃了吗？"

"我在警局，你有什么事，讲重点。"

"什么？"美景惊呼，"你自首去了！"

"脑子是个好东西，建议你别光顾着发育见不得光的地方，也好好发育大脑。"说完，他就挂了电话。

美景无暇顾及他如此羞辱自己，他的话本身并没有问题，她身上用布包着的地方确实发育得很好，只是隐藏得深罢了。现在，她更担心蔚青城去警局到底干什么，总不能是去送锄奸惩恶的锦旗。

可她再拨过去，蔚青城怎么都不肯接了。

她立马找到陆骁，不等陆骁开口说话便焦急地直奔主题："学长，蔚青城进警局了，他不接我电话，你快联系他，问问他怎么了！"

"我在这里，你别慌。没什么事，就是昨天晚上徐染被推倒的事，我姨妈追究酒店责任，酒店就报了警。这边叫青城来问了问情况，一会儿我会送他回去。"

"那，那个谁，徐染没事吧？"

"有事，在医院，孩子没了。"

美景心里一咯噔，又问："那蔚青城怎么办？会不会有严重的后果？要拘留吗？要判刑吗？"

"不需要，你等着就好，我先挂了。"

第十三章

强势勇猛的家长

半个小时后，蔚青城到家了。

美景一直坐立不安，想到蔚青城可能没吃饭，便去厨房忙乎起来。干活是很让人有安全感的一件事，忙起来就会忽略很多事情，前提是要专心忙。

美景穿着小花围裙举着菜刀从厨房跑出来，与蔚青城四目相对时，忽然有些尴尬，于是半张开的口又立马闭上，扭头进厨房继续干活。

蔚青城没有来骚扰她，一个人安安静静地躺在沙发上闭着眼睛休息。

美景做好饭菜端上桌后，以为他睡着了，撅着屁股在他旁边端详了好一会儿。

这睫毛怎么这么长、这么鬈啊，和洋娃娃似的，长在一个这么大高个的男人身上，合适吗？但从颜值来看，这是一张 360° 无死角的脸，该好看的地方一个都没落下，皮肤也跟上了釉的瓷片一样。

皮肤这么好真是不应该，他爱吃辣椒，又是食肉动物，还熬夜，应该满脸青春痘才对。所以说，专家都是骗人的，什么辛辣、油腻、熬夜会令皮肤糟糕，那只是针对皮肤本来就不好的人。对于天生丽质的人来说，那是不存在的事。

蔚青城突然睁开眼睛，眼眸黑白分明又深不见底。偷窥被抓了现行的美景飞快地眨了两下眼，瞬间红了脸。

“为什么偷看我？”也许是没有休息好，他的声音里透着浓浓的疲倦，在他微微偏头的时候，美景看到他靠近沙发里侧的耳根处有红色的印记，好像，是手指印，下颌的地方还有一道被指甲刮花的痕迹。

她扑通一声跪在地上，在蔚青城惊讶不已的眼神中捧起他的脸颊仔细观察起来：“什么情况！作家大人，什么情况这是！警察还打人吗？你的脸怎么了！学长不是和你在一起吗！学长在，他们还敢打人，他们活够了吗！”

蔚青城淡定地拿开她的手指，面无表情地说道：“不是警察，很明显是女人弄的。”

美景抿嘴皱眉，不可能是徐染，她应该在医院里躺着，那还有哪个女人会打他耳光还挠他的脸，难道是她自己？

想到这痕迹的来源很有可能是昨天晚上他在强迫自己而自己强烈反抗之后给他造成的，她就释怀了，这明显是他活该。

她翻脸如同翻书一般迅速，刚刚的紧张瞬间换成了不屑和鄙夷，还很自豪地撩了一下耳边的碎发，然后微微扬起自己的下巴，说：“那就没什么好说的了，就凭你对我做的禽兽不如的事，这一点点惩罚算便宜你了。”

蔚青城揉了揉太阳穴，撑着身体坐起来，美景这才看到他的脖子上面还有几道明显的、被指甲划伤的痕迹，心想，他的后背上应该更多才对。

蔚青城居高临下地看着她，美景也毫不示弱地瞪回去，好一会儿，他说：“平身吧，我还没驾崩，你不用这么跪着。”

“你最好现在就驾崩。”她身子往旁边一歪，一屁股坐在地毯上，态度强硬地说，“可不是我给你雪上加霜哦，作家大人，经过我慎重的考虑，我决定这个月末离职。”

蔚青城冷冷地瞪着她：“不批。”

“不批也不行，我也是很贵的，我跟你讲，我怎么也是传媒大学的大学生，盘靓条顺、根正苗红，还是那个，那个什么……”

“什么？”他不明所以地追问。

“处女。”

蔚青城挑唇冷笑一声："所以？"

"所以，我的初夜也是很值钱的，开价四十八万并不过分，并且我已经收集好了你强暴我的证据，加上做到这个月月底的工资，刚好还你五十万，我们两清了。如果你不让我走，我就去报警。"她一本正经地宣布自己的筹码，可惜蔚青城并不买账。

"你对自己的身体有如此高的自信，会开到这个价格也确实很让我意外，你这不叫漫天要价吗？"

"这不是重点！"她用力敲了敲茶几，说，"即便你认为我一文不值，我也不可能白让你睡的，对不对！"

"所以，你现在在跟我讨价还价，对吗？"

美景再次敲茶几，色厉内荏道："现在是你在跟我讨价还价。"

他突然掏出手机往茶几上一放，敲出重重的声响，吓了美景一跳。他给她一个下马威后说："不管谁对谁，我们都在讨价还价，对不对？"

"就一口价四十八万，你必须同意。不同意的话，我就让你身败名裂，我可是很有手段的，我跟你讲。"

蔚青城没有立刻给她答复，眼神上上下下在她身上来回扫了好几遍，好似真的在拿她当作商品一样打量，随后拿起手机按了两下又放回口袋里："你说我强暴你的证据，我不知道在哪里，但我现在手上有你卖淫的证据。"

美景愣了愣："什么卖淫？卖什么淫？"

他神态自若地起身去餐桌前落座，端起水杯喝了一口，淡淡的柠檬酸味在口中蔓延开："你刚刚亲口说的，我已经拿手机录下来了，你的身体一口价四十八块，哦，不，口误，是四十八万。我不买也得买，买也得买，还威胁我不买就会身败名裂，不知道这可不可以构成敲诈，我得找个律师问问。"

事情居然扭转到这个地步，美景拍案而起，杀气腾腾地走至餐桌前："你怎么可以这么无耻，占了便宜反倒咬人一口！"

他不是很有胃口，没有动筷子，只是淡淡地看着桌上的菜品，说："我有你无耻吗？在别人的床上睡了一觉，就要诬陷别人强奸，还要抵消五十万的债务。”他眉眼冷冷地向上挑，斜视她，接着说，“我这么完美无缺的男人，怎么会看上你这只白眼狼。”

他的话让美景开始怀疑人生。她默默坐回自己的座位，托着腮帮皱眉沉思，难道自己真的错怪好人了吗？他哪里看起来都不像个好人啊……

“可是我有证据，你否认不了。”她决定再次争取。

“那你千万要保存好了，不然，到了警察局，我也不会认账的。”他说。

美景撇撇嘴，肩膀都塌了下来：“明明我的衣服都被你扒光了，身体也累得不行……”

“衣服是你自己死活不穿的，我只能帮你脱了，还死活要睡在我的床上，抱着猫不撒手，它不愿意，毛都被你揪掉好几撮。至于身体累，你昨天拉着我跑了三条街，累也无可厚非。”说到累，他也很累，很久没有做那么多剧烈运动，两条腿也酸疼，是该运动运动了，不然很快就变成老年人。

她记得自己带着他狂奔，但不记得跑了多久，更加不记得她死活不肯穿衣服睡觉这件事。

“那，那你脖子上被人挠的……”她的底气已经开始明显不足。

“你认为呢？”

“就是你对我施暴时我反抗的证据。”

“你想多了，自己有多长的指甲不清楚吗？十个手指头剪得跟和尚似的，还指望它能挠谁？”他冷冷地嘲讽着，“就算忽略这些细节，你说你是处女，那床单上至少应该留下你是处女的证据，有吗？”

美景翻着白眼，嘟嘟囔囔，蔚青城让她大声重复刚刚她说的话。美景一想，就算他没把自己怎么着，但是看光了吧，估计也摸透了，便厚着脸皮大吼：“我怎么知道床单为什么那么干净！万一是你的短呢！”

“你处女膜长在嗓子眼吗？我短……”

他的表情阴冷极了，刚刚的轻松不见，哪个男人被自己喜欢的女孩子这么怀疑都会很不爽，他也不例外，尤其是美景刚刚才说自己强奸了她，这会儿又揶揄自己的短。

美景脸又红了，世上怎么有如此无耻之人，对着一个如此清纯可爱的女孩子随时随地随口开黄腔。

“那你下巴和脖子不是我弄的，到底是谁弄的！”

“我妈，我妈刚刚也去了，她打的，她的指甲刮的。你还有什么疑问吗？”

美景心里一沉，拿起筷子一脸无辜地啃着筷子的顶端，牙齿和筷子碰撞发出咔咔的声音，看向蔚青城的眼神也变得畏畏缩缩，好像犯错误的小孩子一样。

“怎么，没和我睡成，你很失望吗？”

“没有。”她坚决否认。

“看起来很有，你满脸不开心。”

应该是高兴的，她心里这样告诉自己，贞操失而复得的事儿全天下仅此一桩，怎么可能会不高兴。

可没有欢呼雀跃也是真实的，尤其是在听了他被自己妈妈打了以后，她反而有些难过。

在她生活的国家里，挨打的熊孩子并不少，她没挨过打，美丽就经常挨打，并且是爸妈混合双打，以前还有过父母加外公外婆加她混合5打的传奇。可那都是爱的责备，也没把美丽打坏，只是吓唬吓唬她。纵然她哭得昏天暗地，也是什么事也没有，一个草莓罐头就能让她破涕为笑。

蔚青城都已经到了适婚年纪，是个有事业有主见的独立男人，原本就疏于见面的母亲，见了面就要动手，他心里该有多难过啊。

就算一片草莓地，也治愈不了他吧。

他抬手按住自己的胃，眉头微微蹙起，美景便知道他又胃疼了。她飞快地把桌上的水煮肉片和尖椒小炒肉拉到自己面前，将清炒西兰花推到他那边，说：“你今天不能吃辣椒了。”

“这个像猪食一样，拿走，味道都很奇怪。”他说。

“你吃过猪食吗？猪能吃到我这种五星级大厨做的食物吗？”

“没吃过，在我想象里，猪食就是这个味道。”

“反正我都拿你当猪养的，你就吃吧。”说完，她起身去翻家里的医药箱，给他找药。

这医药箱也是她买的，里面有一些常备药品，治疗感冒、发烧、胃痛、牙痛的药都有，还有消炎药和外伤喷雾，连蚊虫叮咬和跌打损伤的药油也有，或许有很多药直到过期也不会被用到，当然用不到更好。但生活所需无可减免，尤其他还算富有，不差这一盒子药钱。

她把药递给蔚青城，他很顺从地放进嘴里，喝下半杯水后，伸出修长的食指朝她勾了勾手：“过来。”

“不！”

他迷离的眼神让她想到昨天下午的吻，她的心跳不由得加速：“你休想骗我过去，谁知道你是不是又要亲我，我可是四十八块，呸呸呸，四十八万的天价美少女……”

“不用想那么多，我让你过来就过来，立刻、马上，我查一个数。你不过来，我就过去扒了你衣服亲你，坐实强奸罪名。”

美景一脸不情愿，耸着肩膀扭着腰别别扭扭地磨蹭到他面前：“过来了，干吗！”

“其实，你刚刚说的事，我昨天夜里有考虑过。”他如此坦诚，反倒让美景不知该做何表情，“不过，你喝得太多，还吐我一身，那个味道恶心到让人终生难忘，所以，我没下去口，因为太难闻了。我连自己的房间都待不下去，就睡在了沙发上。”

我喝多了，我怎么知道呀？我一旦喝多，就天不怕地不怕，你和酒鬼对着干，那不是自讨苦吃吗？谁让家里有客房你不睡，非要睡沙发，再说沙发那么贵那么舒服，睡了也没什么可抱怨的。

她继续不情愿地指了指西兰花说：“那你就赶快把猪食吃了，我去换床单，一会儿你去重新睡一觉就好了。”

他突然伸手揪住美景的衣领，用力向自己怀里一带，令她稳稳地扑进自己的怀里，鼻尖靠近她的唇边，深深吸了一口气。

美景如同受惊的小乌龟，死死抓住他的手臂，下意识地往后缩脖子："闻什么呢！"

"闻闻还有没有酒气。"他坦白道。

美景一边挣扎着要起来，一边冲他哈了一口气："臭死你！"

而他闻到的，只有浓浓的牙膏味，并且是十分熟悉的。她有着勤俭持家的好习惯，连牙膏都不舍得买一管，浴室的柜子里有半箱陆骁送的进口牙膏，她努力帮他消化，力争在过期之前用完，完全不在乎那一管牙膏可以买一箱普通牙膏。

"香的。"他低声反驳一句，大手扣住她的后脑勺，不容拒绝地将她按向自己，深深地吻上去。

倔不过三秒，美景就缴械投降了，跟融化的奶油雪糕一样软在他的怀里，要不是蔚青城揽着她的身体往上托了一下，恐怕她已经滑到地上。

没有经验就是最好的经验，没有技术就是最好的技术，她的生涩居然成为最迷人心智的东西。

直到这个吻停下来许久，美景脑子还是一片空白，只有胸口扑通扑通地提醒她还健在人世。

他捏了捏美景的下巴，似笑非笑地问："需要我打 114，给你问一下急救电话吗？"

美景呆呆地回应："急救，1、2、0。"

等她终于清醒过来，她飞快地从他身上跳下来，捂住通红的脸颊，发出瓮声瓮气的问责："你个骗子！你不是说，我不过去才会被扒衣服占便宜吗！你一个顶天立地的男子汉，能不能光明磊落、一言九鼎一些！"

他撇撇嘴，根本不把她的指责听在耳里，厚颜无耻道："是在光明磊落……的时间亲的，没有在月黑风高的时候。不过，我只说，你不过来，我就扒你衣服、占你便宜，我做到一言九鼎了，刚刚没扒你衣服，也没占你便宜，只是我们情投意合后顺其自然地互相亲吻了。"

"没有！"她跺脚否认。

"有。"他淡定地坚持。

"没有、没有！"

“双重否定，就是肯定，所以还是有。”

她到底为什么要跟一个作家吵架，又为什么要给一个作家当助理，就不能是别的什么财大气粗、没工夫搭理她这种小角色的大人物吗……

第二天一早，美景又要请假，蔚青城只听完了“请”字，连她“假”字的音都没发出来，就第一时间果断地拒绝了。

“你是不是忘记点事情？”

美景仔细回想，该洗的都洗完毕，早餐也做好了，猫也喂好了，房间也打扫了，稿子昨天夜里就整理完了，要说忘了什么事，大概只剩今天早上还没跟他吵架。

难道从今以后吵架也要成为每日必备的工作了吗？

“我忘了怼你？”

“怼我？”他不是很理解这话的意思，“怼我在你的工作范围内吗？”

“是不在，那我忘了什么？”

“酒精会造成人的智力减退，你以后还是少喝好了。”

美景都要急死了，这种不知道自己忘记什么的感觉太糟糕了，尤其是她一向被称作记忆大师，对数字极为敏感。上学的时候，她对一道数学题可以做到过目不忘，第二次再做时完全不需要计算就能写出结果，被他这样一说，她真的感觉自己的脑子要废掉了。

“行，不喝了。说吧，我到底忘了什么，说不出来，今天你就别吃饭了！”

“我的车呢？”他问。

美景顿悟地连拍脑门，发出啪啪的声响，频频点头：“对、对、对，车还在酒店门口，不过，我现在没空去取车。等我回来的时候，我直接开回来。放心吧，在绮云四季酒店门口比在我们小区还安全。”

车可以不取，不要了都行，但她不能请假。

美景很生气。

“为什么我没有假期？国庆节你都没给我放假！”

“对，地球不爆炸，你就不放假。给你放假，你就去找你的闺密自取其辱，你是我蔚青城的女人，只能让我欺负，犯不着去别人那里犯贱。”

我是你祖宗！她真想脱口而出骂这句，想想还是算了，出来混怪不容易的，挨揍就不好了。

她不管蔚青城同意不同意，回到房间背上小包就要出门：“我可不是自取其辱，我那叫重情重义。再说，我现在是回学校参加一个考核，不是出去瞎逛。”

蔚青城坐在沙发上，面覆寒霜地盯着她弯腰穿鞋系鞋带。美景弯着腰瞥了他一眼，觉得很可怕，索性不看了，临走之前，说，“真的是去考核，上午一门、下午一门，撒谎的是小狗，不信，你打电话去学校问。不过，你最好不要这样做，我又不是小学生，还要家长打电话问逃课没……”

她出门了，直奔公交车站。

心里有着隐隐的不安，她怀疑自己已经违背了道德，喜欢上了蔚青城，脑子里总会浮现他那张俊俏的脸，并且时不时地，就感觉自己嘴唇在发热，好像被他烫伤了一般，连做梦都梦到了他爬上自己的床跟自己耍流氓。

嘴上说着不想要，身体却很诚实地向自己发送信号，她喜欢上了蔚青城。

爱情真是可爱也可怕的东西，让人欢喜让人忧。她就算喜欢楼下的保安大哥，也不应该喜欢蔚青城啊。他除了好看，哪有优点。

爱情居然让她变成如此肤浅的人，所以，这是错觉。

她默默地一咬牙，告诉自己，美景，这是错觉，别怕。

然后，她又叹息，唉，一把年纪了，还用这种方法安慰自己，可笑。

已经好久没回学校了，公交车刚刚驶入学院路，一股熟悉的亲切感便扑面而来。

街上来来回回的年轻面孔充满朝气，比蔚青城热情多了，还有三五成群的好友嬉笑同行，看起来单纯快乐，比蔚青城开朗多了。路边摆摊卖的煎饼果子是真正的世间美味，摊前每天中午都有人排着很长的队，骑三轮车的师傅笑容可掬，风里雨里在各校门口等你。这一切的一切，都比蔚青城温暖、柔软。

世界上可爱的东西这么多，她可不要自讨苦吃地喜欢上那么不可爱的生物。

公交车到站，停在传媒大学的正门口，美景背着小包，嘴里哼着歌儿昂首阔步地走进自己的大学校园，像第一天来这里一样心潮澎湃。

美景性格开朗，人缘颇佳。在传媒大学里，她的长相也不算什么天仙，女孩子之间赤裸裸的嫉妒和排挤在她身上并不存在。所以说颜值这个东西，只要有一点就好，太高也有生存风险。

跟同学们一见面就热聊起来，从天文地理到娱乐八卦无所不及，就差二斤麻辣小龙虾和一斤扎啤了。

原来和她住同一寝室的女孩子突然掏出一支南瓜色的口红，非要给美景涂一下，说她涂了会好看。

美景早起素颜出门，脸上连层简单的粉底都没有，她觉得涂这个口红会显得突兀，不想妥协，无奈另外几个同学也很想看这种颜色在美景这种天生白净的小脸上会有什么效果，她只好噘着嘴巴当试验品。

涂好之后，有人举着小镜子给她，美景左照照右照照，勉强道："是不是涂得有一点点厚了啊，你当我嘴巴是墙吗，左一层右一层的，不过也还行……"

她愉悦地弯起嘴角，给大家展示一下标志性的甜美笑容，视线向后延伸时，她看到了遥远，然后这个笑容就僵住了，还是旁人用力扯了她的脸皮，才把她的思绪拉回来。

"喂，美景，你涂这种颜色，看起来特别像美图秀秀里的阿宝色特效。"

美景揉着脸颊呵呵一笑："你这是夸我还是贬我，说我自带特效美丽无敌还是损我长得像失败的修图？"

余光里的遥远似乎在朝自己走来，并且越走越近，美景突然一捂肚子，愁眉不展："哎呀呀，这个大姨妈好任性，说来就来，不行了，我要走了，马上要血流成河了。”

她做出从包包里摸纸巾的动作一路小跑，钻进走廊尽头的女厕所。

她的大姨妈从来没有一个月来两次的时候，这都是胡诌的逃跑借口。

她也说不准遥远向自己走来是不是要找自己，也没想明白为什么自己下意识的反应是逃跑。

遥远不找自己是最好的，距离开始考核还有二十分钟，她在厕所待上十五分钟，遥远肯定不会傻等了，而她又有足够的时间去考场。

毕竟是校园公共厕所，一直有人进进出出，里面的气味也不容乐观，美景站在窗边打开手机里的《王者荣耀》，拉上在线游戏好友打了一把人机、做完一把任务，看着时间和自己预算的刚刚好，便收起手机走出女厕。

刚刚全心全意地投入游戏，出来时还沉浸在自己游戏中五杀的状态里，把自己为何会躲进厕所这件事彻底忘在了脑后，一开门，看到对面依墙而立的遥远，她下意识地倒吸一口冷气。

她指了指女厕所里面问：“好巧啊，等女朋友吗？那你慢慢等，我先去考试了。”

“你不就是我女朋友吗？”他插着口袋挡住美景的去路，“我什么时候说过你不是我女朋友了？”

这话听起来有些奇怪，语气也奇怪，他怎么好像被蔚青城附体了一样，如果这句话被蔚青城用这种语气讲出来，就显得正常多了。

“我又不是卖给你家了，你说没说过没什么用的，你和校花的恋情已经坐实了。既然是这样，你就好好对她，不能每一个女人你都想占有，然后每一个都辜负。”

“是她追我。”

“所以呢？”美景半低着头，并不是很想看他的眼睛，看多了，她会忍不住为自己曾经的清纯和天真难过。

“没有所以，我还是很喜欢你，我放不下你。”

“我挺重的，你还是放下吧。”她说。

感情的事情很难说谁对谁错，嘴巴会说谎，心不会，他若真是喜欢别人了，痛痛快快地分手，对她来说也是好事，毕竟长痛不如短痛。可他吃着碗里的，看着锅里的，就太人渣了。

一个前几天还拉着别的女孩子开房的男人，现在突然来女厕所门口堵她并告诉她忘不了她，她之前只是心疼自己的青春，现在多了一项，她开始心疼自己的眼睛了，这么生动妩媚的一双大眼睛，怎么就瞎了呢！

她绕过遥远朝考核教室的方向走，遥远不依不饶地跟在她身后。

她是这所学校的无名小卒，可他是风靡全校的校草，人见人爱，花见花开，加上校花插足，原本平淡无奇的一段恋爱已经成为校园里的重点八卦。他这样跟着自己，她浑身都不自在。

在教室门口，美景停下脚步，有些不开心地转过身来，说："那个，遥远，我有男朋友了。那天你在酒店，咱们两对都碰个正着，我也不是那种脚踏两只船的人啊，我男朋友对我挺好的……"

遥远不顾及周围路过的学生的眼光，一把将她按在墙上，保持一个自认为很帅的壁咚的姿势，语气中带着浓浓的醋意和不快："就因为看到了，所以我才发现自己根本就没有办法放开你。你太单纯了，那个男人是你的老板，家境那么好，不过是玩玩而已，玩过了就会扔掉，像他那种有钱的公子哥根本不拿女人当人看。"

"谢谢你担心我，我只是单纯，并不是蠢。"她挥开遥远的手臂，径直走进教室。

遥远的话是对的，但只对了一半，这世界上真的有很多有钱的公子哥视爱情和女人为玩物，但肯定不是蔚青城。

他是有幸遇见自己，如果碰见一个有心机的狠角色，搞不好他会沦为人家女孩子的玩物。

另一边，智商很高、情商也不怎么在线的蔚青城真的给美景的学校打了个电话，问她们是否有考试、考到几点。

校方给的回答是上午一门、下午一门，上午到12点结束，下午5点结束。

美景并没有说中午回不回来，如果不回来，他吃什么？

他进厨房转了一圈，在冰箱上发现一张便利贴：作家大人，饭菜在冰箱里，微波炉热一下就可以吃了，晚上做水煮肉片补偿你——美丽的美景。

他拉开冰箱，果然看到用玻璃碗装好的老干妈肉丁炒饭和猪食——也就是西兰花。

他捧起玻璃碗端详了一会儿，把炒饭原封不动地放回去，将西兰花那份，连碗带菜一起扔进垃圾桶。

刚出厨房两步，又扭头回来把垃圾桶里的玻璃碗俭出来，打开盖子，扑面而来的西兰花味道让他不禁皱眉。他拿起一块西兰花，忍住想吐的冲动，去卧室把正在睡觉的儿子叫醒。

儿子懒洋洋地伸了个懒腰，并不是很想理他的样子，翻动着肥胖的身体，继续睡。

他拉着儿子的脚硬是把它从床中间拉到床边，也把它拉得有精神了，随后把手里的西兰花放到它的嘴边："你吃。"

"喵。"儿子嫌弃地眯眼转头。

"你妈说这很好吃、很有营养，对身体很好，你吃啊。"说完强行拿西兰花往它嘴里塞。

儿子被惹急了，后腿着地站起来，两只前爪飞快地挠了他好几下："喵！"

他失望极了，自言自语道："我说是猪食，她还不信，猫都不吃的东西，给我吃……"

美景不在家，他觉得有些寂寞，习惯了她在自己眼前晃来晃去，忽然觉得这个家比原来大了许多，也空荡了许多。

他准备寄情于工作，"人"字没写完一撇的时候，急促的手机铃声就打断了他的思路。

电话是岑美丽的老师打来的，说打她家里电话没人接，打姐姐的电话关机，只好找到送表的姐夫。

半个小时后，他换上休闲白衬衣和米色休闲裤，拿上钱包，穿上白色板鞋，独自走出家门。

打车到美丽的学校，进校需要登记，正巧是下课时间，操场上、走廊里到处是上蹿下跳的熊孩子，他问了好几个同学，才辗转找到美丽老师的办公室。

美丽就站在窗边，捧着一本拿反了的语文书乱翻。

上次在美景家里他就想问，谁给小姑娘订的这么大的校服，松松垮垮的像个麻袋。回想刚刚自己来时见到的那些小女孩，身上的校服大多合体，有的甚至能看出来是为了合体或者美观稍作改动，只有美丽这件，好像是拾了哥哥穿过的。

距离美丽两米开外的另一个窗口前站着一个脸被抓花的男孩子，也在低头看书。

“你好，你是哪个同学的家长？”一名戴着眼镜的中年女老师从椅子上回身问道。

闻言，美丽抬头，委屈地叫了一声“姐夫”。

“岑美丽的姐夫对吧？先坐一下，关于岑美丽的事一时半会我都讲不完。”那名老师终于抬起尊贵的屁股，给蔚青城拉来一把椅子。

“现在，岑美丽是跟你和她姐姐一起生活吗？”

他礼貌地道谢后入座，看了一眼把嘴巴噘得老高的美丽，答：“不和我们住，她怎么了？”

老师拉开抽屉，拿出原本属于他后来抵押给美丽的Apple Watch，问：“这是你给她的吗？”

蔚青城点头：“是。”

“她今天把这个东西带来学校，前座的男生要借来玩一会儿，她不借，两人争执起来，她就给人家男同学挠成那副样子，你看看她把人挠的。”说完，她指向那位男同学，一副事态很严重的样子。

蔚青城仔细看了看，按这么大的孩子的打架水平来说，美丽下手是重了一点。

“不是借，是抢！”美丽声音洪亮地更正事实，显然她和姐姐一样有着天生的好嗓子。

“老师在和你的家长谈话，你不应该插嘴。”老师将矛头指向美丽，“让你背诵的课文，你背完了吗？”

“那你说得不对，就是国家主席来了和你谈话，你也不能冤枉我啊。明明就是他抢我的东西，我要抢回来，他先推我的，我屁股都快摔成两瓣了，我才起来挠他的！你就是偏心，就因为他是主任家的孩子。”

老师不批评她了，强忍着怒气看着蔚青城，等待他开口训斥自家小孩，蔚青城则端坐在椅子上无动于衷。

老师忽然一拍桌子，怒声道：“看看这个岑美丽，学习成绩全年级倒数第一，天天打架惹老师生气。你俩谁打谁、谁是主任家的孩子，是引起这件事的主要原因吗？是你根本就不该把这个东西带到学校来，原本学习就不好，不好好努力，竟弄些分散精力的东西来！”

“分不分散精力我也是倒数第一，根本没影响成绩！”美丽继续顶嘴，看起来这是家常便饭。

蔚青城觉得美丽说的话都有道理，可是这样顶撞老师确实很不应该，不过，这老师有点理歪，他内心陷入一种矛盾状态，理性上无法抉择自己该站在谁的立场，于是感性地一琢磨，决定帮亲不帮理。

他刚要开口说话，老师便气愤地将桌面上的Apple Watch往蔚青城面前一推说：“你也看到了，岑美丽这样的学生我管不了也教不好，你们抓紧时间找学校办理手续吧，这学生我们留不了。”

美丽倔强地一扬下巴：“不留拉倒，我还不愿意在这里呢，什么破学校，每次都让我考倒数第一。”

蔚青城皱起眉头，薄唇轻轻抿了一下，示意性地瞪了美丽一眼，对面前气得胸口剧烈起伏的老师说：“学习差和调皮不是草率开除一名学生的理由啊，就算开除了岑美丽，这里还是会有倒数第一名，还是会有调皮的学生。”

老师先是为这话诧异一番，接着更生气了，从教这么多年还是第一次遇到这样的家长：“现在是你家的孩子犯了错，不是老师和学校犯错，这位家长，你这种认知首先就是错的，小孩子不能这样教育的。”

“正是因为我们不会教育小孩，所以才把她送到这里来。”

“……”老师愣了一下。

他说：“我给您说个道理，您听听我说得对不对。岑美丽带违规品来学校，同学抢她的东西与她发生争执，男孩子先动手，女孩子为自保还手，结果误伤了男同学，事情是这样的吧？”

老师要开口说什么，他抬起手掌做出打断的手势，继续说：“您认为问题的源头在于美丽把违规品带入学校，我认为问题在于男同学的欺霸行为。美丽可以不把违规品带入学校，但男同学的欺霸行为就会因此消失吗？肯定不会。他总会有别的理由去欺负女同学，对吗？您觉得将手机等没有杀伤性的违规品带入学校更严重，还是校园欺凌事件更严重？”

“同样严重，道理不是这样讲的！”

老师打算狡辩，蔚青城继续制止她的话，说：“我们换一个角度来谈，您认为带违规品和欺霸行为同罪，那您是不是也会认为穿着比基尼的女孩子走在街上被强奸，女孩子就要和强奸犯同罪？就因女孩子没有尊重市容市貌擅自穿得过少。”

他指了指站在窗边的岑美丽，又指了指桌面上的Apple Watch，没有丝毫退让的意思，接着说：“带违规品来学校是岑美丽的错，但，并不意味着她带了违规品，别人就可以欺负她，我愿意为美丽带违规品这件事道歉，毕竟东西是我送给她的。但回到家我同样会教育她，如果下次还有人抢她的东西欺负她，就还手把那个人打到趴下。”

“你这样的教育会助长她的暴力倾向。”

“是的。”他坦诚地点头，“原来岑美丽的家庭环境一直不好，我想老师你也是非常清楚的，但是从今往后会很不一样，只要不打死，我们赔得起。说句难听的，就算打死了，也不见得我们赔不起。在作为一名好学生之前，我首先要教会她做一个自强勇敢的女孩子，希望你能理解作为家长的心情。她学习好坏在我们这种家庭里，并不重要，但懦弱会成为她一生的羁绊。”

他讲话的速度不疾不徐，好像这些话在他心里已经演练过千百遍，淡定从容得仿佛校领导在跟这位老师谈话。

老师看出他的态度十分坚决，并且没有半点低头的态度，只好说：“我不认同您这种教育方式，还是等岑美丽的姐姐过来吧。”

蔚青城不做异议，点头后起身，把美丽叫过来，让她给老师认错。

认错这种事，在岑美丽的就学生涯里比写作业的次数多太多了，她门清得很，就是不情愿。每次看到姐姐来了又跟老师赔笑脸又是低头认错，最后还要按着脑袋强制性认错，她内心都是十分抗拒的。

她也不是不能认错，只是觉得，错和爹一样，都不能乱认。

今天的情况有点不一样，蔚青城的道理让她心服口服，她也很痛快地跟老师认了错，说自己不应该带这东西来学校。

然而，事情并没有就这样简单地结束，蔚青城要求那名男同学对美丽道歉。

小男孩也是个有脾气的主，死活不认错，加上父母都是学校领导，态度也十分嚣张，非要自己爸妈来。

男孩的父亲算是比较讲理，在办公室里直接训了自己的孩子，母亲却十分护儿子，等丈夫的话都说完了，才对蔚青城说：“是我小孩不该先动手，但岑美丽把他挠成这样肯定是说不过去的，万一落下疤痕要跟随一辈子，这个我们还是要去医院。”

蔚青城痛快地答应：“可以，那我们就一起去，顺便给我妹妹检查一下尾椎骨。她一直在揉屁股，万一落下什么病根也是耽误一辈子。另外，我们顺便要看一下心理科，推搡过程中如果男孩子有袭胸行为，给我妹妹留下心理阴影，对她未来的发展发育都有极其恶劣的影响。”

自己的姐姐在这种时刻，从未如此强势勇猛过，如果换成美景在这里，她肯定又要被姐姐恨铁不成钢地扇几巴掌。反正不管和谁打架都是她的错，姐姐总是会先揍她。

蔚青城像什么呢，就像……就像理想中的父亲，尽管她的父亲，只是一个老实巴交的工人，从来没这般伟岸过。

她站在蔚青城的身侧，小心翼翼地挽住他的手臂，怯怯地探出脑袋去看主任夫妻俩。

蔚青城坚实的手掌一把攥住她纤细的手腕，刻不容缓道：“走吧，现在去医院，别耽误时间。你们男孩子皮糙肉厚的，我们家的毕竟是个小姑娘。”

美丽心有犹豫，却只能乖乖听话，因为屁股真的很疼，但不至于不能走路。

下台阶的时候，她又忍不住揉屁股，蔚青城站定在原地，看了看她一副委屈的样子，向下迈了一步，弯腰拍了拍自己的肩膀，说：“上来，我背你。”

美丽从善如流地往他身上一趴，心里默默发誓，以后找老公，一定要按照姐夫这个标准找。

几个人走到校门口，男同学的父亲改变主意了，和蔚青城重新聊了一会儿，大意是小孩子之间有矛盾很正常，一看两个孩子都没有什么大问题，就不要耽误他们的课程，让他们快点回学校继续上课，其他问题，按照校规处罚警告就可以了。

蔚青城礼貌地拒绝了，他愿意为男同学的脸承担治疗费用和后续治疗费用，但是岑美丽受到伤害这件事，作为监护人，他们也应该有合理的交代。

最后，男同学的父亲提出让他的儿子在全班同学面前向岑美丽同学道歉，并保证再也不欺负她和其他任何同学。

蔚青城询问了美丽的意见，小姑娘大人有大量地点头同意，让事情在向更复杂的方向发展之前停止。

蔚青城送美丽回教室，在她耳边说了两句话，美丽点点头，跟着老师进了教室。美丽听完对方的道歉，和他握手言和，随后回到座位，收拾好自己的书包走出教室。

“姐夫，我们去哪里啊？”

一定是姐夫看自己被欺负了想让自己放松一下，那她就可以提出去吃肯德基、喝星巴克、逛动物园还有打电玩，多么令人振奋的一天啊。换作美景在这里，估计她回家要跪搓衣板的。

老师跟出来询问情况，蔚青城提着美丽的书包，严肃且认真地说道：“我刚才考虑了一下，这里的就学环境并不是很适合我妹妹，我们会尽快办理转学手续，在此之前，打算给她放个假，缓解一下紧张的情绪。”

美丽眼珠瞪得老圆，模样像极了姐姐美景惊讶时的表情，想不到姐夫是这么有性格的人，一言不合就转学，当初为了送自己来这里，妈妈还找了关系花了钱，姐姐知道了，会不会把他俩一起清蒸了……

心中虽然有无限疑问，但此刻坚决不能打姐夫的脸，她沉默地配合一切。无奈，老师并不放他们走，还提出要美丽的姐姐来学校一趟，不然，不让美丽跟他离开。

“我现在怀疑你是不是她真的姐夫，秉着对岑美丽负责的态度，还是要她姐姐或者妈妈亲自来一趟。”

于是，他们又辗转回到办公室，被严格看管起来，美丽小声地说：“姐夫，我们逃学失败了……”

老师第八次拨通岑美景的手机时，终于打通了。

美景上午的考核刚结束，接到学校的通知后一路狂奔出校门打车直奔美丽的学校，恨不得这出租车化身筋斗云，让她一个跟头翻到那两个祸害的身边。

美丽说：“姐夫，你信不信，我姐一会儿冲进来说的第一句话肯定是，太对不起了，梁老师，又给您添麻烦了！”

蔚青城撇撇嘴，看着老师拿给他的美丽的日常作业，心中一片哀云飘过。

这上面就没有几个题做对了，基本都是老师批注的红叉，不过，她倒是很有绘画的天赋，作业本的背面画了很多抽象的线条人物，有一页，竟然还临摹的是毕加索的名作。

美景很快来到学校，果不其然，冲进来以后，看都没看他俩一眼，直奔老师，满眼焦急道：“太对不起了，梁老师，又给您添麻烦了！”

说完，她扭头看向蔚青城和岑美丽，狠狠地剜了两人一眼。

“完了，咱俩摊上事了，今天跪搓衣板有小伙伴了……”

蔚青城莫名其妙地看她一眼，并没有意识到美丽所谓的小伙伴正是自己。

美景听老师把前因后果详细彻底地交代了一遍，决定先给老师道歉，然后跟老师请一下午假，把美丽带回家教育。所谓教育，就是一顿胖揍外加跪搓衣板，还要罚抄成语字典。

三人一路默默无言地走出学校大门，今日的美丽不同往昔，天塌下来还有姐夫这个大高个顶着，她挽好姐夫的胳膊，想着待会儿只要挨揍，就往他身后躲。

学校还在上课，街道上除了偶尔有车辆路过，安静得不像话。

天气并不是很热，太阳却火辣辣的仿佛跟地面上的人有仇，不晒死几个不罢休。

美景叉腰站在路边，气呼呼的，这是愤怒要爆发的前兆。

她深吸一口气，说："你们两个，严重影响到我考试的情绪。"

"考试的题不会做就不会做，说什么情绪不情绪的。"蔚青城十分无情地插刀。

"你闭嘴！"她咬牙切齿地看着蔚青城，特想一脚把他踹到太阳上去，"你这个养尊处优的公子哥，从小没为我们这些小老百姓的烦恼而烦恼过，随随便便就决定替我们小老百姓家的小孩转学。你可知道，为了让她上这个学校，我妈求了多少人？家里穷得都要揭不开锅了，还要拿钱送礼，才能让她进来这里！你看看，你看！"她从蔚青城的背后抓猪仔一样一把将岑美丽拎到两人中间，扯着她肥大的校服，气愤道："因为没有钱又怕她长高长胖，到时候还需要重新订校服，我妈连校服都给她订了大号的。我们家已经够难了，你根本体会不到我妈的那份心！"

"所以呢？"蔚青城慢条斯理地将美丽的衣领从美景手里拯救出来，不急不躁地耐心说道，"你母亲的这份用心，并没有换来年少无知的小女儿的用心读书，不是吗？我是养尊处优的公子哥，长这么大也没因为你们这些小老百姓的烦恼而烦恼过，但这并不是我主观上可以决定的，客观上我的家庭让我没办法感受到你所谓的那些烦恼，当然，主观上我也并不想感受。"

美景："……"

他说："或许从前你的家庭举步维艰，但从今天开始，你们不需要那么辛苦。我可以把你们一家老小都养得很好，包括你乡下的外公和你家那条狗。”

“你？”美景无奈地摇头，“你连擦地都不会，将来这个家我躺下来，我们一家老小包括我乡下的外公和我们家的狗哈哈指不定会成什么样，别说举步维艰了，估计步子都举不起来。”

她知道蔚青城的嘴巴厉害，已经做好接招的准备，等了半天，却只等来平平淡淡的七个字：“我现在会擦地了。”

美景走在前面，蔚青城跟在身侧，美丽则穿着肥大的校服跟在后头无聊地东张西望，心里不断地询问自己：我是电灯泡吗？这就是电灯泡的意思吧？

“我不同意给她转学，突然改变环境对她也不好，万一融不进新的学校怎么办？学习会更差。”美景躲在公交站牌的后面，尽量不让太阳照到自己。

蔚青城回头对美丽招招手，待她走到自己面前，有条不紊地把她反转过去，拉开书包拉链，抽出一个本子随便翻了两下，发现没有自己要看的，就换了一本继续翻，直到翻了四本，才将手里的作业本递给岑美景。

美景跟看外星人一样看着他，没打算接过来：“干吗？在公交车站给她辅导功课吗？你感受过什么叫对牛弹琴吗？如果没有，你可以给我妹讲讲练习题，你会深有体会。”

“对你一头牛弹琴，我已经很累了。”他一箭双雕地把姐妹俩一起损了。

他翻到作业本的背面，一页一页地在她眼前展示：“音乐要弹给喜欢它的人听，而不是弹给牛听，牛有牛可以做的事情，比如，挤奶或者耕地。牛会干的事儿，音乐家干不了，为什么一定要强行给牛弹曲子，还要怪牛听不懂呢？”

美丽吸了吸鼻子，心想，我怎么成牛了……

“你妹妹可以临摹世界级大师的画，你看到了吗？”

世界级大师就画这玩意？美景拿过美丽的作业本，连着翻了好几页，她看着那画都很抽象，不觉得美观在哪里，不过鉴定画作这方面，蔚青城肯定是行家。

美丽实在太顽皮了，“三天不打，上房揭瓦”指的就是她。她除了惹祸和骗吃骗喝，美景实在没办法用一双发现美的眼睛去看待她，要不是因为她长得和自己像，美景一定会带她去医院化验一下，看她到底是不是自己爸妈亲生的。

“她的班主任不喜欢她，又和教导主任有了矛盾，你觉得她还有留在这里的必要吗？并不是你一味地去道歉，别人就愿意原谅你妹妹。她在这里，只会继续受排挤，继续不爱学习。”

美景仿佛听到天大的笑话，仰天笑了三声，把作业本一把塞进岑美丽的书包里：“作家大人，你确定你真的了解我妹吗？你确定她真的在学校受排挤？她可是他们学校的一霸，打遍附近八所学校无敌手的小太妹！”

蔚青城不动声色地打量了一下身边的美丽，此刻的她看起来是何等乖巧无害。

虽然她总是嫌弃自己的妹妹，但并不代表别人也嫌弃，母亲不知道在她的小书包里搜出来多少情书。这小姑娘就是年轻，不然，指不定在学校里引起什么样的血雨腥风，和自己小时候一样，傻傻的，不懂爱情，纵然被不少人追，也没搞对象，一心一意地扑在调皮捣蛋上。

美景说：“我妈肯定会特难过。”

他问：“如果她转去更好的学校呢？”

“更好的学校？公立的进不去，私立的念不起。”

“哦。”他淡淡地应了一声，睫毛微微垂下，平和道，“这不是你该考虑的问题，而是我。”

第十四章
欺人太甚

他们没有坐上公交车，而是去了附近一家商场的肯德基，美丽想吃这个。

这也是蔚青城第一次吃这种洋快餐，美景一边啃着汉堡一边说：“这种东西怎么说呢，偶尔吃一次还是挺好吃的，总吃的话，对身体不好，我就不经常带美丽来吃。”

美丽在一旁翻白眼，小声嘀咕：“那还不是因为穷。”

“吃都堵不住你的嘴。”美景抬腿在桌子下面踹了她一脚，“你可得吃饱了，晚上回家我还要抽你，到时候你别没力气喊疼。”

蔚青城很安静地坐在美景对面吃薯条，他尝了一口汉堡，并不是他喜欢的味道，只好放下，美丽一点也不嫌弃，拿起来就往嘴巴里塞。

美景的小挎包就放在桌面上，肩带处的皮料有些开裂了，金属扣也有点掉色，身上的T恤也洗得发白。为了做事方便，她以前披散着的长发现在整日被绑成圆圆的丸子头，露出饱满干净的额头，看起来机灵可爱，如果能像以前那么温柔软糯就好了。

“看什么看！都是你害的！”她突然瞪起眼睛凶巴巴地吼了他一句，蔚青城被这突如其来的一嗓子吓了一跳，薯条从指尖脱落，愣愣的模样有几分好笑。

“你最好温柔一点。”他板着脸给她一个友好提示。

“不然呢？”她反问。

“不然，我会不要你。”

美景一口可乐呛在嘴里，大猩猩似的捶胸顿足好半天，才止住咳嗽，脸色却憋得通红：“我偏不，我现在就是破罐子破摔，巴不得你不要我！”

蔚青城沉默地点了点头，继续若无其事地吃薯条，顺便用手机给陆骁发信息，打听转学的事情，过了好一会儿才说：“那你可能要失望了。”

美景下午还要回学校，没有太多的时间浪费在胡吃海塞这件事上。

临走之前，她郑重地把美丽交给蔚青城，转念一想，这样的决定是错误的，于是改口，将蔚青城交给了岑美丽，并苦口婆心地叮嘱道：“你们两个玩够了，你就把哥哥送到公交车站。记得是公交车，他还不会坐地铁，把他送上车，你再自己回家，听到没有？”

美丽仰头看看姐姐，又看看蔚青城，问：“姐，你脑子还好吗？”

美景敲敲她的脑袋瓜，再次强调：“就按我说的办。”

她离开后，美丽挽着蔚青城的手臂说：“姐夫，你需要人送上公交车才能回家吗？”

“不需要。”

“那你自己坐公交车没问题的吧？”

“应该没有，不过，我会打车。”

美丽惊恐地扬起脸，嘴巴张得老大，难道姐夫是个智障？

也行，长得好看还有钱，智障也可以，完全正常的人，谁看得上她姐姐啊……

在蔚青城接过一通电话以后，美丽被告知要去新的学校读书了，她兴奋得当即就把印着原学校名字的书包扔进垃圾桶，扔完才想起来询问蔚青城这个行为被不被他所允许，蔚青城没说行与不行，她就当作默许了。

她带着蔚青城玩转整个商场。

“你有多少钱？”她一脸天真地问。

蔚青城也没仔细算过自己到底有多少钱，他一直在赚钱，其中一部分陆骁拿去帮自己做投资，剩下的在自己手里。他很少关注这些，是因为他的钱对于他来说，根本花不完。

也许大概可能，连岑美丽都比他会花钱。

“养你们是够了。”他说。

美丽非要拉着他去提款机那边，等蔚青城的银行卡插进去再显示出余额，美丽兴奋得就跟嗑了药似的。她一个一个零地在那里数，随即追问他到底什么时候娶自己姐姐过门，还告诉他，男人就要大胆勇敢主动，不然，哪能得到真爱。她生怕姐夫变心又变卦。

秉着“有钱不花，死了白瞎”的心态，美丽带着蔚青城把自己从头到脚换个新鲜。

换下来的校服，也被她扔了。

她喜爱新鞋子的模样和她姐姐一样，不停地抬起脚来左看右看。

“青城哥哥！”

远远地传来一个女孩子的声音，美丽抬起头，就看见一个身材高挑的漂亮女孩子冲过来，投炸弹似的，将蔚青城撞个满怀。

这胸，也太凶了……

美丽眼巴巴地看着她越搂越用力，蔚青城抵不住，连退了好几步。

“你就这么不爱穿衣服吗？”他费劲地将身上八爪鱼一样的女孩子拉下去，一脸嫌弃地看着她。

余宝珠抬起纤细的手指从锁骨到胸前飞快地掠过，将原本就开到肚脐的V领衣服撩得更开了，举手投足之间尽是风情万种。

“我这不是穿着衣服的吗？”余宝珠不以为意地耸肩笑了笑。

“可能我们对衣服的定义不同，看起来你就像穿着内衣出来的。”

“青城哥哥真讨厌，你明知道人家从来不穿内衣的。”她笑着给了他一记小拳拳。

事实证明，只要人长得好看，撒泼还是撒娇都很耐看。

余宝珠的举手投足，足以令年少无知的岑美丽目瞪口呆。她呆呆的模样引起了余宝珠的注意。

余宝珠捏了捏美丽的脸蛋，一秒切换成女汉子，问：“蔚青城，你和你哥什么情况啊，一个喜欢老的，跟缺乏母爱似的；一个喜欢嫩的。你这是享受当爹的成就感？”

她怎么看都觉得这个小女孩眼熟，一时半会想不起来自己在哪里见过。

“不穿衣服就算了，还不带脑子。”他不冷不热地反讽着，说，“这是岑美景的妹妹。”

余宝珠恍然大悟，终于知道自己为什么看她眼熟了，这不就是缩小版的美景吗？看这身板和五官，将来可能要比姐姐漂亮。

“我听说岑美景是你的助理，现在怎么反过来……”她一脸好笑地指了指美丽又指了指他，“你帮她看孩子了？”

“是，有钱难买我愿意。”

余宝珠待他十分热情，蔚青城则冷冰冰的，似乎不怎么爱搭理她。倒不是余宝珠看不出眼色，是对蔚青城的性格足够了解，她想起上回跟他要的书还没送到自己那里，就问，“对了，我还等着签名书送人，你干吗啊，签几个名字也要那么久，都半年了！”

“我家里没书，你买书来，我再给你签。没什么事的话，我走了。”他拎着美丽的衣领就要带她离开。

他认为话不投机半句多，和余宝珠他从来都没什么话说，两个人完全不在一个频率上，没准这也是陆骁不喜欢她的原因。她是个很特别的存在，跟谁都不同，仿佛另一个极端的自己。

余宝珠倒是不黏人，他说“拜拜”，她二话不说，闪耀的指甲从他们面前一挥，潇洒地离开了。

“姐夫，那个姐姐是谁啊？”

“一个二傻子。”

又过了一会儿，美丽说：“姐夫，她是不是喜欢你啊？那我姐姐怎么办？”

蔚青城淡淡地望了她一眼，说：“喜欢我的人多了，每一个你姐姐都需要担心的话，她会累死。”

吃饱喝足、采购结束，岑美丽该回家挨揍了，蔚青城拒绝了她坐公交车的提议，直接打的。

“姐夫，你应该买一辆豪车的，这才能体现你尊贵的身份，就是那种让人眼前一亮的。”

“我有。”

“在哪里？”

“你姐喝多了，把它扔在了酒店门口。”

美丽故作深沉地吸了一口气，说：“如果是这样的话，那车一定不是我姐姐喜欢的款，在我还很小的时候，我把她特别爱吃的煎饼落在幼儿园门口，她坐一个小时的车去拿了回来。还有一回，因为掉了一支口红，她在公园里面找了半宿。她是不会把她喜欢的东西忘在别处的。”

“哦。”他有些郁闷，想起美景故意把自己扔在医院里的事，她忘记他没有钱哪里都去不了，按照岑美丽这种推理，美景压根就没把自己放在心上。

“那她喜欢什么样的车？”

美丽努起嘴巴思考：“她喜欢红色的，就那种趴在地上的跑车。电视剧里有人开这种车，她都会说真好看。”

“是你喜欢还是她喜欢？”他自认机智地补充了一个问题。

“当然是我姐！”她义正词严地回答。

“那你喜欢哪种？”

“我喜欢飞机！”

蔚青城：“……”

好吧，这也是一对崇尚物质的姐妹。

喜欢并向往物质，和不择手段地追求物质，是两码事。前者是人之欲望，理所应当，而后者则复杂到不好进行评论。

分别之前，美丽问蔚青城：“那块表，以后不能给我玩了……”

这块表可惹了不小的麻烦，这姑娘的心可真大，蔚青城摘下手表后递给她：“可以给你，但你最好是在家里用，不要再拿到学校去。不然，下一次，我不会出来救你了。”

美丽兴奋地点头挥手，提起自己的大包小包，飞快地向家跑去。

蔚青城继续坐回刚刚那辆出租车，告知自己家的地址，让司机送自己回去。

口袋里的手机突然震动了一下，在没有美景以前，他常常会在一个星期之后才想起来看信息和未接来电，现在，他总觉得是美景在找自己。

尽管大部分时间都是错觉，她基本不会在手机里找自己，如果找，一定是因为什么事发飙。

是一条彩信。他打开图片，当即将薄唇紧抿，似乎在压抑自己的怒气，脸上也覆上一层寒霜，散发着生人勿近的气息。

手机号是谁的，他不知道，只回了一个简单的“滚”字。

照片里，岑美景和遥远在学校的走廊里面对面地站立，周围还有人围观，遥远手里捧着一大束玫瑰花，做出递向岑美景的动作。

蔚青城收起手机，手肘杵在车窗上，板着一张“全世界都欠他一个岑美景”的脸。

如果你敢收，很好，岑美景，我就剁了他的手。

剁她是不可能的，他舍不得。

他让司机改变行程，直接开去市中心的名车汇，又给陆骁的秘书打了一通电话，请他帮一个小忙。

发信息的人，蔚青城已经猜出个八九不离十，但他不想和这种人纠缠，那是在浪费自己的时间。与其将精力花费在那种人身上，他不如用在美景身上。

这世界上还有什么比他的美景更重要呢？

考核结束了，美景出来后的第一件事是去洗手间。在迈出教室之前，她先探出小脑袋观察一下周围有没有遥远，生怕像开考前一样，被他拿着一大束玫瑰花堵在教室门口，还造成围观，别人的指指点点真令人难受。

明明自己被劈腿，现在却成了不择手段的小三。她只是在世上呼吸而已，难不成活着也是错……

门口没有遥远的影子，她挎着小包一路小跑冲向洗手间，出来时，又碰见了遥远。

美景为难地塌下肩膀，原来自己那么喜欢的一个人，现在却让她觉得甚是讨厌。她苦着小脸问：“遥远哥哥，您放过我吧，我这让你吓得心一蹦一蹦的……”

“我知道，你在生我的气。”

美景飞快地摆手摇头：“不、不、不，你别乱说了，这是个错误的想法。这种事情，得之我幸，失之我命。生气会影响健康，我还想长命百岁。”她尴尬地整理着自己的领口，尴尬地笑道，“那个，我今天有点事急着回家，就不跟你聊了，改天见啊！”

说完，逃也似的往楼梯口快步走去，身后有着与她保持同一频率的脚步声，她不敢回头，只能硬着头皮下楼，恨不得四脚着地地奔跑起来。

身后传来尖锐的女声，先叫了遥远的名字，又叫了岑美景的名字。这是遥远的现女友，也就是那个漂亮的校花的声音，就算把她化成灰、拍成蒜末、切成葱丝，美景也能认出来。

这下她更不能回头了，可是，运气稍微有那么一点差。在跑出教学楼准备下台阶的时候，她踩住了自己散开的鞋带，先以一个狗啃泥的姿态扑倒，然后从楼梯的中间开始往下滚，一直滚到底。

手肘破皮了，脸也蹭花了，膝盖出血了，狼狈得像刚从捉奸现场跑出来的。

浑身上下没有一个地方能幸免，她又气又疼，趴在地上忍不住在心里骂娘：你们一对狗男女当我是肉包子，还是怎么着，追个没完。我就算是肉包子也没包你们家的肉馅，至于吗？

遥远吓坏了，几大步跨下来，蹲在她身边想要将她扶起来：“你怎么样，美景？你受伤了，能动吗？我带你去医院！”

说着就要把她打横抱起，他这样一动，美景更疼了，龇牙咧嘴地挣脱开。她正要骂人，校花赶来了，扬手就给了遥远一个耳光。这一巴掌真是响亮，原本因为美景滚下台阶就有不少人围观，现在更多了。他们就差搬上小板凳、抓着瓜子、带上茶壶开始看戏了。

“现在你要后悔了，睡我那会儿，你怎么没想着自己对岑美景情深义重！你说在一起就在一起，你说不在一起就不在一起，你当我是什么！”

你俩慢慢打，别溅我一身血，我先告辞一步。

她捂着胳膊，揉着腰，准备开溜，却被校花揪住包包的肩带一把拽回去。美景因为受伤没力气，她这一拽险些把美景拽得摔倒，显得美景弱不禁风。

“你别走，今天让遥远给我个交代。”校花说。

美景无奈：“他交代他的，和我没什么关系。我也没睡你，难不成你还让我给你个交代吗？”

校花扬起手朝她挥过来，她下意识地往后一躲，校花的手臂则被遥远牢牢地抓在手里：“你别动她，我先带她去医院，她受伤了。”

“她磕碰一下也算受伤，我为你孩子都打了，我受的伤谁管。你要是不能对我负责，当初为什么招惹我，为什么追我？”

美景突然笑了一声，带着嘲讽及不屑。

“你笑什么？”校花问。

美景收敛笑容，无辜地摇头：“没笑，我很严肃认真的。我这么疼，我还笑得出来吗？”

“你刚刚就是笑了，我听到了。”

美景只好点头：“好吧，那就算是笑了，我没有笑你，而是笑遥远。他对我说的是，你主动追他、你缠着他，现在你又说他招惹你。你俩谁先勾搭谁，我不想追究了。总之，你们两个上床的时候，他没跟我说分手，你也明知道他有女朋友。在我眼里，你们就是婊子配狗，我祝你俩天长地久！”

她狠狠地瞪了遥远一眼，不知该怎么形容自己胸腔内翻滚的恶心，她居然把这种人当成男神那么多年，她看人的眼光比何培真是差出好几个档次！

“你们两个以后是结婚还是分手，麻烦你们都不要告诉我。我没那么多时间关注闲杂人等的爱恨情仇，也麻烦你们成熟一点，不要揪着我这个倒了八辈子血霉才遇见你们的前任不放！”

可算解了半口恶气，她扭头就要走。校花再次过来拉她时，美景当真怒火冲天，反手给了她一耳光：“你给我滚远一点！他不喜欢你，你就去整容丰胸，抓着我干什么！有毛病吧你！”

“你凭什么打我！”校花的气势汹汹被遥远牢牢控制，她拳打脚踢也无济于事。

美景不屑一顾地揉了揉手心：“早就想打你了，打你不能白打，我得让校友们看看，打嚣张的小三是多解气的一件事。”

美景从来没打过人，她发誓，算了，还是不要发誓了。她总打美丽，但这样打别人真的是平生第一次。首先，她一向人缘就好，压根没人这么欺负过自己；其次，她爸爸曾经教育她，打架就是打钱，我们家这么穷，还是不要打架了，万一控制不住把人打坏了，还要赔钱就不好了。

表面上看起来，这一巴掌打得云淡风轻，其实她内心波涛汹涌，手腕一直在微微发抖。为了不让别人看出来自己输了气势，她干脆做出叉腰的动作，忍着疼痛往校门口走。

自己挥出去的巴掌，无论如何都要挥得有气势，可是，心里头真的好委屈。

那些看戏的人的眼神，就像要生剥了她的皮一样。她听到从她身边大步走过的几个人在交头接耳，说校花和校草又抱在一起了。

她再嚣张，也只是别人爱情里的配角，除了让戏更好看，别无意义。

从教学楼到校门口，平时只要走五分钟，现在她浑身疼，膝盖都被磕烂了，火辣辣地疼。用步履蹒跚来形容她一点都不为过，这一小段路，她走了十来分钟。

今天校门口的人也比平时多，她想着这么多人公交车肯定不好乘坐了，可她又不舍得打车，不知怎么办才好。

好不容易磨蹭到校门口，又被一个赶着去投胎的女学生撞了一下，疼得她差点跪下来叫“妈妈”。

视线之内，有个熟悉的身影，她眯起眼睛看了半天，那个身材颀长、气质出众、靠着一辆红色跑车低头玩手机的人，不正是她家的作家大人蔚青城吗？

喉咙突然有些发堵，她张嘴想叫他的名字，发出的声音却是哽咽曲折的，音量小到自己都快听不清。于是，她忍痛加快步伐，不过几米，好似跋山涉水，终于站到他的面前，挡住他的视野。

蔚青城浓黑的睫毛忽然闪了闪，抬起眼眸看向她。

“蔚……”只叫了一个字，她的嘴巴便无法自控地向下耷拉，哇的一声哭出来，“作家……大人……”

她身上的伤都露在面上，明显得很，蔚青城第一眼就看到了，不用亲自感受就知道很疼，加上美景哭得实在太委屈，他一时间竟心疼得红了眼眶，美景哇啦哇啦的，不知道在说什么。他伸手将她轻轻搂进怀里，吻了吻她的头顶，吻了吻她的耳朵，温柔地轻抚她的背，不敢用力，担心碰疼了她。

等她的哭声细软下来，只剩不断的抽泣时，他才低声问：“你是被人打了吗？”

美景用他的T恤擦了鼻涕，抽泣道：“不，不是。我……我从学校台……台阶上滚了下来。”

胸口湿湿的、黏糊糊的，这种恶心又不忍心讨厌的感觉真奇妙，他冷冷淡淡地“哦”了一声，说：“那可怎么办？本来我以为你被人揍了，我已经做好冲进去杀人的准备，现在你告诉我是你自己从台阶上滚了下来，我该怎么办？难道我要炸了你们的学校吗？儿时唱的歌终于要变成现实了，是吗？”

美景还在一抽一抽的，她一脸不解地抬头看向他，问：“太阳当空照？花儿对我笑？小鸟说，早早早，你为什么背上炸药包？我去炸学校？老师不知道？一拉线，我就跑，轰的一声，学校炸没了？”

她的鼻音很重，带着哭腔连说带唱，听着又可怜又好笑，但还没好笑到可以让人真的笑出来。为了快速安抚美景的情绪，他微微弯起嘴角，对她露出难得的温柔微笑。

美景看到了，觉得很好看很温馨，于是又一头扎进他的怀里，趴了好一会儿。

“我刚刚好丢人，明明被劈腿，却反而变成了第三者。想翻盘又翻得不成功，我好丢人，长这么大从来没这么丢人过……”

她为何如此狼狈，他也猜出个八九不离十了。

他说：“也并不是很丢人，我们来打个比方。”

美景抬头，小脸上泪痕斑斑，等他给自己讲励志的大道理，怎么说他也是个作家，讲道理的水平肯定是高于常人的。

“你好好地在广场上散步，突然有人走到你身边拉屎，然后你一脚踩上了。你看到周围的人都在笑，你感觉很不自在，但事实上，是你丢人，还是那个随地拉屎、没有教养的人丢人呢？”

美景嫌弃地皱眉，抹了一把鼻涕说：“你好歹也是个作家，你就不能……”

“不能。”

“哼。”

由于语气有点重，她哼出一条鼻涕，蔚青城当即就想和月老唠唠，这个媳妇我不要了，麻烦叫人帮我扔了吧……

美景打开小包，翻找出面巾纸，仔细地给自己擦干净：“我的鼻涕不脏……”

“我的也不脏，我往你胸上蹭蹭怎么样？”

美景摇头：“那不行，你那是耍流氓。”

两人正说话间，遥远和校花从远处走近，美景的背后没有眼睛，本来看不到这一幕，但从蔚青城那副恨不得将人千刀万剐的眼神里，她已经猜到他看见了谁。

“蔚青城，你不要杀人，杀人犯法，不是他们推我滚下来的。”

“你滚楼梯和他们没关系是吗？”

关系当然是有的，要不是他们两个跟追肉包子似的追自己，她也不会滚下台阶。她不需要说什么，仅仅这犹豫的态度，足以说明一切。蔚青城扶着她的肩膀把她按到身后的红色跑车上靠着：“这是给你的，在这里看好，别弄丢了。”

美景不敢置信地瞪圆眼睛，看看蔚青城又看看身后的车，激动得都忘记了悲伤，也忘记了遥远和校花："真的吗？真的？"

"你想问的是什么？这车是真的，不是模型，送给你也是真的。好了，你待一会儿，我有点重要的事情去办一下。"

美景小鸡啄米一样点头："去吧、去吧，我会看好它的！"

他才一转身，美景就飞快地抓住他的衣袖，叮嘱道："不要犯法啊，作家大人！"

他扬起嘴角准备微笑，视线扫到她小臂上的血痕，不由得又板起脸，双手插着口袋，杀气腾腾地朝遥远走去。

碰面的位置，刚刚好在美景可以听到他们的声音又听不清他们说什么的距离，美景的心犹如一团乱麻，又想关注事态的动向，又想趴在车上好好抚摸一番，一心不能二用导致她两件事都没做好。

蔚青城的第一句话不是对遥远说的，而是仔细地打量起他身边的女孩，眉头深深地皱起："你……很眼熟，好像见过你和你爸妈一起参加什么宴会，我想一想，你父母是……算了，想不起来，不是什么大人物。"

他的个子要比遥远高不少，虽然气质斯文，但五官英挺立体，看起来很有气势。他微微偏头，眸中充斥着满满的警告意味，看向遥远："岑美景为什么会滚下楼梯，你能给我一个合理的解释吗？"

遥远对他的敌意不是今天才有，如果没有他搅和，美景不会如此坚决："为什么要给你一个合理的解释？你是谁？我认识你吗？"

"你认识我妈，我也不打算惯着你。"他冷冷地揶揄回去，"给你一条友好的人生建议，离岑美景远一点。如果你做不到，那我就给你另外一条友好的人生建议，选块好墓地，英年早逝的话，别委屈了自己。"

"你有病吧，你这人？"

"有，你也治不了。"他掏出香烟，动作娴熟地点燃叼在唇间，痞痞地半眯起眼睛，用肢体和颜值浅显地演绎出"斯文败类"这四个字，"除了让岑美景受伤，你为她做过什么？她家债务累累的时候，你帮过她吗？她被人羞辱的时候，你护她周全了吗？连最起码的专一，你都没办法做到，同样身为男人，我真不知道你是怎么觍着脸给她送花纠缠她的。如果你是想证明自己的能力，那就全心全意地对待现在的女朋友，如果想证明自己的魅力，我劝你死了这份心，你又丑又娘，真配不上‘魅力’二字。”

遥远想要还口的，但他发觉自己除了蔚青城的爹娘祖宗竟然没什么可骂蔚青城的，他没有做到知己知彼，敌人看起来无懈可击，他的满腔怒火只能化为武力，秉着能动手尽量别吵架的原则，他先给了蔚青城一记勾拳。

可惜，他选错了对手。

虽然这一拳没躲过，但接下来，蔚青城以极其惊人的速度和技巧扣住他的手腕将他拉向自己，高抬起膝盖对着他的胸狠戾地一顶，接着是利落的过肩摔。扑通一声，刚觉得天旋地转的遥远已经应声落地，被他反剪双手按在地上，蔚青城吐掉嘴里的烟，唇齿间蔓延出浓浓的血腥味。校花姑娘尖叫着上来拉架，被蔚青城一胳膊挥倒：“滚！再碰我，就卸了你男朋友的胳膊！”

抬眸时，看见美景捂着嘴巴一瘸一拐地焦急地朝这边走来，他吼了一声“给我回去”，美景便委屈地一步步倒退回去。

蔚青城发了狠似的揪住遥远的头发，强迫他抬起头：“第一次见你时，你就听不懂人话，这么久过去了，你还是听不懂。你是什么样的窝囊废我不管，岑美景和我在一起，每一滴眼泪都不能白流，毕业你想都别想。”他又看向在一旁急着打电话叫人的校花，说，“你敢插手，就让你爸妈准备好和纪检委谈话。”

遥远忽然冷笑两声：“把你自己说得跟救世主一样，蔚青城，你就是个彻彻底底的第三者，是你插足了我跟岑美景。”

“哦？我是第三者？那我只能说，这世界弱肉强食，我就是她的救世主，有能力给她最好的一切，可是，你呢？和现女友去开房还要穿着前女友攒钱送的鞋，骂你一声畜生，我都觉得是对畜生的不公平！”

他松开遥远，起身，拇指的指腹轻轻摸了摸自己裂了口子的嘴角，火辣辣地疼。

遥远不服气，还要追上去和他拼个你死我活，结果被他一记长腿踹出老远：“乖乖当你的小白脸，你这种档次的，我可以让你十个一起上，你惹错人了。”

本来的计划是他先动手，谁料到那个遥远这么冲动。

他头也不回地朝美景走去，其实他还有话要说，但遥远动手那一刻，他就气得全忘了，脑子全用来克制自己、叮嘱自己——别弄死他，弄死人犯法。

他抬起手指勾了勾美景的脸蛋，拍了拍车顶，问：“你能开车吗？”

“我能，就是推，我也要把它推回去。”她可不舍得把这么漂亮的车扔在这里，“可是，作家大人，你们说了什么，为什么会打架？你怎么总是……”她的话还未说完，蔚青城就搂着她的腰往后退开半步，拉开车门。美景立马忽略了打架一事，这一车满满当当的红玫瑰，惊艳得她说不出话来。

美景脸红了，双手捧住自己的小脸，显得有些不知所措：“咱们……咱们今天晚上要去夜市卖花吗？”

“送给你的，随你便，是卖掉还是扔掉。”

“这个花吧……”她小心翼翼地伸手去摸了摸，从来没见过这么多玫瑰堆在一起，更别说属于她了，“作家大人，这个花买这么多，很贵吧？”

“跟这辆车比，不值一提。”他说。

“这辆车，超级超级贵的吧……”

“跟你比，也不值一提。”

美景有点想笑，抿了好几回嘴巴硬是憋回去了，也很想拥抱一下蔚青城，深吸了好几口气后，也憋回去了。

人家带着鲜花豪车，她就眉开眼笑地拥抱上去，那岂不是会显得自己太拜金、太现实，还是假装淡定一点好。

她转过身与蔚青城四目相对，一遍又一遍地深呼吸，胸口起伏越来越明显。就在蔚青城准备问她是不是缺氧的时候，她嗷的一声尖叫出来，不顾一身疼得要命的伤，猛地撞进他的怀里：“啊——我要尖叫！我要哈哈哈！我憋不住了！”

蔚青城温柔地将她环在身前，低头吻了吻她的头顶，说：“你看周围的人都用羡慕的眼神看着你，还觉得丢人吗？面子有没有挽回？”

“有！就像虽然刚刚踩了屎，可是居然有王子把我抱起来，带上金光闪闪的大马车！”她突然想起来一件事，推开蔚青城仰起因为兴奋而通红的小脸，问，“对了，你自己开车来的？你有驾照吗？这样很危险，你知道吗？你这可是无证驾驶！”

“代驾。花是后送过来的。”

美景放心了，点头，又问：“那我们怎么回去？你坐哪里？”

这是个很实际的问题，蔚青城单手叉腰，跟美景一起陷入沉思，最后决定放弃一部分玫瑰花。他弯腰将副驾驶座上的玫瑰花扯出两大捧，直接扔在路边：“好了，我们可以回家了。”

美景：“……”

这是什么狗屁好办法，花是无罪的，怎么能被这样抛弃，美景打开车前盖，心想把花放这里带回去，不开不知道，一开吓一跳，这里面也摆满了花。

美景有些舍不得，蔚青城却不以为意地把她按上驾驶座，扶着车门俯身对她说：“这些东西你想要，随时都会有。不过，你要记住，岑美景，除了我以外，任何男人送给你的东西，你都不能接受。”

“为什么？别人送我钱，我也不接吗？”

“不接，从今天开始，你什么都不缺，包括钱。”

“那我……缺心眼吗？”

“滚。”

每踩一脚刹车和油门，都牵动美景的伤口，可她还是舍不得让别人把这辆车开走。以前想摸一下都不好意思走进名车汇的大门，现在哪里舍得松手，她对这车的热爱超越了一切，到了医院都恨不得让小护士到车里给她上药包扎。

蔚青城不允许，二话不说地把她从车里捞出来，抱上就走。

果然，女人的不快乐没有一件是购物解决不了的，如果有，那说明买得不够多，也不够贵。

蔚青城把她放在急诊室的椅子上，她说椅子好凉，他便像抱着小孩子来就诊一样，把她搁在自己腿上，让小护士来处理她身上的伤口。

美景并不觉得自己是个矫情的女孩子，至少打针、吃药、处理这种小伤口是不需要人哄的，但是这会儿，只要小护士的棉球一碰到她皮肤上的伤口，她就含泪撇嘴，仿佛下一秒就要哭个天崩地裂。

她如此娇气的模样也令蔚青城颇为意外，本以为她会像女汉子一样缝针都不需要打麻药，还会和小护士谈笑风生。

他把美景的小脑袋按到自己的肩头上，捂着她的眼睛不让她看这其实并没有多残忍的过程，可她偏不，偏要看。

“你是不是贱？”他突然问。

“你才贱呢……”

“害怕就不要看了，明知道不行，还偏偏要去做，你这不是贱，是什么？”

“这话让你说得好不对味。你明明知道自己追不上人家女孩子，你还追，你是不是也贱？”

“我已经追上了。”

小护士被实实在在地强行喂了一把狗粮。她飞快地给美景处理好，好让他们去别处秀恩爱。

“身残志坚”的美景，还要坚持自己把跑车开回去，如果他不同意，那她就死在车轮下。

蔚青城自然不愿她死的，毕竟才追到，睡都还没睡，怎么舍得她死，只好妥协。

他们没有回蔚青城的公寓，而是将车开到美景家，虽说目的不是炫耀，可当真起到了炫耀的效果。这轰鸣的小红跑车奔跑在路上别提多拉风了。

这车比原来的大越野车好开，美景却不肯将它停在离家近的地方，非要停在马路对面的小区里。那个小区有保安，万一停在自己家附近，被那些熊孩子磕碰划坏，她可是会心疼的。

所以，她宁可多咬牙走几步。

准备过马路时，蔚青城问了一句：“需要我抱你吗？”

美景一点也不客气，张开手臂就往他怀里倒：“需要。”

她像个浣熊一样舒服地窝在蔚青城的怀抱里，忽然想起小时候自己在学校被男孩子揪辫子，两人打了一架，她的鼻子流血了，手也刮破了，当时一声没吭，放学的时候，她看到抱着书包站在学校大门口的父亲时，哇的一声哭出来，天大的委屈在这一刻全部卸载，还狠狠地跟父亲告了那人一状。

就像今天，从台阶上滚下来疼个半死没哭，被人群围观出丑没哭，见到蔚青城那一刻，坚强的人设瞬间就崩塌了。她只想当个没出息的人，需要有人给自己撑腰。

“蔚青城。”

“怎么对我改称呼了？”

美景瘪了瘪嘴，自己也才发现，胆子越来越大了，居然敢直呼自己老板的大名。为了体现自己不是得寸进尺、不懂天高地厚的小姑娘，她乖巧地改口：“作家大人，你为什么总是打架呢？用暴力解决问题是不对的，你知不知道？”

“在认识你之前，我从来没用暴力解决过问题。”

“所以，你的意思是，我是红颜祸水喽？”

蔚青城抱着美景向上掂了掂，云淡风轻地说：“我的意思是，以前一直认为学了那么多年击剑、跆拳道和散打只是为了强身健体，如今才发现，它们有其他的用途。”

“我没让你用武力解决问题啊，我们要以德服人。以德服人，你懂吗？”

“懂。每一次都打算以德服人，但对方拒不配合，所以，我只能动手。不然，他们根本不知道我这个人文武双全。”

“文武双全”这四个字将他完美诠释，美景笑得肚子痛，在他怀里一抽一抽的：“笑死我了，笑得我孩子都要掉出来了……”

蔚青城：莫不是找了个傻女朋友？这句话的笑点在哪里……

按照岑美景自己的推测，家里应该正处于一种鸡飞狗跳的状态，岑美丽一定已经被老妈打到鼻青脸肿。不料，两人到家之后，家内一片祥和。

妈妈坐在沙发上织围巾，美丽坐在她脚边的小板凳上，手里也拿着织衣针和毛线，学着妈妈的样子一板一眼、有模有样地织起来。

哈哈顶着自己“地包天”的狗牙趴在美丽的脚边，听到开门声，也只是懒洋洋地抬了一下眼皮。

“姐，你被我姐夫家暴了？！我就看你爱嘚瑟，挨揍了吧！”

要不是胳膊疼，美景会六亲不认一只手肘抡上去。

经美景初步了解和深入调查以后发现，岑美丽的情商远比自己年幼时高太多了。她一个人回来就能把转学这件事摆平，还把老妈弄得服服帖帖，就差给她炖两斤排骨热烈庆祝一下了。

美丽拉着蔚青城去看她的画，妈妈趴在美景身边说：“本来我是不同意她转学的，但我一想美丽的话说得也对。你看你男朋友是个有身份的人，他的小姨子在那种学校上学，学习成绩又不好，他会很没面子。他能给美丽提供更好的就学环境，还打算送她学美术，我看挺好的。最重要的是，反正她在哪学习都那么差，不能因为她，让你男朋友对你有意见，对我们家有意见。就你这样的，还上哪找这么优秀的男朋友啊！”

美景干巴巴地笑了两声，深深体会到了母亲的良苦用心，这是想在自己飞上枝头当凤凰的路上推波助澜，所有人都想得比她深、比她远，只有她自己活在当下。看来，她是全家最没有远见的那个人了。

晚饭过后，岑美景决定带美丽去夜市体会生活。

记得刚上大一的时候，每个周末她都会来夜市卖点小发卡。发卡都是她买材料然后让妈妈对照网上那些韩国饰品纯手工做出来的。

大概是没什么生意头脑，这些东西制作成本不低，卖得太贵也没人买，赚点小钱还是可以到。后来她发现当家教赚钱更容易点，就没再来过。

美丽见到那辆红色跑车时的反应跟岑美景的一模一样，她一边摸着车，一边兴奋地和姐姐说：“姐，等我成年了，第一件事就是考个驾照。”

美景指挥蔚青城和美丽把那些玫瑰花全搬下来，放在从楼下小超市借来的手拉车上：“考了又能怎么样，我是不会把车借给你开的。”

美丽撇嘴："谁要借你的车开了，不是说机会都是留给有准备的人，我不准备好驾照，万一以后我男朋友也送给我一辆跑车，我岂不是只能看、能摸却不能开，那多着急啊！"

"你才多大，就想找男朋友了！"

"不大，但是已经到了情窦初开的年纪，是该为未来做计划了。"

美景用手指捅了捅身边的蔚青城，乐不可支道："你听见了没，我妹说她已经到了情窦初开的年纪，是该为未来做计划了。我一直以为她的人生是奥尔良烤翅撑到死呢……"

美丽不服气："人生的目标就是要不断改变，我当婴儿那会儿的人生目标还是喝奶喝到吐呢，去年不就变成吃奥尔良烤翅了嘛！今年我的目标再大一些，也是应该的！"

蔚青城不小心被玫瑰刺了一下，皱了皱眉，挤出一滴小血珠，把手指头伸到美景面前："我受伤了。"

美景翻了个白眼，捏住他的手指放在自己唇边，用力吸了一口，吸掉血珠再吐出去，随后把他的手指推了回去："你痊愈了。"

好像是真的，他摸了摸指腹，居然不疼了，爱情的力量真可怕，他还没来得及喊疼就痊愈了。

他说："岑美景，我觉得你妹妹是个天才。你要多吃一点好吃的，补一补你的脑子，不然，很快会被你妹妹超越。"

要不是腿疼，她会再一次六亲不认地给他俩一记漂亮的回旋踢。

夜市距离美景的家不远，夜幕刚刚降临，这里还不算热闹，她在夜市入口的不远处给美丽找了个位置："一会儿会有大批人马从这里路过，这里，就是你今天的战场，玫瑰花两块钱一枝，买五枝送一枝。"

"那你们呢？"美丽问。

"我现在是半个残疾人，不能陪你忙活了，至于他——"姐妹俩一起回头看了看站在不远处四处张望的蔚青城，"我们就当他不存在吧。"

美景在夜市的小摊上给蔚青城买了一杯奶茶："你对我这么好，我又穷得叮当响，实在无以为报，请你喝一杯勾兑奶茶吧。虽然说它不健康，但味道很好，偶尔喝一次也不会喝死人。”

蔚青城沉默地接过来喝了一口，不等咽下去就吐了出来，顺手就将奶茶扔进垃圾桶：“什么怪味，你是吃屎长大的吗？”

美景惋惜地看了一眼垃圾桶，不悦地皱眉：“你不喝拉倒呗，给我，我喝啊，还给扔了，败家。”

“败得起。”

“你这样讲话真像暴发户！”

不知道这句话让蔚青城想到什么了，他忽然扬唇，露出一个干净而天真的微笑。

美景有些晕眩了，她搞不清到底是因为一个人迷人才喜欢上他，还是因为不知不觉地喜欢上他以后，才觉得他迷人。

一直以来，她都承认蔚青城的容貌属于倾国倾城、颠倒众生那一派的，原本就已经生得很漂亮了，偏偏气质中还带有淡淡的仙气。以前，她只觉得他好看，就像摆在橱窗里的珠宝，夺目闪耀但知道它不属于自己也不适合自己，所以，从未产生过哪怕一丁点的幻想。现在这沉甸甸的珠宝突然就挂在了她的脖子上，她便总觉得别扭，想取下来供在家里每日上香念佛瞻仰，不想戴着。

她已经把这件珠宝从远观变成近玩了，原来近距离看这珠宝，它除了更加精致、更加令人目眩外，并没有让拥有的人失望。

第十五章
冰释前嫌

夜市结束，美丽的玫瑰花所剩无几。美景将它们扎成一小把，说回家摆餐桌上好了，几个人拉着借来的手拉车往回走，车轮在黑漆漆的夜幕下，发出聒噪的声响，嘎啦嘎啦响个不停。

路边有路灯，天上有繁星，左手是亲人，右手是爱情，这大概是许多人想要的一生。

对于今日的劳动，美丽得到了五十元的报酬。她虽然表示出极度不满，但起不到多大的作用，美景一脚搞定了她的碎碎念。这直接导致美丽冲进房间，死活不让姐姐和自己来挤自己的床。

蔚青城从洗手间出来后直接一把扯走站在美丽的门口准备撬门的美景，回到美景的房间，利落地锁上门。

美景觉得自己还能再争取一下，可惜，蔚青城的速度太快了，快到令她措手不及，来不及眨眼，灯被熄灭，来不及开口，唇就被以吻封住。

缠绵悱恻的吻足以令人晕眩，正当美景双腿发软之际，蔚青城却突然停了下来。美景的双眼还迷离着，似乎并不想让他停下来，还主动踮了踮脚，见蔚青城没有继续下去的打算，才慢慢清醒。

美景心里有些茫然，会不会是，得到了，他便不觉得有趣了，这个吻让他觉得索然无味了？如果是这样，那这个人喜新厌旧的速度也太快了。

她自行脑补了一出被人戏弄的苦情大戏，缠绵悱恻没了、风花雪月没了，她问："你干……干吗啊……"

蔚青城干脆利落地"嗯"了一声，说："干。"

"不是，我是问你干……"她的话还没说完，汹涌的吻再次袭来，她顿时感觉昏天暗地、手脚发软、四肢无力。这是他吻得太厉害，还是自己太不争气诱发低血糖了呢……

大脑逐渐空白了，心里知道有些事不应该发生，可身体就像不属于她的，不听从她理智的指挥，不肯停下来，特别放纵地被他操纵了。现在的她，理智根本所剩无几。

等她终于找回那么一点理智的时候，发现自己已经一丝不挂地躺在她的小床上。她刚刚是多么地沉醉其中，脱裤子脱衣服明明会碰到伤口，碰到伤口就会疼，可是，连疼痛都没把她叫醒……

她突然抵住蔚青城，强迫他停下来，气息凌乱地问："作，作家……"

"马上就做。"

美景羞得满脸通红，抬手便给他肩膀一巴掌，他不疼，但声音很响，她感觉很尴尬，便重新打了两下，他也不疼，但也没那么响了。

连起来听，是抑扬顿挫的啪啪啪三声。

"你就这么着急？"

"我……我是想问你，是不是给我下药了！"

蔚青城捏住她的手腕按在她自己的头顶：说，"什么药？"

"迷药还是春药之类的，我感觉不到我自己有脑子了……"

"我不就是？"

美景一愣："你是我的脑子？"

他并不喜欢在这种时候回答这些愚蠢的问题，简直是在浪费他的智商和时间："不，你感觉不到脑子很正常，那东西你本来就没有，至于我，是你的迷药或者春药再或者别的什么药，总之，药效已产生了。"

他不给美景再说任何话的机会，不然，她会一整晚都在问那些稀奇古怪的问题。都说恋爱的女人会变笨，他才刚刚开始感觉到她喜欢自己，就开始担心了，以后她会变成傻子吧……

但凡她想开口说话，他就会用吻堵住，吻堵不住的，就用手直接捂住。

美景控制不住自己的时候，他就趴在她耳边轻轻地吹一口气，说：“嘘……你再大声一点，隔壁楼都要听到了。”

美景心想，明知道这不好控制，也根本无法完全控制，你干吗要今天欺负我呢？这是什么刻不容缓的事情吗？明天地球就要毁灭了吗？她生气地啃了一口他的肩膀，小脚狠狠地踹在他的大腿上。

然而，事情的发展除了让她更加难以控制，并没有什么改变。

又疼又累，又酸又甜，又压抑又刺激，天边渐渐泛起青色，美景终于被放过，疲惫地睡过去。

她醒过来的时候已经是第二天下午，蔚青城穿戴整齐地靠在她床尾的墙边用手机发信息。

“作……”如此疲倦的声音让她难以相信是自己的，就跟下井挖了十天十夜的煤块没合眼一样。

闻声，他抬眸，干净修长的手指瞬间潇洒地向空中一扬，将手机扔在椅子上的衣服堆里，砸出一个闷闷的声响，他倾身去看美景，反问：“做？现在？”

美景连捶他的力气都没有了，软绵绵地在他的肩膀上按了按，继续刚才没说完的话：“家大人。”

原来是被自己折腾得话都说不全了，还以为她欲罢不能呢，他板着脸拾回自己的手机，靠在墙上继续发信息。

她伸出白皙的手臂，将手掌递向他，蔚青城会意地牢牢握住，用力向自己这边一拉，把她从被子里捞出来。坐直的瞬间，美景袒露了胸前一片大好风光。

蔚青城十分淡定地瞥了一眼，本以为她会害羞地遮住，没想到她一点反应也没有，只是用一种十分诚挚的目光盯着自己，一副欲言又止的模样。

“那个，我有话想对你说。”她捏了捏喉咙，尽量让自己的声音听起来甜一些。

“批准了，说吧。”

“我不是那种你帮我还债、给我买车、送我玫瑰就会轻易陪你上床的女孩子。”

他一言不发，也面无表情，静静地等待着下文。

“真的，你要相信我。虽然我没有被这么有钱的男孩子追过，但也不至于为了金钱出卖自己，我也是读过书且三观很正的女孩子，不然，我也不能这么大了，还是处女，是吧？”

蔚青城还是没说话。

美景挠了挠自己的下巴，继续唱着独角戏：“虽然看起来我好像就是因为你帮我还了债然后送我一辆车然后买了很多玫瑰花，然后我就很没出息地拜倒在你的西装裤下，但事实上，我没有被你的金钱迷倒，只是，我只是，怎么说呢，怎么表达才够清楚呢，我有点乱……”

“这叫此地无银三百两，本来我没有想过你是被我的金钱迷倒，现在要重新考虑一下了。”他故意扭曲她的意图，冷静得好似这个女人就是他用金钱买回来的，激情澎湃全然不见了。

“不是！”美景生气地一拍被子，婴儿肥的脸颊跟着晃了晃，“我肯定是喜欢你的！而且喜欢的是你对我的信任和用心，因为你愿意为了我从一个冷静自持的大人变成冲动的少年，你愿意不问一切缘由地帮我渡过难关，你愿意为了让我开心一点而做出从来不肯妥协的让步和改变。明明你就是一个事不关己高高挂起的人，为了我却变成无处不在、无所不能、凡事都要插手的多管闲事的人；明明你就很冷漠，一点也不适合追女孩子，还要为了我去问我妹妹我喜欢什么，送那么贵又很俗气的礼物……你一定在心里对我的眼光很不屑，可是你就想看到我惊喜的样子，还有——”她的声音慢慢变小，似乎接下来的话不得不说，又不是很好说出口，“你认为父母神圣不可侵犯，无论你妈妈怎么羞辱你，你都不会还口还手，可是你却勇敢地站在我面前，为我挡去母亲的刁难。”

我想，迷倒我的不是某一个点，而是你的全部，尽管太阳明媚耀眼，我更爱的，还是布满星辰的夜空。

“所以呢？你不认为我跟你那个叫何培的闺密更加般配吗？”

美景嘟起嘴，不悦地翻白眼，这人真是哪壶不开提哪壶：“早说般配了，你不同意啊，现在占完我的便宜，你又反悔了？你睡了我，还想睡我的闺密啊？”

他微微垂眸，嘴角挑起浅浅的微笑，不同往常一样一闪而过，而是久久不散。

美景终于把一颗忐忑的心塞回胸口，叹出一口紧绷后的长气，默默地捧了捧自己发烫的脸颊，过了好一会儿，才问：“所以，你现在确定你是真的喜欢我，而不仅仅是想跟我上床吗？真想不通，我有什么可让你喜欢的……”

“有很多。”他眼角带笑地回答，“胸大、腰细、屁股翘，腿长、肤白、声音甜等。”

美景气愤地扑上去：“这还不是只想跟我上床！我捶！捶！捶你胸口！”

她的暴力在此刻看来还不如撒娇的力气，他放任她随便折腾，淡定地搂住她的纤腰，在她滑嫩的腰肢上捏了一把后，轻而易举地将她带入自己的怀里，薄薄的唇瓣贴着她的耳尖，发出迷惑人心的性感声音，说：“谁说我只想和你上床的？我还想和你上沙发、上写字台、上洗衣机、上浴室、上厨房、上车、上公园、上雪山、上沙滩，所有能上你的地方，我都想上。”

岑美景选择了一个风和日丽的下午去药店，买了一支验孕棒，她发觉自己是个十分纠结的人，一方面想着自己是个都不曾在事业上风风火火大干一番的孩子怎么能未婚先孕呢，另一方面又迫切地希望自己可以被蔚青城一击即中。她没弄懂后一种想法的缘由，反正不是想向谁证明自己是个不孕妇女。

购买验孕棒是一件很令人害羞的事情，正因为这样，她觉得不能去那些小药店。想到那些闲散的卖药阿姨在她转身之后相互露出心照不宣的笑容，她便如坐针毡。这个时候，她多希望自己没长那样一副会惹人误会的童颜。

去大药房就不一样了，大药房一般都是人山人海排队埋单的人，压根不会有人理会她到底是买了验孕棒还是保胎药。来者都在为生老病死愁眉不展，卖者更是忙碌得不可开交，谁认识她啊……

她特地坐车去一所很正规的大医院门外的大药房，看到里面人头攒动，就放心大胆地进去了。

买药一句话，交钱半分钟，她终于从药店解脱出来，用黑色塑料袋微微遮挡着，仔细看起说明书来。

再抬头时，看到了蔚青城的母亲，身边还跟着穿着病号服且面色苍白的徐染。

她来不及思考自己为什么会慌张便已经开始慌了，手腕一哆嗦，手里的东西掉在地上。徐染比她快一步，弯腰帮她拾起来。她的视线落在验孕棒那几个字上虽有迟疑，但也未表现出什么来。

好像，她只是帮美景拾了一盒皮炎平。

美景不喜欢蔚青城的母亲，但她不喜欢的人和事物多了，不能每一样都要奋起反抗，她对徐染说了“谢谢”，并且礼貌地向蔚青城的母亲问好，面带微笑地叫了声“阿姨”。

气氛十分尴尬，尽管烈日当头，但仍旧可以感受到来自四面八方的阴森冷气，她故作淡定地将手里的东西收进包包里，满怀少女的娇羞，夹着尾巴逃走了。

跑到公交车站，钻进公交车，美景才敢回头去看那两个人，不知道刚刚蔚青城的母亲有没有用手抓自己的衣领子，八成是抓了，但她身姿矫健跑得够快，所以没让对方得逞。

艺术家都不按套路出牌，通常来说，有钱人家的母亲应该甩她一张支票，让她离开自己的儿子。当然，这只是她在小说和电视剧里看到的情节，现实情况应该是，一毛钱不给还要把人逼上绝路主动放弃，毕竟有钱人家的钱也不是大风刮来的。

回家的路上，她还在想自己已经很久没吃过榴梿了，打开家门的一瞬间，就闻到了浓郁的榴梿香气。

对于喜欢吃榴梿的人来说，吃不到能闻到也是一种享受，而对于那些不喜欢榴梿的人来说，则是避之不及啊。

蔚青城以前明确地交代过家里不允许带进来有任何异味的东西，榴梿是典型代表，如果她敢把榴梿带进来，他会直接用榴梿的外壳砸在她的脸上。

她脱下鞋子一路循着气味找过去，在厨房看到已经被劈成几瓣的榴梿，菜刀和隔热手套被扔在一旁。

真是天将降大榴梿于厨房，必须先臭它个十里啊！

美景不知道它是怎么来的，但她知道它是怎么没的——被她吃没的。

草根姑娘不拘小节，不洗手直接抓起来就啃，吃了两大块，擦擦嘴巴、擦擦手，趿着拖鞋去找蔚青城。

卧室里没有人，只有一只睡到翻白眼的肥猫。她去推书房的门，果然看到他开着窗趴在电脑前，显然已经睡着了。

不过，这个……防毒面具？她拿起他手边的奇怪物件仔细观察起来。

还有这些粉红、粉绿、粉蓝的图书是……畅销言情小说？

美景觉得应该把他叫醒，因为她无法确定他是真的自然入睡的，还是被榴梿熏晕了，又或者是被言情小说给恶心晕了。

她敲了敲桌面，鼓起腮帮朝他吹气，待蔚青城缓缓醒来，睁开惺忪的睡眼时，她扑闪着纯洁的大眼睛，嘟起嘴巴，没羞没臊地说："作家大人，亲一口哇，送你一个榴梿味的小宝贝！"

结果呢？

蔚青城一胳膊肘将她推出好几米："吃了屎，还要亲我。"

美景嬉皮笑脸地扑上来："吃了你，吃了你！"

蔚青城已经一只手揪住她的衣领，一只手按住她的手臂，深吸一口气，终于控制住摔断她大门牙的冲动，媳妇是自己找的，榴梿是自己买的，还是自己劈开的，一定要沉住气。

这种嬉戏打闹，似乎成为了他们的生活日常。当然，这只是美景一个人认为的嬉戏打闹，通常都是她一个人在嬉戏和闹，蔚青城只负责打。

"作家大人，你打算进军言情界了吗？是不是感觉自己的脑洞不够用了，不想写科幻也不想写惊悚了，受够了整天写变态杀人犯，打算写写风花雪月、高山流水、诗情画意、你侬我侬的言情小说？”

蔚青城仔细思考许久，十分认真地回答：“不写。”

“不写，那你看这些干什么？你不是说，读有用的书，才能做有用的人吗？”

“我乐意。”他言简意赅地回答，顺手将桌面上的几本言情小说扔进抽屉里。

美景背着手走出书房，准备再去吃一块榴梿：“能让你乐意的事，那八成和我有关系。”

这份自信和骄傲，是被人惯出来的。

第二天早上，蔚青城在浴室刷牙的时候发现垃圾桶里有一个不明物体，他叼着牙刷弯腰看了半天，确认那是一个验孕棒。他用卫生纸将其包住拿出来，找到为了省钱正在厨房亲自给猫洗澡的岑美景，直接递到她面前：“这是什么？你怀孕了？”

美景嫌弃地躲开：“你怎么翻垃圾桶啊！”

“我问你是不是怀孕了。”

美景犹犹豫豫地点了一下头，没承认也没否认。

咚的一声，蔚青城手里的东西掉落在地上，他下意识地咽了一口唾沫，发觉嘴里还叼着牙刷满是泡沫，立即干呕起来：“你……给我等等。”

他几步跑回浴室，匆忙漱口，来不及擦掉嘴上的泡沫，又飞奔回厨房，一把扯过在那里慢悠悠地给猫按摩的岑美景，手掌温柔地落在她的小腹，满眼惊喜地问：“真的吗？你真的怀孕了吗？你要是敢耍我，岑美景，你就……”

他来得太快，动作太迅猛，把正眯眼享受沐浴的儿子吓了一跳，十分不开心地喵了一声。

美景瞪大眼睛等他接下来的话：“嗯？我就什么？”

考虑到她可能怀孕了，他不应该说出太恶毒的话，经过一番筛选，他决定避重就轻：“你就是狗。”

美景抿嘴安静片刻，在他渴望的眼神中，发出一声可怜巴巴的“汪”。

“很好，岑美景。”他板着脸呼出一口长气，牙齿咬得咯吱响，原地转了半圈之后，对她说，“你真是，越来越无法无天了。”

毫无征兆地，美景开始撇嘴，两秒之后红了眼眶，两秒之后，眼泪簌簌落下：“可是，可是，我真的很希望我说的是真的嘛……”

蔚青城瞬间什么脾气都没有了，原本还想把她按在洗手台上让她吃一口牙膏，感受一下吃牙膏是多恶心的一件事。现在，这个计划也取消了，他伸手将她拉进怀里，慢慢收紧臂膀，将她抱得严严实实：“不是还没被确诊为不孕不育吗？哭得是不是有点早了？”

失落来得措手不及，美景并没有自己想象中那么理性。

后来，美景回想起当初的自己，是无论结果是什么，都会失落一阵子，她只是准备好了恋爱，并没有准备好与一个人真正地走完一生。

由于美景整日闷闷不乐，动辄不做饭、不擦地，蔚青城还特地找来了家庭医生，看看他们家美景是不是落下什么心理阴影了。医生是陆骁多年的好友，和蔚青城不算陌生，经过最后一番诊断，他说：“你女朋友啊，是懒。”

美景大方承认自己就是懒，懒有什么可耻的，这是人性啊！哪有人会一天不干活就浑身不舒服，再说自己的地位今非昔比，原来她只是一个低声下气的打工妹，现在她已经晋升为“正宫娘娘”了，身份不一样了，身价自然上涨。

蔚青城一只手拿着钱包，一只手拿着菜刀，站在厨房门口冷冷地瞪着美景：“你还不承认，和我在一起是因为钱？难道你不知道什么叫作‘不忘初心，方得始终’吗？”

美景死猪不怕开水烫，趴在沙发上一动不动：“初心是谁啊，我从来就没记得过，始终是谁啊，我压根就不想要。”

他转身回到厨房，一刀劈在西瓜上，随后抽出二百块钱拍在西瓜旁边：“岑美景，你来看，这里有你最喜欢的。”

美景懒洋洋地爬起来，光着脚丫磨蹭到厨房：“我喜欢什么啊？我都不知道我喜欢什么……”

“这个。”修长的手指落在人民币上，指尖敲出砰砰的声响，他示意美景走近一些。

“这个？谁说我喜欢这个了？我只是很缺，再说，我现在也不缺了，就没那么喜欢了。对于现在的我来说，金钱就如同粪土一般。”她嘴上这么说着，却还是乖乖地靠了过去。

他沉着而自信地说道：“我没说完，你喜欢的是这个的主人，也就是我。”

美景沉默地抡起大刀开始切西瓜，然而她并没有忘记那二百块钱，秉着“肥水不流外人田”的态度，她直接将它们塞进自己的牛仔裤口袋。

她切了一半，蔚青城接过刀，学着她的样子继续切，不得不说这个人，做家务真是没天赋，切个西瓜能切得参差不齐的人可不多了，美丽都要比他灵巧。

可是，笨拙的蔚青城，在此刻偏偏显得十分可爱。

也许可爱的并不是笨拙，而是认真地付出，为了把美景从沙发上和床上勾引下来，他往往会满屋子撒钱，等到她真的动手干活以后，他又舍不得让她闷闷不乐，总是笨拙地插手。慢慢地，他就什么都学会了，最后变成由岑美景指挥，他一个人干活了。

不过，让别人做家务，自己是需要付出代价的。美景做家务，蔚青城付出的代价是钱；蔚青城做家务，美景付出的代价是身体。

他正努力将自己当初说的流氓情话一一实现，不仅仅是要和她上床，还要上沙发、上写字台、上洗衣机、上浴室、上厨房、上车、上公园……

她要蔚青城把他乱扔在茶几上的书籍整理好，还要洗干净烟灰缸，他听话地照做，拎着湿漉漉的烟灰缸回来，随手往茶几上一放，转身就把美景扒个干净，湿凉的手掌惹得她尖叫连连，做家务变成了亲热。

美景的妈妈用毛线织了一套沙发垫，是黑白格子的，很时尚。美景拿回来，让蔚青城先把沙发擦洗一遍再铺上，他一一照做，铺好后，把躺在地毯上嗑瓜子的美景捞起来扔在沙发上，衣服照旧被扒个干净，做家务再次变成亲热。

美景让他去将洗好的床单晾起来，结果就是被按在洗衣机上亲热；

美景让他去把浴室的玻璃擦一擦，最后她被抱到洗手台上……

总而言之，言而总之，做家务的是他，累到起不来床的是她。

在总是期待自己怀孕又总是没能成功怀孕的日子里，她做了很多件大事，比如，依仗蔚青城的好表哥陆骁，美景顺利地将自己那个吃啥啥不剩、干啥啥不行的不争气的妹妹送进一所非常有名的艺术学校，并且在入学面试阶段就取得了惊人的成果。岑美丽的天赋令老师叹为观止，这对她这个怀孕艰难的姐姐来说，深感安慰。

美景偶尔会想起自己的父亲，他朴实又努力，那么渴望将她们姐妹两个送上枝头成为凤凰，然而，穷人的命运总是多舛，带她们飞上枝头的并不是父亲勤劳的双手和不懈的努力，而是另外一个在她们人生中凭空出现的男人。

再比如，她与何培重归于好。

还是一个风和日丽的日子，美景被写着稿子突然就兽性大发的蔚青城强行抱进怀里扒了衣服办了该办又不太好描述的事情，便懒洋洋地去浴室洗澡。刚刚裹上浴巾，头发都没来得及擦，她就听到门铃在响。

而此时的蔚青城正站在喷淋头下，只好让美景去开门。

她裹紧浴巾，一边用毛巾擦头发，一边走向玄关，趴在猫眼上看了看外面，不由得一愣，打开门后，连一句“你怎么来了”都还没说出口，门外的人就已经扑进她的怀里失声痛哭起来。

何培就这样抱着湿漉漉的美景哭，把她哭得更加湿漉漉。

等她终于哭够了，愿意主动抬头时，一抬眼，她就看到只有下身裹着浴巾的蔚青城从房间里走出来。和美景一样，他一只手举着毛巾，显得十分意外。

当下这样的情景，何培可以看出，岑美景和蔚青城已经不清白了。

美景已经做好了何培甩开膀子来撕自己的准备，然而所等的并未发生。

何培看着他们两个就像看到两个刚洗好的红萝卜，眼中不见半分嫉妒和愤怒，只有满满的悲哀和凄楚，她说：“美景，我爸妈不要我了，说邻居都知道我被傻子强奸了，说我不如去卖，比卖还恶心人……”

这对父母，值得被千刀万剐了。

美景收起心中“你怎么知道我住在哪里”和“你怎么会想到来我这里”的疑问，安静地把她带进自己的房间，给她倒一杯甜甜的蜂蜜水，用湿巾温柔地帮她擦眼泪。

她又没住在外星球，何培想知道就一定会知道。从前，她与何培的关系最为要好，只要何培愿意摒弃前嫌，又为何不能来找她呢。

“你是不是惹你爸妈了，不然，他们怎么会说那样的话啊……”美景试图安慰她，但实在没什么好词汇。

自己的好朋友因为担心自己走夜路不安全而跟出来，最后被傻子强奸，然后自己跟好朋友的男神睡了，再然后好朋友被父母嫌弃被傻子睡过而骂出家门，换谁谁都词穷。这事的闹心程度恐怕很多人一生都无法体会，美景甚至找不到一个合理的立场来安慰她。

“就算你惹他们，他们也不该这么说你，这不是往你伤口上撒盐吗？”她想了想又说，“可是，父母终究是父母，也许他们只是无心的……”

“不是的，不止一次这样说我，甚至有更难听的。我快活不下去了，美景，活着太难了。”她又抑制不住地低声哭泣起来。

蔚青城突然闪进房间，正要开口，被美景一个眼神瞪了出去。她知道蔚青城不会说什么好话，狗嘴里是吐不出象牙的，他肯定要说：活不下去就赶快走，别死在我家里。

他对不相干的人就是这样没有同情心，冷漠、冷血且不要脸。

“可是，死太容易了，何培。说死就死是很符合你的性格，可是说难活下去就不活了，不像你。”美景捏了捏何培的手腕，看到手腕上凌乱的粉色伤痕，那是她曾经要毁灭自己的证据，“活着还有一万种可能，死了什么都没有。没有什么伤是时间治愈不了的，如果有，那只能说明时间不够长，就像你原谅我。等了这么久，你终于原谅我了，这不也是时间治愈的伤吗？”

像是突然想起来什么似的，美景突然很慎重地问道：“你是原谅我了，没错吧？”

愿来女人是这样安慰女人的，蔚青城转身出去了，这样的对话让人听不下去。

可怜之人必有可恨之处。他始终这样认为。

无家可归、无处可去的何培的到来，终于唤醒了岑美景身体里的勤奋因子。借着何培的光，过气宠儿蔚青城终于不用做饭、洗衣、拖地了，美景一个人操办，并且一顿做好几个菜，丰盛程度堪比逢年过节。

原本美景并不打算让何培留下来，可当夜幕降临时，何培望着窗外的那份迷茫，实在太令人心疼了，尤其是当她在饭桌上小心翼翼地问自己和蔚青城什么时候结婚、她可不可以来当伴娘后，美景简直听到了自己心碎的声音。

别人都说同穿一条裤子的友谊才是真友谊，美景跟何培，除了不能睡同一个男人，没什么是不能共享的。只要有一口肉，彼此都不舍得对方吃青菜，尤其当初父亲住院，她可是雪中送炭地往自己怀里塞钱，加上她如今的遭遇，美景已经将这认定为过硬的交情。

蔚青城并不理会这些，反正就是不愿意收留何培，但碍于现如今自己在家庭中的地位，好吧，且不论何种家庭地位，美景把他推进主卧，小手轻轻往他腰间一搭，顺便捏了一把，一脸天真地问："行不行嘛？"

"只住一晚。"

他就是这样一个在女朋友的美色之下完全没有原则的男朋友。

夜里，蔚青城搂着美景躺在自己的大床上，美景搂着儿子，撸得它直掉毛，他说："明天就要把你朋友弄走。"

"为什么？"美景把猫一扔，生气地转过身来，有些生气地望着他，"地主家没有余粮了吗？咱们家连多一碗米饭都做不到了吗？"

"是的。你当我是救苦救难的观音吗？是个人无家可归，我都要收留？"

"她不是个人！"美景轻轻地捶了他的胸口，发觉自己用词不当，改口说，"她不是个普通人！"

"她是谁都不行，她在这里影响我的生活和性生活。"

美景眨了眨眼，对这个理由表示怀疑："什么叫影响你的性生活？她又没睡在我们中间。"

蔚青城不悦地抿了抿唇。

岑美景入睡以后，蔚青城拿起她的手机翻看她常看的那些新闻和段子，看到一条这样的微博：女朋友的声音好听是一种什么样的体验。

这个话题他觉得自己有绝对的发言权，还会有谁比岑美景的声音更好听，根本不存在的事，不过，就算真的有，他也不想听了。他的美景，一定是天下第一。

尽管蔚青城十分讨厌何培，但平心而论，她在这个房子里并没有做出半点出格或者是讨人厌的事情，反倒十分安静懂事。

她承包了这个家里所有的家务，但做饭水平不行，蔚青城吃了一次就摔筷子。她就改成厨工，只帮美景洗菜、切菜。

她又找了一份工作，说公司正在筹备新的宿舍，等有宿舍了，就去住宿舍。

有时美景会觉得何培好像变了一个人，原本的她是锋利的，现在却柔软得像块绸缎，不仅好捏，捏起来的手感还很好。

她们还会像以前一样一起趴在被子里看电影、一起逛街、一起讨论八卦，只是更多的时候，何培选择沉默。

“你这是重生了吗？”某天傍晚，美景突然问道。

何培点点头，说：“是的，我发现，歇斯底里解决不了任何问题。”

第十六章
贵客造访

圣诞节前夕，外面下起沥沥小雨，何培打完卡后下班，夹着包包撑着雨伞去赶地铁，坐了四站，去市中心的商场里，给美景和蔚青城买礼物。

白吃白住两个多月，送份礼物是应该的。她选择了某品牌的情侣毛衣，鲜红的底，上有一只纯白跳跃的小鹿，鲜艳夺目又纯真可爱。

她在另外一家店里看中了一件黑色的机车皮衣，刚拿起来准备试穿时，皮衣便被人抢走。

她气得浑身发抖，狠狠地瞪过去，对方也毫不示弱，甚至因为身高优势产生了明显的优越感。

这个人不是别人，正是跟何培八竿子打不着但又偏偏和她极不对盘的余宝珠。

何培发自内心地想问一句：我是抱着你儿子跳井了还是睡了你老公，你跟我多大怨恨多大仇，总是如此阴魂不散地折磨我。

“是我先看中的。”何培说。

余宝珠不以为意地耸耸肩，南方湿冷的冬天并没有阻止她展现自己的风情与性感，胸前的大V领十分惹人眼：“你看中怎么了？你合适吗？买得起吗？”

何培攥了攥拳头：“我喜欢就可以，不需要合适。至于买不买得起，就不用别人操心了。”

余宝珠拿着皮衣在身前比量了两下，一副气死人不偿命的欠揍模样说：“可是，我感觉这件皮衣更想被我穿在身上，而不是被你。我们也要尊重一下皮衣的意愿，是不是？”

何培才往前走了一步，准备进一步和她理论，余宝珠身后不远处的两个保镖突然窜出来，一人横出一条手臂挡在她和余宝珠之间。这对何培来说，是一场注定没有胜利可言的战争。

小皮衣被余宝珠抢走了，何培的手里只剩一个衣挂，她将衣挂用力往架子上一搁，冷冷地瞪了余宝珠一眼：“你们都一样，是喜欢抢别人东西的婊子，还要装出一副令人恶心的高尚模样。我能让着她，也能让着你，反正，贱人自有天收。”

余宝珠嘲讽地挑起嘴角，指尖挑起皮衣的衣领嫌弃地甩到一边，冷笑道：“连这样东西到底属不属于你都弄不明白，还叫嚣着别人抢你的，脑子是个好东西，可惜你没有。”

她深深地望了何培一眼，在保镖的保护下，扭着动人的水蛇腰风情万种地离开了。

这个小小的插曲并没有在实质上影响到何培什么，反正不管余宝珠来不来，这件皮衣都不是她能买得起的。她只是单纯地喜欢而已，喜欢，就想穿在身上试试。

她的心情差极了，回到蔚青城的公寓里也沉闷得不吭一声，美景和她说了好一会儿话，她都不愿意搭理，手指把床单捏出了难看的褶皱。美景帮她捏了捏她的肩膀，关心道：“你怎么了呀？是不是遇到不开心的事啊？咱们可是穿一条裤衩的友谊啊，有什么事说出来，咱们能解决的就解决，不能解决的，就想个好办法逃避了呀！”

何培抬头对她笑笑，只问了一句：“你和青城用完浴室了吗？我想洗个澡。”

由于家里只有一个浴室，何培洗澡只能去蔚青城的房间，美景越来越觉得蔚青城的脑子不好，才会让这么大的房子只安置一个浴室。每当她用这件事来教育他做人要有远见的时候，他都会用一句“你是我生命中计划之外的意外”怼到她哑口无言。

美景拿出何培送给他们两人的圣诞情侣毛衣，蔚青城当机立断地拒绝，他不太喜欢何培，不喜欢的人送的东西并不能讨他欢心。无奈反抗无效，美景各种威逼利诱，最终还是把毛衣套在了蔚青城的脑袋上。美景又拿起自己的红色围巾给家里的猫包了起来，不顾人家是否愿意，强行拼凑一套亲子装出来。

她和蔚青城正在专心致志地联合折磨猫，家里的门铃响了。

“不要开。”他说。

美景都已经站起来了，十分不解：“你知道是谁？”

“不知道。”

“神经病啊你！”她打算去开门，却被他抓着手腕拉回来。

“万一又是来借宿的呢？我们家要改成收容所了吗？”

美景抬起小腿对着他的肩膀就是一脚，倒是没踹疼他：“你真矫情！”

蔚青城抓过美景的脚踝，在她的脚背上亲了一口：“你真淘气。”

门铃声响得急促，美景到底还是去开门了，没有什么借宿的流浪人员，门外的人是蔚青城的编辑。

见到蔚青城的家里有女人本身就是一件很令人震惊的事情了，当蔚青城从沙发上站起来，她见到了两人身上的情侣毛衣，简直大跌眼镜。当然，这还不够劲爆，何培非常是时候地穿着浴袍、顶着湿漉漉的长发从蔚青城的卧室匆忙地跑出来：“我来开门……”

“那个，我来的是不是有点不是时候？”编辑说。

蔚青城扭头看了一眼何培，淡定道：“你任何时候来都不是时候，什么时候我们之间的合作需要你大半夜往我家里跑了？”

“谁让你手机关机的！”

“我自己让的。”

年轻漂亮的女编辑真心觉得自己会因为蔚青城少活好几岁，她心力憔悴地扶了扶额头：“没有重要的事，我是不会来打扰你的，我还是很想长命百岁的。真的，我现在有很重要的事情要对你说，先给我倒杯热水，好吗？外面下小雨了，我都冻透了。”

闻言，美景连忙去烧水，女编辑则跟蔚青城一起进了书房。

烧水需要时间，美景拿着空水杯跑去书房门口，将耳朵贴在门上仔细地听着。

何培已经换好居家服，走到她身边轻轻地拍了拍她的肩膀，悄声问：“你在偷听他和女编辑说话吗？你不相信他的为人？两个人在一起，最重要的就是信任啊，美景。”

岑美景对她竖起食指，又朝她勾了勾手指，等她耳朵贴过来，小声说：“我知道，我了解他的为人，也相信他不会怎么样，但是，我不相信女编辑！”

这门厚得就像一堵密不透风的墙，美景无法从这扇门里发现任何蛛丝马迹，最后只好放弃，等到烧好了热水，借着送水的名义进入书房。

她用托盘端着两杯热水去敲书房的门，过了好一会儿，蔚青城才来开门。他严肃的表情令人生畏，美景下意识地往后退了半步，女编辑从他身后闪出来，对美景点点头：“谢谢你了，我还有事，水就不喝了，反正一会儿出去还得冻着，也不差这一会儿。”

她真是来也匆匆、去也匆匆。把人送走以后，美景叉腰站在门口琢磨了好一会儿，怎么想都觉得这人刚刚是故意把自己支走的。

女编辑的到来和离开，给蔚青城的情绪带来了很大的转变。突然之间，他也变得很沉默，好像复制了何培一般，甚至比她更可怕。

这种可怕的沉默，就像冬日里的一段生铁搁在美景的面前，她完全不知该如何去靠近。

原本是亲密无间的两个人，因为他的沉默，美景决定暂时放弃亲密，让他独守空床。

她决定跟何培一起睡，更可气的是，蔚青城居然没有苦苦哀求她留下来，确切地说，他连看都没看她一眼。

她有她的坚强，她有她的倔强。于是，她气呼呼地往何培身边一躺，何培翻身过来，轻轻拍拍她的手臂：“我记得你是个很温柔的人，也善解人意，像个天使一样，现在怎么在他面前变得这么任性、孩子气呢？”

何培的话像午夜街头的钟鸣，震得她一身鸡皮疙瘩跃跃欲试地往外蹦。

她说得没错啊，从前的自己多么温柔可人、善解人意，习惯包容与谦让，懂得照顾别人的感受，受了委屈多半时候选择往肚子里咽，和天使就差一个普度众生的功能啊，现在怎么变得如此霸道、任性又孩子气呢……

她突然想起很久以前，蔚青城说过她恃宠而骄，对，就是这个词。

短暂地沉默后，她回答何培："因为我被惯坏了。"

"好的女孩子会被惯坏吗？"她问。

美景点头："会的，女孩子的骨子里应该都有骄纵的基因。"

"好吧。"何培低低地回应，翻身睡觉了。

美景睡不着，躺着玩手机时，陆骁发来一条语音信息，大概意思是，他现在有一档全新的综艺节目，外景主持人的人选暂时未落定，这是个好机会，问她有没有意向，辛苦和收获将会是对等的。

接着是第二条，他半开玩笑地说，当初答应她，如果她能教会蔚青城生活，就给她一个合适的机会，明天他要来验收她的成果了。

何培慢悠悠地转过身来，问："你要离开他了吗？蔚青城只是你的垫脚石吗？美景，那样会不会太傻了一点？跟蔚青城在一起才应该是你的梦想，对于很多女孩子来说，事业是婚姻的垫脚石，就算你梦想成真了，将来不还是要找蔚青城这样的人嫁掉吗？"

好消息突然造访，美景已然兴奋到不能自已，她抓着手机在被子里激动地蹬腿，最后用力地拱了何培一下："偶像剧看多了吧你，这件事跟我和他在一起完全不冲突啊！我跟不跟他在一起，只跟我喜不喜欢他有关系。"

"难道不是跟他有没有钱有很大的关系吗？"她笑着捅了捅美景的腰肢，美景也跟着笑了两声，说："那没毛病，虽然不是富可敌国，但也凑合着过吧！"

圣诞节，家里要来客人。

何培刚好休息，美景抛弃了对她一直不理不睬的蔚青城，跟何培一人挎着一个环保袋直奔超市，为接待客人做准备。

来的客人美景并不陌生，是蔚青城无所不能的神通表哥陆骁，她唯一担心的是，余宝珠也会跟着来。如果她来的话，那将会无比尴尬。

之前自己跟何培在医院闹成那副样子，余宝珠仗义相助还跟何培打了一架，这会儿自己却毫无原则地屁颠屁颠地与何培重归于好，这将置余宝珠于一个万分难堪的位置。

她拿着自己的手机，正是女侠余宝珠豪情相赠的，想到这里，她就无比内疚，无法在这两个女人之间做选择。像她这种不耿直、不坚决的人，想像余宝珠那样豪情万丈地行走江湖是不可能了，只能把自己修炼得越来越像油条……

不过，做人不要太悲观，没准是自己多虑了，余宝珠可是当红名模红出星际、红出宇宙，哪里有时间跟陆骁这种整天无所事事、除了开会就是打高尔夫球的霸道总裁瞎混。

结果呢，事实与真相简直惨不忍睹，余宝珠她还真就那么闲。

从她脱鞋进门的姿态就看得出她的人生过得一点也不像别的明星那般匆忙，给她把蒲扇，她简直闲得跟楼下广场上遛狗的大娘一样。

她和陆骁同行，乍一看好像是陆骁跟着她出门蹭饭一样，那副冷艳、霸气、不屈居任何人之下的气质，是天生的。

本以为余宝珠和何培相见之后会剑拔弩张，谁知余宝珠直接将矛头指向自己，脱下身上价值不菲的长款风衣，随意地往沙发上一扔，说：“你不会是个傻子吧？”

我可不就是个傻子吗！我一看见你，就有点发傻，完全不知道怎么招架。这些话不等美景说出口，余宝珠已经被陆骁捂着嘴巴推倒在沙发上：“你不是累了吗？躺着吧！”

余宝珠跳起来，两步窜到蔚青城的身边，给了他一个巨大的拥抱，美景清晰地看到她那丰满的胸脯笔直地撞向蔚青城的胸口，她还说着：“我先抱抱我青城哥哥再歇着。”

蔚青城被她撞得后退一步，耐着性子拍了拍她的背，几秒过去，见她没有丝毫要松开自己的意思，直接黑了脸，撕膏药似的把她从自己身上拉开：“别没完没了的。”

美景有些意外，余宝珠为什么会如此亲近蔚青城，尤其是蔚青城还是一副看起来很不喜欢别人这样接触他的样子。按理来说，余宝珠应该是女王那一类型，你不喜欢我你就应该去死的那种骄傲，在她与蔚青城的互动中完全看不出来。

她小步挪到陆骁的身边，悄悄地问："学长，余宝珠在蔚青城面前怎么这么乖巧可爱啊……"

陆骁撇嘴笑笑："不知道。就是小时候她被男同学欺负的时候，蔚青城出手相助了一次，平时两人也不怎么见面，更谈不上熟悉。不过，这是余宝珠的特质，她要是觉得这个人好，她就自来熟并且自然亲。"

何培默默地端茶倒水，安静得仿佛就是这个家里的用人，没有丝毫存在感。

陆骁不是多话的人，蔚青城那么矫情都能容下这个女孩子，他没有发言权。

推开余宝珠后，蔚青城将陆骁带进自己的书房，称有事和他谈。

客厅里，忽然就剩下水火不容的三个女人，何培是水，余宝珠是火，岑美景是不容。

余宝珠优雅地跷着腿往沙发上一坐，高贵又风情，美景瞅瞅她，又瞅瞅自己跟何培，就算不像左右护法，也像两个小丫鬟。

余宝珠说："坐啊，客气什么。"

我坐不下去的，女王大人！我怕我带着何培这样一坐，您两位二话不说就开撕啊！

结果，她多虑了，余宝珠想撕谁，是不用等她入座准备好的。

"我这个人吧，从小家境就好，吃的、穿的、用的都是最好的，也从来没交过狐朋狗友，我眼里头呢，容不了半点沙子，看不得半点脏东西。某样东西要是不精致，还不干净，我是一眼就能看得出来的，加上我这人耿直，有话藏不住。"她扬起骄傲的面颊，短发与她的倔强宛如天生一对，那眼睛又深又清澈，似乎与这世界所有的凡夫俗子都不同，她看向何培说，"所以，这位姑娘，您能离我远点，最好别出现在我的视线范围以内吗？我特别地、特别地，不待见你。"

“没有先来后到吗？”何培冷静地问。

余宝珠耸耸肩：“没有。只有弱肉强食。怎么着，你还想说我跟岑美景是一路货色，先是霸道、蛮不讲理现在又来霸道蛮横吗？”

余宝珠的话令美景当即一愣，在她与余宝珠和何培两次共处的时候，她可都没听过何培说过这样的话，她只是单纯地骂自己或者单纯地骂余宝珠，没有一箭双雕的时候。

她相信余宝珠的耿直，也相信何培望向自己时的坦然，根据她对何培十几年的了解，何培和余宝珠是一样的耿直姑娘，只是余宝珠的身上，更多了一份常人难以超越的骄傲。

她已经无暇顾及蔚青城最近怎么逮着谁都往书房领，好像有天大的秘密瞒着她一般，只想当下客厅里能一片祥和。

何培看出美景在中间犯难，于是主动给余宝珠倒了一杯热水，虽看不出有多大的诚意但很主动地对她说了一句：“之前在医院里我们可能有些误会，既然都是美景的朋友，我们就不要让美景为难了。我这人说话也很直，如果让你不高兴了，你别往心里去，我先给你赔个不是，我们也算不吵不相识。”

美景激动得双手合十，余宝珠到底是小孩子不懂事，还是何培识大体。别说是何培了，余宝珠这种姑娘谁在她面前能占到便宜啊，只会自讨苦吃罢了。不过，她脾气臭了一点，人是真的很好。

余宝珠瞥了她一眼，云淡风轻地微微一笑，道：“道歉我不接受，还有，我也没打算跟你相识。”

何培什么都没说，端着水杯回卧室了。

美景有些生气了，何培之于她的重要性要远远高于余宝珠，那是一份经过岁月沉淀的友谊。她赌气地往沙发上一坐，想数落余宝珠几句，又觉得那样的自己简直太不识抬举，斟酌很久以后终于想好怎么开口，却被余宝珠抢了先，她说：“你呢，别看我年纪小，等你活到四十岁也未必能经历过我十八岁之前的所见所闻，我看人的稳、准、狠的程度，连陆骁都要甘拜下风。你这个好朋友，她配不上你。”

“她变了很多，不像只刺猬了。”美景小声争辩。

“暴风雨前的沉默而已，你知道什么样的灯省油吗？”

美景皱眉沉思片刻，一脸天真地回答：“电灯？”

从余宝珠的笑声来分析，自己不仅仅是天真啊，兴许还有那么一点蠢。

第十七章
可怜之人必有可恨之处

书房内，简单交代完事情始末的蔚青城和陆骁一同对着窗外吸烟，一时间两个人都没说话，直到香烟燃尽。

向来无事不登三宝殿的女编辑那天来到他家给他带来的是一个坏消息，知名作家兼漫画家歌德的新书上市了，反响极佳，这个高调的歌德常年被读者和媒体拿来跟低调低进棺材里的蔚青城比较，这次蔚青城对外宣传所透露的有关新书的题材和人物设定也与歌德放出的有所雷同。相同题材、相同人设，高下很容易分晓，所有人都在等待两人的新书上市。

本应该是蔚青城先交稿先上市，但他最近沉迷于恋爱和家庭琐事，写稿的速度慢出天际，被歌德抢了先。

事情到这里并不能看出任何严重性，蔚青城向来不屑于与任何人进行比较。

问题的关键在于，蔚青城的编辑们发现，歌德的这本书与蔚青城还有一周即将上市的新书有百分之六十的内容是完全一样的，除了人物、地点更改过，其他简直可以说是复制粘贴，而剩下的百分之四十，也与蔚青城原定的大纲走向完全相符。

唯一的不同是，蔚青城的大纲向来不会涉及小说的结尾，他的结尾都是未知的，连他自己也未知。

两个作家从前都没有过抄袭的前科，但这次不同了，同一本书，歌德先出，蔚青城后出，在读者看来很明显是后者抄袭前者，百口莫辩。

“你不需要太有压力，这个歌德现在不仅仅是抄袭你，而是盗窃了你的文稿，我会调查这件事。你好好考虑一下要不要暂停这个项目。”陆骁说。

蔚青城摇头：“公司不打算暂停，他们只是让我做好接受舆论的心理准备。”

陆骁不悦地皱眉，周身渐渐弥漫出一种极度危险的气息来：“什么意思？钱照样赚，锅甩给你？”

蔚青城太了解陆骁这个人的脾气，看着比谁都温和，实则是笑面虎，发起狠来只认六亲，天王老子也不惯着。他虽然事业有成，但也不乏会有一些置气之举，仿佛内心住着一个小小的暴发户，一言不合就把人家收购了，财大气粗到令人叹为观止。

陆骁这个表情，分明就是想收购了人家图书公司，长兄如父啊，感动中国的好表哥，可他已经不是被爹娘抛弃还不能自理的小男孩了。

蔚青城又摇了摇头：“我自己也同意不暂停，这就是我的书，为什么要退缩，我并没有抄袭任何人的。就算全世界的舆论矛头都指向我，于我而言，不过是废话连篇，我问心无愧。”

“我觉得不妥。”陆骁说，“我陆骁的弟弟，不能被人指着脑袋骂。”

“会让你丢脸吗？”他调侃道。

陆骁撇撇嘴：“非常会。”

“那你可以先修炼一副双皮脸，到时候丢一张，还剩一张。”

“可以倒是可以，只怕到时候你把我两张脸都丢了。”

调侃结束，更加沉重的话题将要开启，兄弟两人十分默契地异口同声地向对方问道：“你觉得是美景泄露了稿子吗？”

紧接着，他们又异口同声地回答：“我觉得不应该是。”

于情，岑美景是蔚青城万分珍重的女友，十有八九将来是要和蔚青城结婚的人，如果她对蔚青城没有感情，仅仅是作为歌德派来的小奸细，也不至于还要搭上贞操，除非对方给她的条件更吸引人。

于理，歌德给她多少钱也不会有捧着蔚青城这个饭碗来得实惠瓷实，如果只是为了钱，嫁给蔚青城是最好的选择，他会把所有身家都交到她手上，现在没结婚也可以说达到了这种状态。

于情于理，美景都没有作案动机，况且她看起来真的不是有心机的女孩子。

陆骁怀疑到了家里那个陌生姑娘，他之前在医院见过，当时和美景闹得很不愉快，不知来这里是不是别有目的。

这一想法，也被蔚青城否定了。

何培踏入他家门后，他做的第一件事，就是给自己的电脑设置了复杂的密码，相关的手稿也被他扔进保险柜，这还是他第一次启用书房里的保险柜，在此之前，它一直任劳任怨地被当作花盆架，只有花盆没有花的盆架。

那事情就蹊跷了，陆骁问他："你梦游？"

"我就算西游也不会梦游的。"

客厅里的美景忙得不可开交，一会儿要进房间跟何培聊天，一会儿又要出来跟余宝珠沟通一下。再一次从卧室走出来时，她气呼呼地踹了一脚书房的门，对着里面吼道："蔚青城，出来做饭了！"

蔚青城并不是一个多疑的人，但自己的稿子突然变成别人的稿子，除了他最亲密的人，一时间他也不知道该怀疑谁，美景确实有着难以开脱的嫌疑。

这两天不理美景，一是他担心她真的深藏不露，二是他觉得自己居然没有办法说服自己相信美景与这件事毫无干系，所以，艰难地别扭着。

不过，美景这矫健的一脚加上气势如虹的命令，强行唤醒了他内心深处的宠妻本能。他飞快地弯腰把弹落在窗台边的烟灰用手指蘸起来放进烟灰缸内，为了防止烟灰到处飘落，回身拿起桌面上的马克杯，往烟灰缸里倒上一点点水，再将窗户开到最大，挥挥手，加快空气流动，好让书房里的烟味快速散去。

"你听到没有！做饭了！"美景又踹了一脚，显然坏心情和小情绪全都洒在这扇贵重的实木门以及尊贵的蔚青城身上了。

陆骁不可思议地指了指门，低声问："老弟，什么情况这是？你在这个家里还有没有地位了？"

"当然有，我是一家之主。"

"她呢？"

"主的女王。"

"……"

蔚青城成为已经可以独当一面的家庭煮夫这件事要比蔚青城的稿子被偷更令陆骁震惊。

他跟着蔚青城一同进入厨房，默默地看着他一板一眼、有模有样地洗菜、切菜、入锅、装盘。煮出来的菜色香味俱全不说，炒菜的同时，他还能将厨房打扫得干干净净，地上不见一滴水，墙面不见一滴油，洗菜池里不见一片菜叶。

陆骁跌破了眼镜，看来在美景的谆谆教导下，蔚青城的人生得到了质的飞跃。就算没有美景，他这辈子也不会过得像个流浪汉只能等别人投喂了。

六菜一汤一个水果拼盘，纯熟的刀法和翻炒水平一看就是经过专业培训的，谁能想到在菜板上完美翻飞的这双手不是来自优雅高档的西式大厨而是一个向来十指不沾阳春水的作家啊！

美景不吃辣椒，每次陪蔚青城吃完饭都要站在客厅辣得直转圈，所以，他只做了一道辣子鸡丁，其余的鱼、虾、肉和蔬菜都是清蒸素炒的。陆骁继续在内心惊叹，这小子居然还学会了为别人着想，他可还记得自己上一次带蔚青城去酒楼宴请朋友，让他点菜，他点了一桌子红通通的奇辣无比的菜品，吃得一桌子人热火朝天都快原地爆炸了。

蔚青城将清蒸海鲈鱼从蒸锅里拿出来时，陆骁探身出厨房，对着美景竖起大拇指，深表敬佩。

美景眨眨眼，不知何意，还以为他在表扬自己能把家里这两个炸弹般的女人按捺住，不由得也跟着在心里暗叹自己是个有人格魅力的好姑娘。

所有菜品被整齐地摆上桌后，蔚青城又打开一盒猫罐头，倒进儿子的小饭碗里，洗完手后入座。

美景入座后尝了几口，表情里写着差强人意，勉强凑合吃吧。

但陆骁不那么觉得，蔚青城能把东西煮熟，他都会觉得是奇迹，况且还能煮出味道，那就是十分值得表扬的。

总的来说，这顿饭吃得有些累，并不能算是完美的节日聚会，美景全程都在担心何培跟余宝珠会用筷子戳死对方，尽管她们两个在餐桌上连个屁都不肯对对方放。

临走之前，余宝珠从包包里拿出一个精致的小方盒扔给美景："圣诞快乐，差点忘记拿出来给你了。"

美景乐不可支："哎呀，你太客气了，来就来嘛，还带礼物，以后不要这样了呀，我都没有给你准备什么呢！"她边说边飞快地拆开包装纸，打开深红色的真皮包装盒，双眼顿时放光，"这么贵重的礼物，我是收，还是不收啊。天啊，宝珠，你真是宝珠啊，真像劫富济贫的女侠啊！"

盒子里赫然躺着一块名牌腕表，就是那种不算多好看，却贵得要死，买回来又没什么用，但所有女孩子都希望在手腕上套上一块的奢侈品。

"不要钱，贵什么贵，品牌商送的，只在品牌活动上戴过一次。不是我喜欢的款式，刚好又适合你，就送你了，不用放在心上。"

美景频频点头："好的，我放在手腕上。不过，宝珠，你也太实在了，幸好你说是别人送给你的，要是你买的，我真不好意思收，毕竟我给你的只有一顿饭，而且还不是我做的。"她不好意思地伸伸舌头，在充满青春活力的余宝珠面前，她更像个小孩子。

余宝珠莞尔一笑："你至于吗？就送你一块我不戴的手表而已，不用这么不好意思，你看你，脸都红了。咱们不是朋友吗？我不需要的好东西分享给你，你有什么好东西也可以分享给我。"

"关键是我没什么好东西啊！"美景继续笑，自己实在是没什么好东西可给余宝珠分享了，自己所拥有的最好的，是蔚青城，借给她看一看还是可以的，给她用，那是一万个不行的。

"不。"余宝珠穿上自己的高筒靴，站在门口回头望她，"你搞错了，美景姐姐，不是我给你多少，你就要给我多少，这不是友情，是交易。而是我给你多少，我不计较，你给我多少，我心安理得地接受。”语闭，她意味深长地看了一眼美景身后的何培，扬起嘴角坏笑，“真不巧，大过节的也没给你带点礼物，不过表就不用我送给你了，你自己就是呀，对不对？”

不等她的话音落下，整个人已经被陆骁夹着迈出蔚青城家的大门。

美景尴尬地关上门，满眼歉意地转身看向何培：“唉。”

何培笑笑没说话，默默地走进厨房去洗碗。

美景趿着拖鞋从蔚青城身边一闪而过，完全把他当成空气，直奔厨房：“何培，你不要生气。”

“我没有生气。”何培低头忙碌着，“人和人是不一样的，美景。你不用感到抱歉，从小到大你就讨所有人喜欢，一群小姐妹里面你的人缘最好，我就不同了，讨厌我的人不多，喜欢我的也不多，可能我这个人太直率。”

何培微微顿了顿，继续说道：“我就是那种如果我的两个朋友不和，我只会选择其一的人。鱼和熊掌不能兼得，选熊掌有乐趣，选鱼同样。”

“你这么一说，我更内疚了。”

“可是，你并没有选择我们两人中的任何一个，对不对？你的内疚并不能解决根本问题，只是徒增烦恼罢了，所以，不要想那些让自己左右为难的事情，我要是真的在意，我们就不会是朋友了。”

这话说得真好听，只是将美景衬托得更坏了，幸好这只是同性朋友，这要是异性，简直就是脚踩两只船的行为。

美景唉声叹气地回到卧室，蔚青城大概是嫌弃自己身上有油烟的味道，正在换衣服，美景满心都是何培跟余宝珠，已然忘记自己和蔚青城正在闹不知所谓的矛盾，沮丧地从身后将他抱住：“作家大人，我好矛盾啊……”

“没关系，我原谅你。”他没头没脑地回应道。

“谢谢。”美景也跟着没头没脑地答了一句。

两个人一起愣住了，好半天，美景才从他的背后伸出小脑袋，仰脸问："我为什么需要你的原谅？"

蔚青城抿了抿唇，快速地转移了话题："你在矛盾什么？"

"对，我很矛盾。"她也想起自己想说的是这件事，"我很矛盾何培与宝珠的存在，她们两个水火不容，我在中间有些为难，可是，她们对我来说都很好，我有什么理由嫌弃她们呢？你说余宝珠吧，虽然与我相识得晚，可她真是一点儿毛病都让人挑不出来；再说何培吧，她跟我认识的时间比我亲妹妹跟我认识的时间都要长，在我最需要帮助的时候慷慨解囊，为了我遭受过人生最大的不幸。你说，为什么她们两个不能和平共处呢？到底是哪里出了差错呢？"

蔚青城换好衣服懒洋洋地往床头一靠，一副旁观者清的模样对她说道："我要是你，我选余宝珠。"

"为什么？"

"因为她漂亮、有钱、慷慨、讲义气、率真、早熟。"

美景一头雾水，猛地一拍床头："你给我正经一点，选朋友和漂亮、有钱有什么关系！我又不是在傍富婆！"

"你认为她们之间的不融洽是因为你，这个想法大错特错，其实她们是因为阶层不同。"

"阶层？什么阶层？资本家和工人？余宝珠也没剥削何培啊！"

"不是那个意思，是何培看余宝珠的眼神里，充满了赤裸裸的嫉妒，尤其是面对余宝珠举手投足之间流露出来的不可一世的骄傲，仿佛只要余宝珠想得到，全世界的东西都会被她轻易拥有。而何培呢？她还沉浸在自己失去一切的固执的想法中无法自拔，她会嫉妒你，但和嫉妒余宝珠有着天壤之别，因为你没有余宝珠漂亮、有钱、慷慨、讲义气、率真和早熟。何培这个女孩子，她不愿意与一个比她优越太多的女孩做朋友。"

美景托着下巴回想许久，他的话似乎也有那么一点道理。好像这些年来，何培一直是自己好友中的佼佼者。倘若她没混进蔚青城的圈子，不认识陆骁跟余宝珠，那何培就会一直是她心中的女王，何培在自己的圈子里，确实是十分有优越感的一个人。

美景有点怄气了，敢情她跟何培这么多年的感情都是闹着玩的，谁都能看明白何培，连余宝珠都能，偏偏她不能，她是个白痴吗？

“我不是白痴！”

蔚青城被她吼得一愣：“我没说你是白痴。”

“你说没说，我都不是！谁的内心还没一星半点的晦暗了，我只看到了她闪光的地方！”

“对，你说得对，她是你心中的太阳，是你心中的月亮，是你心中的美少女战士。”

“蔚青城，你不要太过分！”她突然想起自己还有一笔账要跟他算，大腿一横，一屁股坐在他的腰上。

说重不重，说轻不轻，蔚青城被压得忍不住皱了下眉：“明明是你过分。”

“你说，你给我解释，不给我一个合理的解释，我要你的小命！”

“我解释什么？”他试图把美景从自己身上搬下去，但美景两条小腿夹得很紧，他努力半天仍然无济于事。

“解释你这几天晚上为什么不理我！你是不是在外面有别的小母狗了！”

无稽之谈，他冷笑一声：“只有一晚而已。”

一晚也算！

岑美景有小情绪了，晚上洗完澡，头发也不吹，耍赖皮似的横在主卧的大床上，蔚青城洗完澡出来发现自己无论从哪个角度都没办法躺得舒服，便伸手推了她两下。美景闭着眼睛一动不动，仿佛尸体一般。他还真的探了探她的鼻息，确认她是活的，才用力一掀，把她弄到一边去，自己躺了下来。

“你干什么！”美景双目瞪得溜圆，躺在床上还不忘虚张声势地叉腰蹬腿。

蔚青城一把扯掉她的浴袍，将刚刚被自己掀到一旁去的美景再勾回自己的怀里：“一日不做，如隔三秋。”

一夜未眠的，只有蔚青城一人而已。

美景这种心中坦荡且没有什么挂心事的人通常都好眠，本来蔚青城也是，但昨夜不同。

美景入睡后，她的手机收到了几条微信，蔚青城顺手就打开来看，都是无关紧要的消息，不过看到陆骁的头像时，他顿了一下，随后打开。

窥探别人的隐私是不礼貌的行为，幸好他从来不注重这一点，不然，真的会有负罪感。

陆骁：“青城的改变很大，你圆满毕业了，按照我们之前的约定，你教会他生活自理，我强行给你走个后门。后天，你来我这里一趟，不过你要想好，这一趟你可能要走两到三个月。”

美景：“谢谢学长，我想好了，就算去二十年、三十年也没问题！”

陆骁：“蔚青城怎么办？他会让你跟我走吗？”

美景：“他留住我的人，留不住我的心，我更向往诗和远方！”

陆骁：“……OK。”

OK？这是我亲女朋友？我这么大个英俊、有内涵的活人不如狗屁的诗和远方？这是我亲表哥？借着诗和远方的名义勾走表弟宛如智障的小女友？

这明明就是居心叵测，明明就是夺人所爱，明明就是不要脸。

气得他都忘记自己是个作家了，想不出什么高端、大气、上档次的词汇来骂自己表哥。

再想到岑美景来自己身边居然是和陆骁的某种不可告人的交易，他就更想骂人了。原来他不是岑美景真正的老板，不是改变她一生的男人。原来她留在自己身边不仅仅是为了一个月那一点点生活费，更多的是因为她要得到陆骁的肯定，那个温柔的、耐心的小可爱根本就不如她所说的那般，说什么人生梦想就是成为自己的助理其实都是假象，她是个很有演技的小姑娘。

不过，看在她都已经被自己睡了的分上，这一项暂且可以原谅。

他在心里告诉自己，一定要沉住气，需要自己哀求挽留的爱人，不是真的爱人，在岑美景心里，自己必须高于诗和远方。

再说诗和远方有什么啊？他一作家都没追求诗和远方，她一臭暖床的厨娘，怎么还奢望那么多？

他应该一脚踹醒岑美景并声情并茂地告诉她，诗歌没前途，远方有流氓！

天知道他多努力克制自己的双腿别冲动，心里不断地平复自己，女朋友是自己选的，不要冲动。毕竟他腿长，控制起来很难。

就这样熬过了一夜，再熬过了一天，整整三十六个小时没有睡觉的蔚青城终于支撑不住自己的眼皮。在他入睡的前一刻，美景抱着两件要洗的脏衣服溜进房间，趴在他耳边小声说：“作家大人，我跟你说件事情，我有工作了，明天去报到，周六出发去重庆，周五我还要去办护照。我去完重庆去海南，然后要出国，可能要两三个月，你可以自己照顾自己的吧？”

蔚青城沉默良久，微微挪动了一下身体，没有睁开眼睛，只是云淡风轻地问了一句：“何培怎么办？你放心把她一个人留在我身边吗？”

“我不放心她，可是我放心你啊。不过，你不用担心，刚刚我跟何培说我要走很久的时候，她说她这两天就搬走了。这样，你就不用担心她有所企图地留在你这里了。”

“那……”他只说了一个字就不想再开口了，他曾经放下许多骄傲去讨她欢心，这一刻原本也能用霸道无赖的方式把她捆住，可他突然就不想这样做了。

“那我不会等你。”他轻柔平和的语气掷地有声，仿佛在平静的水面突然扔下一块石子，在两人心中荡起一圈圈波纹。

美景抿着嘴巴不说话，似乎有点生气又似乎有些难过，过了好一会儿才问：“不等我是什么意思？难道我走两个月而已，你就会变心？”

“嗯。会。”他肯定地回答，“我看很多言情小说里都会说到这样一句话，你若不离不弃，我定生死相依。”

“又俗又土。”美景打岔。

蔚青城慢慢睁开眼睛，微微偏头看向她，四目相对时，他自以为是的心如死灰竟然又灼热活跃起来，他点头，说：“是的，我也觉得又俗又土，可现在居然觉得很有道理。我可以放下我不可一世的骄傲做任何会让你开心满意的事情，这是我表达爱的方式，而你可以不温柔、不可爱、不性感，可是你不可以离开我，这是我需要的爱。”

“可是……”

“没有可是，如果你认为工作比我重要，那你跟徐染有什么区别？”

“你说工作不重要，那我以后不让你写书，你同意吗？”

“如果写书影响了我们的家庭生活，我同意。赚钱的方式有很多，我不是非得选择这一种不可。”

“这不是你的梦想吗？”

蔚青城皱眉：“我什么时候说过我的梦想和写书有关系？”

“那你的梦想是什么？”她问。

“梦想？”他思考片刻，说，“和普通人一样有个普通的家。”

只能说，人各有志。

美景渴望拥有真爱，也愿意为真爱妥协许多，但如果为了爱情就放弃一生，她不想这样做，倘若拥有无忧的后半生还好，倘若她和蔚青城在半路上分道扬镳、一拍两散，那她在生活面前将再次陷入举步维艰的状态。

她也不奢望自己能成为多耀眼的明星，只是想到父母供自己读书，读自己喜欢的专业，她不应该白白浪费这些年来的付出与积累，她应该拥有一份属于自己的真正的小小的事业，这样的人生才堪称完整。

在她看来，鱼与熊掌可以兼得，只是鱼不愿意，那这就是鱼的不对了。

可是，她为什么将蔚青城比喻成鱼呢，他也可以是熊掌啊！

“你还去吗？”他问。

美景郑重地点点头：“我想去。”

“好吧。”他实在太困了，决定翻身睡觉，留给她的最后一句话是，“那你就去吧。”

岑美景离开的那天早上，蔚青城甚至没有起床来送她。等到家里彻底安静，肥胖的大猫一跃跳上他的床，蹲在他的胸口提醒他该起床给自己投食铲屎，他才懒洋洋地半支撑起身体，从虚掩的门缝向空荡的客厅望了良久。

“由于你妈不负责任地抛弃了我，我惩罚你今天没有饭吃。”

他不给儿子喂食就算了，连自己也绝食了。

电话关机，窝在被子里看了一整天的书，他好像真的失恋了一样。比失恋更难过的是，他不知道自己是否将要失恋，这种提心吊胆的痛太折磨人了。

傍晚，外面下了一阵急雨，雨点急促地打在窗上，让人心烦。

冬日的白天短，还不到六点，天色已经宛如黑夜。

客厅忽然传来开门声，蔚青城以为是自己幻听了，可趴在他身边的儿子不会听错。它一双琉璃似的眼珠睁得又大又圆，机敏地侧头朝门口看去。

连儿子都听到了，那一定不会错。

原本躺在那儿就跟大限将至一样的蔚青城突然诈尸一般一跃而起，被子和猫被他一起掀翻在地，儿子不悦地喵了两声，被他吓得不轻。

用喜上眉梢、眉飞色舞来形容此刻的蔚青城再恰当不过，大概连他自己也不曾发觉，他这一刻的表情是他这辈子最生动鲜活的一刻，只看到这一幕的人，也不会相信他原本是个多么冷漠且孤傲的一个人，仿佛他就是一个这样还未长大、喜形于色的少年。而那个高冷的蔚青城，是这个世界的错觉。

岑美景这个口是心非的小东西，嘴上说着向往诗和远方，心里还是更向往自己。

从卧室到客厅，他大步流星，不过两秒，心中却仿佛经历万重波涛，澎湃至极，心中大喜，嘴上还是不愿意饶人：“怎么，不想当你有追求、有梦想的女主播了？想回来给我做饭、洗衣服当我朴实无华的女助……”

话音戛然而止，出现在玄关处、手里拎着两袋子食材的窈窕身影的并不是岑美景。

失望瞬间取代所有欣喜若狂，黑色的短发、黑色的美颜，瓷白的肌肤衬着浅色的唇，他又恢复了往日面对外人时所展现出来的冷清模样。

何培站在门口不知所措，他不需开口，冷漠的眼神已然下了逐客令。

她尴尬地抬了抬手，说：“那个，美景不在，我担心你不好好吃饭，就买了点菜过来，打算帮你做点吃的。做完我就走，你忙你的，我不会打扰你。”

“不用，我不饿。”

何培紧张地深吸一口气，放下袋子，脱鞋关门：“不饿也要吃饭，美景说你以前总不按时吃饭都生胃病了，所以，饭这个东西，不要等到饿了再吃，该吃的时候就要吃。”

她边说边往厨房走：“我很快就做好，不过不能陪你吃了，我晚上有个约会。”

提到“约会”二字，她面上浮起一丝甜蜜的喜色，蔚青城慢慢放下戒备，弯腰抱起蹭到自己脚边的儿子，跟随何培走到厨房门口，修长的手指深深埋进厚重的猫毛里：“约会？你谈恋爱了？”

何培羞赧地笑笑，手上利落地择菜洗菜：“目前来说还不算。”

“什么样的人？”他并不是一个好奇心重的人，但何培多少有些不同，在他看来这女的脑子一直不怎么好。

“沉默寡言但是很温暖、很居家，而且老实又本分，反正什么都挺好的，就是不知道我有没有那么幸运了。”

蔚青城点点头：“听起来不错，祝你成功。”

何培笑笑没说话，低头忙着自己的事。

她十分守信，给蔚青城做了两菜一汤、一小锅米饭，整整齐齐地端上桌，再把猫喂了，然后匆匆忙忙地摘下围裙挎上包：“我先走了，青城，碗你放在那里就好，冰箱里有三明治，明早你用微波炉热一下就能吃，中午我来帮你洗碗做饭。在你家住了这么久，美景在的时候我也帮不上什么忙，她不在，这些活儿都由我来做吧！”

“不用这么麻烦，我自己可以。”他坐在餐桌前，没有要送的意思。

“没事！”何培已经穿好鞋准备离开了，“举手之劳，反正我也麻烦你那么久，这点小事不算麻烦。”

饿是真的，食不知味也是真的，似乎很久没有一个人坐在餐桌前吃饭，从前他是习惯的，如今却感觉分外孤单。

美景每天都会发信息来，各种她工作中的经历，从最开始的兴奋、好奇到后来的疲惫、厌倦，他只是默默地看，却不给她任何回应。

不回应，是因为生气。

何培每天都会来两次，真的只是做饭打扫，有时蔚青城在书房里写稿子，她就一个人默默地干活，做好饭摆在那里，背起包走人，丝毫没有打扰他的意思。

蔚青城的书比原计划推迟了一周才上市，他只负责写书和收稿费，两耳不闻窗外事，编辑几次在电话里想跟他谈谈外面的世界已经炸开锅了，他都拒绝听下去。

拿到样书的那天，他发烧了，原因是没有盖被子在没开空调的客厅里睡了一个下午，还是晚上来给他做饭的何培叫醒了他，当时他整个人已经昏昏沉沉。

茶几上放着几本他的新书，黑白简约的封面，是他一贯的风格，不需要靠花哨来吸引任何人，只要印上他的名字，就是品质的保障。

何培拿起一本书翻看了两页，问："送给我一本可以不？"

蔚青城裹着她递给他的毛毯，疲倦地点头。

"帮我签个名？写两句赠语？"

吃人家的嘴软啊，蔚青城向来懒得在书上写任何东西，这回他没拒绝，拿起签字笔翻至书的扉页，大笔一挥，写下刚劲有力的几个大字——两句赠语。

何培拿到手里看了看，有些发蒙，可又确实挑不出什么毛病，是她要求他写两句赠语的，他非常实在地写上了。

蔚青城拒绝吃药，何培只好给他煮了一锅姜汤，她不敢像美景那样命令他必须喝下去，只能苦口婆心地相劝。

"你说我要没来这里，你发烧也就算了，我都在这里，你还烧出什么毛病来，我怎么跟美景交代啊。你就喝一碗吧，就一碗，挺甜的，还辣辣的，很好喝。你喝了，我就回家，你不喝，我就不走了。万一你有个好歹，我好帮你叫救护车。”

蔚青城实在难受，没力气和她争辩，只想她快一点消失，于是捏着鼻子视死如归地喝掉一碗，这味道，还不如榴梿。

他困极了，只想睡觉，随便跟何培说了一声“再见”，就回卧室去睡觉，一头扎在床上后，便失去意识，这怕是……要升天了吧。

他不知道自己睡了多久，反正醒来的时候脸疼，火辣辣地疼。

迷迷糊糊醒过来才发现，自己是被人扇了耳光，他下意识地摸了摸自己的脸颊，一脸茫然地看着站在床边气到青筋暴起的岑美景，开始怀疑自己是在做梦。

那这梦可太不尽如人意了，居然梦见岑美景打自己，虽然她是有那么一点恃宠而骄，霸道又娇气，可也不至于跟自己动手。

如果这是梦，他应该做点什么呢？站起来飞她一脚，还是给她一个深沉的拥抱，倾诉一下自己夜以继日不间断的思念。

两个人就这样无声地对峙了许久，直到他的背后传来另外一个女人的声音。

这个声音熟悉又陌生，还有那么一丁点讨人嫌，这是？

蔚青城猛然坐起，羽绒被顺着身体滑下来，空气中的潮湿冷气立刻贴上裸露的皮肤。转过头来之后，他看到一丝不挂的何培睡眼惺忪地躺在他身边。

他还没退烧，呼吸还是滚烫的。他无奈地捂了一下额头后，重重地躺回枕头上，打算挺尸，等待梦醒时分。

“穿衣服，起来。”美景拾起地上的文胸和套头毛衣，气愤地扔在床上，扭头走回客厅。

美景忽然也想写书了，就叫《关于闺密的一百种死法》。她又气又恼，气的是床上躺着的那两个人，恼的是，自己比余宝珠多吃好几年大米饭和盐，居然没有那个小丫头活得明白。

余宝珠的话没有一句是错的，她是真正的天真、真正的愚蠢，而何培，压根就不是省油的灯。

昨天下午，何培给她发信息，让她看一下网上关于蔚青城的新闻。由于工作量很大，她又是新人，很多东西要学习，最近一直没时间去上网关注那些八卦新闻，再说蔚青城向来也没有所谓的八卦新闻，可是何培这样说了，她就不得不去关注。

——知名作家蔚青城江郎才尽，复制抄袭歌德的全书，双方沟通无效，同时扬言要起诉。

歌德向来为人高调，且从不计较靠负面新闻来炒作自己，两位知名作家，两本相同的畅销书，双方读者各持己见地在网上打起口水战。

对于蔚青城而言，这件事给他带来了极大的负面影响，而歌德则收获满满，毕竟他的书先一步高调上市。

美景愿意用项上人头来保证，蔚青城不会抄袭任何人的作品，可惜，她的人头在万千读者和网友面前，一文不值。

她不知道歌德从哪里得到蔚青城的原稿，她只知道，歌德这是在作死，这一步棋走得太险，一旦蔚青城翻盘，那他只有死路一条。

她不管歌德在耍什么花样，只担心蔚青城一个人如何承受这样的舆论压力。

美景并不知晓这些风雨还是她亲自告诉蔚青城的，原本他对这些事情不闻不问，美景却在信息里说了个七七八八，他只回了一个“没事”，便再也没搭理她。

晚上何培又发来信息，说蔚青城发烧了，烧得很严重，不肯吃饭也不肯吃药。美景忽略了怀疑何培如何得知蔚青城生病这件事，连夜交接自己的工作，赶早班机回来，却看到了这样香艳的一幕。

是傻子看了都想打人的一幕。

蔚青城只穿了一条长裤就匆忙从房间里出来，他站在客厅中央显得很无措：“你没说你会回来。”

美景抱着肩膀跷着二郎腿，不悦地翻了个白眼：“你见过捉奸还有提前打电话通知的？怎么着？我提前告诉你们，好给我摆个绝佳的拍照姿势，我是不是得背着单反相机来啊？没给你们合影留念是不是很失望啊？”

蔚青城真的很想向她解释一番自己是多么无辜，不过，当下这种情况，他每解释一句就会显得自己的无耻更上一层楼。

他的头还很沉，太阳穴跟有人蹲在头皮上抡着大锤敲打一样疼，连他自己都没办法确定自己是真的无辜，他有什么脸来坦荡地面对美景呢？

“你不说话是什么意思？承认了？连话都不想和我说一句，直接用实际行动告诉我，我是引狼入室、自作自受，我应该收拾收拾铺盖赶紧走人并且要不留一丝痕迹地给你们腾出一个干干净净的家？”

美景从没这般咄咄逼人过，可是，蔚青城居然一点也不讨厌，她含着眼泪指责他的模样只会让他更心疼和难过。

美景抬起手指愤恨地朝他指了又指，半天没说出一句像样的人话，这时，何培出来了。

可她还真不如不出来，自己有衣服不穿，偏偏穿上蔚青城的卫衣，下摆刚好盖住臀部，露出一双笔直又性感的大腿，眼神里不见有丝毫的退缩，似乎就是出来向她宣战的。

美景气得牙齿都在打战：“干吗，情侣装啊？一个不穿上衣，一个不穿裤子？”

蔚青城看向何培的眼睛里已经开始往外飞刀子了，眼神能杀人的话，她应该早被他活剐了。

他坐到另一张沙发上，拿起茶几上的烟盒，给自己点燃一支香烟。

“这就是你这么久以来蛰伏在我身边的目的？”

客厅里有些凉，何培站在原地搓了搓手臂，冷静道：“我没有任何目的。我承认是我骗了美景，说不喜欢、说放下都是假的，不这样说，我怎么能接近你？我也没有做任何伤害你们的事情，我在这个家里一直安分守己，难道不是吗？”

“这个家？”美景冷笑一声，“你脑袋是不是烧掉了？这个家和你有一毛钱的关系？”

“原本和你也是没有一毛钱关系的，想要的东西就要努力去争取，这一点我没做错。”

何培在最后一张单人沙发上坐下，蜷缩着双腿，视线落在茶几上的某一处，接着说：“还有啊，美景，你一定要弄清楚，昨天夜里并不是我主动对蔚青城做了什么，是蔚青城主动把我按在床上的，我挣都挣不开。说句实话，那种力度让我联想到了不久之前我刚刚经历过的强暴，并没有美感可言，我本来可以用床头的烟灰缸砸晕他，可我实在太喜欢他了，我舍不得，所以，发生这件事，并非是我情愿的。”

她云淡风轻地说出这些话，就好像这本来就是远在美国的表亲的邻居的故事，与这房间里的任何人都无关，不急于辩解，不慌于内疚，站在最大受害者的立场阐述她所经历的无奈的事实，别说，编得还真像那么一回事。

美景将视线落在蔚青城的身上，等他给自己一个完美的解释。

可是，直到香烟燃尽了，他也没能讲出一个真正平复这场风波的字来，他习惯性地端起马克杯，往烟灰缸里倒了一点水，然后放下杯子，冷冰冰地直视何培，说：“说完了？你可以穿上衣服离开了。”

这就完事了？她捉奸捉得也太没有激情了，至少应该给这对狗男女一人一嘴巴才像那么回事啊！这剧情才刚刚准备展开就要大结局了，她果然不是个当作家的好苗子，连起码的节奏都掌握不了。

这该不会是一个奸夫在掩护奸妇的圈套？要么说人在危急时刻脑子就是很灵光，美景腾地站起，一个马步蹲在沙发上，愤怒地直指何培：“想走？除非从我的尸体上跨过去！”

这句台词是不是有些没气势？姿势似乎也不是很有气势，从蔚青城一副看待智障的眼神来看自己就足以体现出来。

美景后悔了，真正的强大不需要如此虚张声势，换作别的厉害的姑娘，比如余宝珠吧，肯定不会像个猴子一样滑稽地跳上沙发撒泼，如果何培能表现得像个超凡脱俗的清高妓女，那余宝珠一定能成为何培德高望重、端庄大气又冷艳风情的老鸨妈咪。

“呵呵。”何培讥讽地笑了笑，“你们两个，到底是让我走，还是不让我走？”

蔚青城冷漠道：“穿上你自己的衣服，从我家消失，随便你去哪里。你也可以去警局报警说我强奸了你，你尽管放心，就算你不报警抓我，我这辈子也不再打算跟你有任何交集。”

“白睡了是吗？”何培反问。

“不然呢？”他挑眉，“要收费吗？”

何培抿了抿唇，站起来回卧室去换自己的衣服。

美景决定先把蔚青城挠个大花脸再去挠何培，她心中倒数三二一零，然后，一屁股坐下来，捂着脸无声地大哭起来。

她一直以为自己在遇到真正的困难时会如同宇宙最强少女般所向披靡、无所畏惧，没想到，自己是如此㞞。

她是个爱情上的失败者，连自己的爱情都经营不好，两段恋爱遭遇两个极品小三，她这是名副其实的“渣男收割机”啊！

蔚青城去拉她的手臂，被她怄气地甩开：“人渣，别碰我！”

她听到了，无奈之下几不可闻的叹息。

何培换好衣服出来后，站在美景身后不远的地方停了下来：“我们不再是朋友了，对吗，美景？”

“再跟你做朋友就是我脑子有水！我后悔死了跟你做朋友，你不配做我的朋友，你滚！”美景一边擦眼泪，一边吼，心里还在琢磨到底要不要跳起来给她一嘴巴，毕竟这是最佳时期，现在不打过个几年在大街上遇到了，她再一跃而起给人一耳光就显得太没水准了，哪有人如此后知后觉。

“那好，既然不是朋友了，那我有些话要说。”何培从沙发上拾起自己的包挎上，“我还喜欢蔚青城。我知道从今以后很难再走进他的生活，所以，我要交代你，好好照顾他，就算你来到他的身边不过是为了一场卑劣的职场交易。当他为你偿还债务，送你玫瑰跑车，挽回了遥远给你的羞辱，满足了你的虚荣心，便有了你所谓的心动和爱情。也正因此，你背叛了所谓的闺密情。即使你是如此现实又物质的女孩，他还是盲目地喜欢你，我希望你珍重这份喜欢，下一次不要因为遇见更富有的人而背叛他，毕竟这世界上有很多不需要他为自己付出一丝一毫就甘愿付出一生的女孩子，只是她们都没有你幸运。”

美景的哭泣停止了，她目瞪口呆地看着这个与自己相识十几年的好友，好像就在上一秒钟她才认识这个可怕的人。

傻姑娘才讲气话，企图用气势去伤害别人，而有心机的女孩，她可以不急不缓、不骄不躁地把话里的每一个字都变成刀子直直地扎进人心。你挣扎时，刀子不疼，疼的是你自己。

交错一名挚友，不如交一条不懂人话的好狗，狗永远是狗，人有时候不是人啊！

此时，美景才真正地发觉原来自己很早之前就不喜欢何培了，或许是从她遭遇了强暴之后在医院里恶毒地诅咒自己的时候开始。

人都有良心，她是一路迎着明媚的阳光成长的祖国好花朵，人善心美，她的良心在不断地谴责她去大包大揽那些不幸的根源，把罪恶的源头紧紧地捆绑在自己身上，她和何培的友谊，其实早在那一刻分崩离析。

就如余宝珠说的那样，真正的朋友，不会因为自己受到伤害就去伤害自己的朋友，反而会担心她今后可能陷入深深的内疚不可自拔。

为朋友两肋插刀的结局不应该是把这两刀拔出来插回朋友的身上，而是宁愿血肉之躯毁灭也要护另一个人全身而退。

而爱情，真的不是她一味地谦让另一个姑娘就可以轻易得到的普通物件，它需要双向选择才能成立。

倘若蔚青城的选择从一开始就是何培，美景发誓，就算她深爱他，也绝不允许自己陷入何培如今的境地，更不允许自己把好友的爱情弄得一塌糊涂。

就算现在，是的，就是现在，如果蔚青城勇敢地承认他跟何培相爱了，自己成为多余的存在了，她会气愤、会难过，可她绝不会挽留。

真爱你的人赶不走，不爱你的人千万不要试图去留下，因为你早晚会失去他。

鼻涕流下来了，美景抹了一把，又流下来了，她知道自己此刻在何培看来就如同被揭掉了面具的小丑，她失落的同时，何培正在感受报复带来的得意快感。

她沉默地起身，退去所有虚张声势，用最后的力气站到何培的面前，扬起手腕朝何培的脸挥去，她知道这一巴掌下去，将打碎什么。

美景还是慢了一步，从前或是现在，她一直在被何培欺负，她还是那个自以为无敌的屄包，她的巴掌没有打到何培，反而被何培抓着手腕，给了她一记响彻整个空间的耳光。

当然，此时何培所打碎的东西，与她刚刚将要打碎的东西，是完完全全相同的。

“岑美景，你始终欠我的，你的爱情和我的人生比起来，简直不值一提，你没资格打我这一耳光。”

这一巴掌打得可真狠啊，何培是不是聚集了全身的真气于那一只手掌，才能打出如此有气势的耳光，打得她脑袋都偏了，鼻涕都差点甩出去，这简直更加凸显了她这个失败者的失败。

毫无颜面可言，面子、里子都丢尽了。

她们两人还沉浸在与对方不共戴天的恩怨里，只听啪的一声，蔚青城一个耳光扇在何培的脸上，力道之大令闻者都害怕，何培捂着火辣辣的脸颊瞪回来，美景则惊讶得一口咬住自己的手指，然后，她尝到了鼻涕的味道，啊呸！

“至少岑美景没有伤害过你，你又觍着一张什么样的脸依仗什么样的资格打她？”他粗鲁地揪着何培的衣领将她往玄关处推搡，“别以为上过我的床，我就会对你怜香惜玉，我骂都不舍得骂的人你敢给我动手打？给我滚！”

连穿鞋的机会都不给她，蔚青城一把拉开自家大门，将她扔了出去，长腿就地飞起一脚，将她的鞋一起踢了出去，随后砰的一声摔上门。

回身后，他做的第一件事情，就是找抽纸，抽出几张柔软的纸巾，走到美景面前，一把糊在美景的鼻子上。

美景一边擤鼻涕，一边顶着浓重的鼻音说道：“你别以为这样我就会原谅你，我永远都不会原谅背叛我的人。天涯何处无芳草，我是不会吊死在你这棵歪脖子树上的。”

“我都没计较你是因为喜欢我的钱才跟我在一起。”他说。

“我呸！我喜欢钱，我就去找陆骁了！陆骁多金、温柔又幽默，我干吗找你这无趣、冷漠又毒舌的人！”

“一个何培都能把你欺负成这样，你想去跟余宝珠斗吗？你死无全尸算是好的，她能把你挫骨扬灰了。”

“我呸！”她接过蔚青城第二次递过来的纸巾，“我要跟你分手！出了轨的男人就是掉在屎上的钱，丢了可惜，拾起来恶心！我不想恶心自己！”

“一百块拾起来是恶心，一百万呢？”

“我不管！我就要分手！”

“好。”他不假思索地回答，换来美景不可思议的短暂空白。

好几秒之后，美景像泄了气的皮球似的把擦过鼻涕的纸巾用力往旁边一甩，抡起拳头就往他胸口砸：“你这个人渣，你出轨还理直气壮，你刚才还打女人，还喜新厌旧，你去死！”

他猛地一把将她拉进怀里，死死地按住她，说：“从现在开始，你说什么，我都答应，你想好了，到底要不要我去死。”

“不要！”美景狠狠地踩了他一脚，“苍天啊，怎么让我经历这种事啊……”

美景开启了无限哀号的模式，从客厅哭到卧室，从卧室哭到厨房，把家里有关何培的一切都打包起来装进垃圾袋，瞅了蔚青城半天，想把他一起扔了，没下得去手。

做完这一切，蔚青城已经裹上睡衣躺在沙发上睡着了，确切地说，是烧到不省人事了。

于是，美景又哭着打 120，哭着找陆骁，哭着在医院里交钱，最后哭着在他手边睡着。

等她醒过来时，病床上空荡荡的，只有凌乱的棉被。她的眼睛干得很，不用照镜子她也知道自己的样子一定难看极了。

很奇怪，她醒来之后既没有继续歇斯底里，也没有心如死灰，甚至无暇去顾及她的男朋友和自己的闺密睡了一觉，满脑子想的都是何培到底会不会真的去报警抓蔚青城。

按照一日夫妻百日恩的说法，何培不会置蔚青城于死地，但蔚青城昨天可是把何培打了呀，打得还不轻。何培还有什么干不出来的？

她胡乱地扎起头发站起来，心想自己不至于睡死到连警察来把蔚青城抓走了都没发觉吧……

推开病房的门，她在走廊里看见了让自己心忧的身影。

第十八章

狗粮来得猝不及防

蔚青城正在和陆骁肩并肩地靠在走廊尽头的窗边，一起低头看陆骁手里的手机，新闻翻了许多页，陆骁若有所思地摸了摸下巴，说：“这叫什么？破罐子破摔？”

蔚青城云淡风轻地瞟一眼自己的哥哥，面无表情道：“你看，我不喜欢她是有原因的，这么蠢的人，不适合跟我生活在一起。”

“美景不蠢？”

“也蠢。”

“所以？”

蔚青城冷眼看他，半晌，说：“所以，我们最好少上网，眼不见心为净。”

美景悄无声息地站到他们面前，疑惑道：“什么东西眼不见心为净？”

陆骁迅速收起手机，似笑非笑地看着她：“你这眼睛肿得很滑稽啊……”

美景懊恼地捂着脸揉了揉，深深地望了蔚青城一眼，转身回病房，顺便掏出手机，准备自己查个究竟。

蔚青城是不会主动交代什么的，至于陆骁，她驾驭不了。

不搜不知道啊，一搜吓得美景眼睛都大了两圈，蔚青城神不知鬼不觉地就成了炙手可热的网红了啊！

虽说一眼望去全是负面新闻，但这仅仅是相当于将他从神坛拉回人间，把他显得更接地气、更像人类了而已，始作俑者的初衷应该是想把他拉入地狱，可那人忘记了，蔚青城也是有一群庞大的死忠粉的人。

美景在心中默默地慨叹着，不死心的前任真是一颗不定时炸弹，炸好了给你炸出个漫天烟花，炸不好了，就炸你个灰头土脸。

前任就应该挖坑刨土地埋入地下，最好找高人画道符镇住，免得出来祸害人间。

抄袭风波的势头正猛，蔚青城已然置身于风口浪尖，徐染却担心他红得不够彻底，连发几条微博，将蔚青城这个名字推向舆论之巅，乍一看就跟有专业策划团队干的似的，一石激起千层浪。

微博里主要写了两件事，第一，蔚青城殴打怀孕未婚妻致其流产，这个未婚先孕的倒霉蛋就是当代知名青年画家徐染本人。他在未婚妻怀孕期间劈腿女助理，与女助理联手将自己推下台阶。她念及旧情选择原谅，却没到得到对方任何的道歉，在她住院期间，渣男蔚青城甚至都没送果篮和鲜花过去，渣到令人发指，而这个第三者女助理，现在踩着蔚青城的肩膀活出精彩活出境界，是个不折不扣的心机婊拜金女，大家很快就可以在电视上感受到她矫揉造作的小甜嗓。

第二，由于女助理出差，渣男蔚青城劈腿女助理闺密，在其公寓翻云覆雨一整夜，最后还把闺密打了一顿，打得有多严重呢，额头肿了、眼角青了、鼻梁塌了，肋骨也难逃一劫，折了一根，幸好天灵盖够坚硬，不然，现在一定是生死未卜。

更精彩的是，女助理的闺密与渣男早有渊源，原本该成为渣男小三的人应该是闺密，阴差阳错被女助理捷足先登，现在为了飞上枝头当凤凰，女助理不顾多年闺密情，与闺密反目成仇。

多俗套、多别扭的故事啊，这世上每天都在重复上演无数这样的故事，可一旦被赋予名人的光环，再俗气也变得趣味横生，令无数网友津津乐道。

她真没料到徐染居然还有这种煽动力，评论区已经出现一边倒的趋势，徐染要是去干传销，没准也是一把好手。

可气又可笑的是，何培作为当事人也出来站队，不仅十分配合证明徐染所说一切皆是事实，还亮出自己自杀的伤疤，甚至发了一个看不见人像的视频，声泪俱下地描述了自己的遭遇。

美景也跟着出名了，她的微博下面也骂声一片，要知道，她从来没发过一条正经的微博，全部是转发“此锦鲤可以走运一个月”之类的信息，这些丧尽天良的无脑键盘侠，站在锦鲤下面就破口大骂，锦鲤招谁惹谁了！

毫不夸张地说，美景气得手腕都在发抖，她怎么就成了勾引有妇之夫还和闺密抢男人的拜金心机女了？说得好像她真有那个能耐去勾引别人的老公抢别人的男朋友似的！

这是意图多么明显的恶毒报复啊，还是强强联合的那种。

美景为此郁闷了很多天，蔚青城在医院里打了三天吊瓶，生病的人却好像是她一般，闷闷不乐、茶饭不思。

陆骁找到蔚青城的父母，希望他们来劝劝徐染，结果，出乎意料，蔚青城的父母非但没有劝说和制止，还自认为三观极正地对陆骁说，那就是他自作自受，徐染不会撒谎，他太令他们二位失望了。

在此之前，陆骁一直认为蔚青城的父母只是过于古板加上不懂得如何爱自己的小孩，听了他们这般说辞之后，他觉得自己有必要带蔚青城去验一下 DNA 了，这孩子怕是他们从垃圾堆里拣来的吧？

原来在这世上，不只有穷人家的父母奇葩，富人家的一样，奇葩就是奇葩，和条件、学历、教养无关。

也不知道那个徐染给蔚青城父母灌了什么迷魂药，能把那两个老顽固治得如此服帖。

出院那天，美景身上裹着蔚青城的长羽绒服，只差几厘米羽绒服就要落地了，她像个行走的面包一样堵在门口，问他：“你真不记得自己到底睡没睡她了吗？”

蔚青城诚实地摇头：“不记得，我烧糊涂了，应该是没有。烧成那样了怎么做，但我不能百分之百肯定。”

美景重重地捶了一下他的胸口，发出砰的一声：“你是不是傻啊！

你就不会像别人的男朋友那样，打死都不承认自己和别的女人发生关系了！发生这么严重的事情，你居然这么诚实！”

蔚青城肩膀上裹着一条陆骁从家里带来的毛毯，还手在她肩膀上狠狠推了一把：“正因为它很严重，所以我不能说谎，事实就是这样。就算你无法接受这样的我，也不应该用谎言去故意掩盖事实。我问你，两个人在一起，最重要的是什么？”

“哼！”美景用力地耸肩，把被他推变形的羽绒服甩回正位，“最重要的是钱！有了钱才能吃、能喝、能浪！”

这个答案有点意料之外但又在情理之中，但不是他想要听到的，他说：“是信任，没有足够的信任，有钱也没用，我的钱还是我的钱，不会是你的。信任是建立一切的基础，而信任，来自我们对彼此的诚实。”

“心烦，不想和你说话，一天就你有嘴叽里呱啦的……”她别扭着先他一步走出去。

第二天上午，美景正坐在沙发上给猫剪指甲的时候，余宝珠来电话了，毫无防备的她被余宝珠劈头盖脸地骂了一通：“岑美景你也太面了！你长这么大没吃过米饭，光吃馒头、大饼、面条了吧！好好一正室愣是让两个臭婊子说成了第三者！早知道你这么好欺负，我也欺负欺负啊！当初我说何培那个女人不是善类，你不信，现在哭都没地方！”

这段恨铁不成钢的话语简直太扎心了，她说：“哭的地方我还是有的，我就在家哭，实在不想回我妈那里哭，再不济公共厕所里也能哭。天大地大，总会有一个温暖的地方给我哭的。”

“说你胖你就喘啊？哭能解决问题的话，还要我余宝珠干什么！”

“要你余宝珠骂醒我。”

“我有什么义务骂醒你！”

“你是没义务，但你热心肠啊，再说，你这不正骂着吗！”

“你这叫‘骂着不走，打着倒退’！”

她理智地选择闭嘴，从此以后她的心中有了新的女神。

余宝珠让美景等她三天，三天之后送美景一个宝贝。

应该翘首期盼才对，可美景居然一点兴致都提不起来，估计余宝珠要是说送给她一块宝石，她能勉强打起精神。

美景开始陷入到底是原谅蔚青城还是彻底与他决裂的思想斗争中，她问余宝珠，如果是你，你会原谅他吗？

余宝珠是这样说的，如果是别的男人，我不会原谅，如果是蔚青城，那我压根就不会跟他生气。

这是什么理论呢？难道长得好看就可以为所欲为、三妻四妾？

余宝珠说，那你就想想你自己相信他几分。

相信他几分？相信他不是那种朝三暮四的男人吗？冷静的时候想一想，应该有一百分。

先不说他发烧的时候下半身到底好不好使，就算没发烧，何培也是可以给毫无防备的蔚青城下药让他一睡不醒。这就是个圈套，就算真的发生了什么，也不会是他心甘情愿的。

用余宝珠的话说，这是蔚青城被何培那个小婊子迷奸了呀！

说到底，将他定义成渣男也不过是因为自己在气头上。换位思考，如果是她被迷奸了，蔚青城一定不会迁怒于自己，也不会整日想着甩了自己。

都是吃国产大米长大的孩子，做人的差距怎么这么大呢？

她把这种想法和余宝珠分享了之后，得到的回应是：我用脚后跟想，都比你明白。

原来，她活得不如余宝珠的脚后跟……

美景分析许久，最后终于得出合情合理又心服口服的结论，那就是自己太作了。

她在不知不觉当中活成了自己最讨厌的样子，可是，“能作”似乎又是幸福的另一种表现。太多女孩子在爱情里如履薄冰、小心翼翼，可以肆无忌惮的，都是被宠爱的。

想到这里，她冲进书房，一把抱住被自己冷落了好几天的蔚青城。因为生病了不能吃得太油腻，她也不让他吃辣椒，他看起来居然消瘦了几分，会有多少人羡慕他这种需要靠大量肥肉才能维持的好身材呢。

熟悉的味道，熟悉的温度，熟悉的肋骨，熟悉的心跳，她像小猫咪一样在他的胸口蹭了半天，不知不觉双眼发烫。一辈子的时间那么短，她居然拿出三天与他冷战，真的是太不懂得珍惜了。

她不想放手了，打算就这么抱三天三夜。

几分钟后，蔚青城把胶布一样的美景从自己身上撕了下去："衣服穿得太多，这个拥抱，诚意不够。"

美景诧异，心想，这个流氓耍得我猝不及防啊，咱们就不能正常地甜蜜一下吗？

然而，下一秒，蔚青城重新将她搂进怀里，用他独有的冷清中带着丝丝磁性的嗓音在她的头顶轻声说："我从来没有感受过，一个人就在我身边我还疯了一样地想她，我好想你，每时每刻。"

"可是，你没说过。"

"我不说，你却懂我，这就是爱情。"他松开了她。

美景本来很感动的，听到这句话忍不住笑："你还是别看那些不入流的言情小说了，这都学的什么呀！"

蔚青城皱眉："这些书很畅销，针对的读者都是女性，我学错了吗？"

美景摆摆手："书是书，现实是现实，甜言蜜语要发自内心说出来才能打动人。你可以好好沉淀一下内心真正的想法，你是作家，我相信你的情话一定是世界上最动听的。"

蔚青城半靠在写字台上，疑惑道："是吗？"

"是的，你并不是嘴笨啊，你毒舌起来，我都恨不得给你双击了。以后不需要看那些你不喜欢的言情小说，学到的都是假的，就讲你心里最真实的话给我听。你不是说，诚实最重要吗？"

良久的沉默之后，蔚青城如她所愿般诚实地说道："其实我什么都不想说，就想睡你。"

这就是蔚青城式情话，有风格，没毛病，美景无奈地捂住脸。

几天后，余宝珠带着所谓的宝贝来见美景了。

只是一个普通的牛皮纸袋，美景战战兢兢地接过来："你看我太可怜了，给我一家小公司打理，打算将我培养成女强人？"

“看看这些，比开公司有意思多了。”

美景把文件袋里的东西一股脑地倒出来，然后一张一张仔细地看，嘴里不断发出“fuck”“shit”等不文明词汇。末了，她甩了甩手中的文件，惊叹道：“太狠、太漂亮了，宝珠妹妹，你这样，我会崇拜你的。虽然这种方式太龌龊了，可是真的太……完了，我词穷了。要不是怕你的胸太大顶到我，我真的很想给你一个巨大的拥抱啊！”

这一张张一页页的东西，全是揭露徐染与歌德的奸情的铁证，而得到这些证据，余宝珠不费吹灰之力。

因为一部电影的合作，余宝珠与歌德在酒局上碰面，余宝珠是出了名的高冷美女，不是谁敬的酒都喝，更别说去主动找别人喝酒。可她那天就玩了命似的跟歌德喝，直到把歌德喝倒在酒桌上。她拿起歌德的手机当着全桌人的面，直接用他的指纹解了锁，旁若无人地翻看起他的手机，把所有她得到的证据都发到自己的手机上，最后把他手机放在地上用高跟鞋狠狠地踩碎，让保镖把他扛走。

她交代大家，今天你们什么都没看到，谁要乱说话，以后我肯定让他在这个圈里混不下去。

首先，她人缘好，很多人愿意包庇她；其次，真是没人愿意惹她，凭她在圈内四通八达的关系网，以及强大的后台。

徐染与歌德早有奸情，徐染肚子里的孩子就是歌德的，两个人还因为这件事争吵过，只是歌德的出身太普通了，他远远给不了蔚家能给她的东西。

余宝珠已经把这些东西通过自己的微博发出去，蔚青城不仅被洗白了，还洗得晶莹剔透。

“你对我怎么这么好？”美景感动不已。

余宝珠耸耸肩：“这么跟你说吧，陆骁给我买了三个冰激凌，我才答应他这么做的。不然，我才不会跟歌德那种垃圾喝酒。”

“我们的友谊还比不过三个冰激凌吗！”她白感动了，几乎是咆哮出来这句话的。

余宝珠点头：“不是比不过三个冰激凌，我这么喜欢你，冰激凌当然不能跟你相提并论，重点是陆骁给我买的，你要划清重点。你和陆骁相比，就相当于冰激凌和你比。”

美景捶胸，受伤无比，跟诚实的人谈恋爱让人无法招架，跟诚实的人做朋友，也要做好时刻被扎心的准备。

岑美景把这些大快人心的东西交到蔚青城的手中后，试图从他脸上看出一些波澜，至少这是他沉冤昭雪的关键所在。

然而，她失算了，蔚青城波澜不惊地看完这一切，云淡风轻地说了一句：“遇人不淑。”

“你不应该有点什么反应吗？”她怀疑自己的男朋友面瘫了。

“我看起来没反应吗？”他倒是很意外美景这样问他。

美景郑重地点头：“没有。”

“这大概就是我对不相干的人的八卦的最大反应了，你把故事的主角换一换，换成你跟歌德有一腿，我的反应会很鲜活精彩。”

美景白了他一眼，索然无味地收拾好东西，封进牛皮纸袋：“就算你跟歌德有一腿，我都不会跟他有一腿的，我可是很有品位的一个人。”

蔚青城表示赞同：“还可以，至少选老公的品位是不错的。”

“夸得这么勉强。”美景瘪瘪嘴，“我有很多优点可以夸，你没事的时候就多夸夸。”

他正在写新书大纲，思路已经被她打断，正在强行找回，听到她这句话，他干脆放弃，把键盘往旁边一推，一本正经地说道：“你有什么可夸的？吃得多、眼泪多、脾气大，越来越懒，别人来大姨妈五天你要七天，连性生活都要比别人少两天，你有什么可夸的？”

“我好看啊！”她指了指自己的下巴，“貌美如花！”

“在我面前不要提貌美两个字。”他目光流转，蔑视之，仿佛岑美景这种貌美的程度在他面前根本不值一提。

“那我身材也挺好的……”

“你的身材。”他停顿了一下，似乎在思考，上下打量了她一番，说，“就像你玩的那个《王者荣耀》游戏里的鲁班。”

鲁班那种也叫身材？身高都不到一米二，她说：“起码也是妲己！”

“蔡文姬。”他找到了更合适的游戏人物来匹配她。

“小乔！不能再让步了！”她猛一拍桌子。

“行吧，就是小乔那个五短身材，怎么能叫身材好，身材好应该是……”

“虞姬！”美景抢先一步说出名字，“我们王者峡谷第一美腿！”

蔚青城不屑地轻笑：“是余宝珠。”

心脏隐隐作痛，美景捂着胸口的位置一脸惆怅：“天哪，难道我的优点只剩会选老公这一条了吗？”

“这一条，足矣。”

美景开始在微博上断断续续地写故事，从她与蔚青城相识到如今，那些有趣的点点滴滴，那些复杂的恋爱心境，一开始还是会有人在评论区骂她，慢慢地这些人就销声匿迹了，更多的是期待她更新微博、诚心送上祝福的人。

她问蔚青城：“我把这些事发到网上，你会不会生气？”

她想他多多少少会有一点不悦的，毕竟他一向低调，向来不出现在公众的视野里。

蔚青城对此十分诧异，反问她一句：“我都没有因为那些在网络上诋毁我的人生气，为什么要跟我的女朋友生气？”

“我记得你以前说过，不允许别人把你的照片发到网上，你是很重视隐私的人。”

“那是因为我不想我未来的女朋友因为无数陌生人意淫我而吃醋、生气。”

“你怎么知道你未来的女朋友会生气？”

此时的美景显得有些难缠，蔚青城嫌弃地白了她一眼：“我就是因为不知道才走了保守的一步，万一将来她有意见，我怎么在这个信息时代里挽回这件事？”

“你脑子有病。想的东西跟正常人的不一样，女孩子都巴不得自己老公被别人喜欢的好不好，女孩子最喜欢的话就是，你老公真帅、你老公真温柔、你老公真体贴。总之，你老公后面两个字是赞美词就对了。”她总结道。

蔚青城不置可否地笑了笑：“你老婆真二。”

美景瞪眼，不假思索地怼回去：“你老婆才二！”

“嗯。”他点头。

在某个漫长而昏暗的深夜里，蔚青城忽然想起很久以前父母带着徐染来自己的公寓里最后不欢而散。

那天他跟美景从外面回来的时候，恰好看到徐染从他的书房里走出来。他披上厚厚的睡袍走出卧室，站在客厅里回忆有关那日的蛛丝马迹，很多疑问，就在这一瞬间得到了完美的解释——盗取自己原稿的人就是徐染。

他坐在沙发上，拿起放在茶几旁边充电的手机，拨通了徐染的电话。

“喂？”徐染的声音听起来很清醒，看来是没睡。

他们之间已经不需要虚伪的寒暄，他单刀直入：“徐染，报复让你得到了什么？”

良久的沉默后，徐染平静温柔的声音从听筒传来：“快感。”

“伤敌八百自损一千。”

“这就是始乱终弃的报应。”

蔚青城不自觉地低笑两声：“你也是个挺有趣的人。你觉得我是始乱终弃的人，那就当我真的是好了。盗取我的文稿给歌德，调查我身边的人，联合一个跟你同样有着报复心理的何培一起诋毁我的声誉，你所谓的报复差一点就沦为同归于尽。”

“你有什么证据是我偷了你的东西吗？”

“我不需要证据。”他云淡风轻地说道，想抽烟，想起美景告诉他一天只能抽一支，今天的额度已经用完，拿起的烟盒又被放回原处，“因为我根本就没打算追究，好歹我们也曾相爱过，这件事还犯不上让我把你送进监狱。但你要记住了，徐染，过往不究，下不为例，这是我最后一次原谅你。至于歌德，我会让他输得心服口服。”

不再等徐染说任何话，他直接挂了电话。

困意全无，他干脆给自己也下载了微博 APP，把近日来自己错过的风波看了一遍，从徐染到歌德到余宝珠，最后到美景。

昨天晚上八点钟，她发布了一条——

作家大人看了许多言情小说，其中有一本书里说，情人的缺点多得像星星，优点少得像太阳，可是太阳一出来，星星就全都不见了。

我让他看看别人家的作家都是怎么讲情话的。

他说，可是你不一样，你的缺点像太阳。

我说，这么少？

他说，是又大又亮。

我说，没关系，夜里就有星星了，我的优点和星星一样多。

他说，自从你和我在一起，我还没见过黑夜。

上一条微博，是下午五点发的——

我说，只要听过绮云四季传说的女孩子，都会向往那样的爱情。

他说，没听过的女孩子也会向往，那酒店很贵，买给谁谁都会喜欢。

我说，这和物质无关。

他说，有关，把绮云酒店换成联排公厕，你还向往吗？

上上一条，是中午十二点发的——

作家大人不喜欢玩游戏，为了让他的生活更加多姿多彩，我硬拉着他和我一起玩《王者荣耀》。

第一次玩，我在房间用“小乔”，他在客厅用“亚瑟”，开局十分钟，一件装备不买，我方荆轲问，亚瑟你怎么不买装备？

他说：女朋友说要买大乔，攒钱。

荆轲：mmp。

他进房间问我，mmp 是什么意思……

第二次玩，我用“程咬金”，他用“安琪拉”，我让他先买鞋，跑得快。

十分钟后，我方后裔问他，安琪拉，你为什么买这么多鞋？

他说：女朋友说这样跑得快。

不知不觉，他的嘴角上扬起来，可是看到评论里那些骂声之后，他顿时又板起脸。

看完她所有的微博，天色已经隐约发白，为了避免美景碎碎念，他又把手机充上电，起身回卧室。推开卧室门的瞬间，他回头看了一眼这再熟悉不过的地方，看似和原来一样，却又有许多东西在不知不觉中发生了变化。

那些陪伴他成长、陪他度过无数漫长黑夜的“鬼”，那些经年不散的寂寥与空荡，不知从何时开始便不复存在了。

她总说她根本不胖，可是你看，她却如此饱满，可以霸占整个房子，以后他要每天告诉美景一遍，你的脸啊，有两百来平方米那么大。

蔚青城睡到中午才起床，在浴室刷牙的时候，美景举着他的手机跑进来，是他的编辑带来一个好消息一个坏消息，问他要听哪个。

“好消息。”他说。

“截至今天上午，这本书的销量已经赶超歌德，并且超了相当大一截，你的结局完美顺应了前面的故事，并且是整篇小说真正的爆发点，这是歌德偷不去也学不会的东西，并且有网友还对比了你们两个的常用词和习惯句式。结果不用我说了，是吧？他输得很难看！”

“哦，那我挂了。”

“等等啊！我的坏消息还没说！”

“快说，我着急吃饭，饭快凉了。”

“坏消息是，他这本书的销量也很好，加上最近的炒作，比他以往的书卖得都好，让他赚了不少钱，生气！”

“没关系，让他攒着打官司吧。”他急匆匆地挂了电话，又急匆匆地漱口，脸都不想洗了，直接坐到餐桌前吃饭。

美景担忧地问：“作家大人，你打过官司吗？官司好打吗？”

“我没打过，不过有人打过。”他说。

“谁啊？”

“我表哥。”

“投胎果然是个技术活，不拼爹还可以拼哥，能成为蔚青城，你是何其幸运啊！”美景啧啧两声，开始埋头扒饭。

“幸好我是蔚青城。”他心情大好，抬手用筷子点了点美景立挺的小鼻头，“不然怎么会拥有岑美景。”

就这样猝不及防地，她红了脸。

下午，蔚青城在书房里写东西，美景闲来无事刷微博，准备继续写自己和蔚青城的故事，忽然发现有很多人@自己，她好奇地点开。

居然看到了蔚青城和自己的合照，那是来自自己手机的自拍，她和蔚青城一起穿着浴袍坐在床上打扑克，输的人要在脸上贴字条。看她脸上贴的那些条就知道她输得有多惨烈了，这也看不清她到底什么模样，倒是他脸上一张字条没有，一如既往地帅出天际。

另外一张图片，是一张手写的声明——

我与岑美景小姐相识之前早已与徐染解除婚姻，其中原因涉及他人隐私，我不愿在此提及。我与岑美景是在单身状态下相识相恋，并未伤害到任何人，希望大家不要再以第三者的身份来定义我的太太。

我的爱情不需要他人来指点，你不喜欢我的太太，你就是我的敌人，全世界不喜欢我的太太，全世界都是我的敌人。

至于这场风波里的其他人，我只想说，既已分别，何必纠缠，但愿从此山水不相逢，莫道故人长与短。

祝安好。

美景举着手机双脚把地板跺得震天响，冲进书房，大声质问：“这是你发的？！”

蔚青城点头：“有什么问题？”

“当然有！”

“你说，我改。”

“不是改不改的问题！”

“那是什么问题？”

“我……我们……还没领证！你怎么能说我是你太太！”

“那我说什么？你是我老公？”

“你应该，先跟我去把手续办了，再发这条微博。”她做了一个俏皮的鬼脸，换来他一个春风拂面般的微笑。

后来，她说，蔚青城，那天你那样一笑，整个冬天都暖了起来，不过，夏天的时候你就不要笑了，我还要靠你乘凉呢！

其实，在蔚青城看来，他的人生，正是从美景来了之后，才开始有鲜活的四季，他才愿意同她一起走出去，去看鲜花去淋细雨，去吹暖风去踏落叶。

在此之前，他如同生活在一个厚重的茧里，美景则是那个淘气的孩子用力剥开这层茧，眯起漂亮的眼眸偷瞄进来，好奇地问："你为什么一个人待在这里？"

他仰头，冲着四射的光线望过去，回答：因为，我在等你。

番外

“那个，作家大人，明天早上我们要三点起床进山，你就不要这么辛苦了吧？你看这宾馆里头有吃有喝有床有空调，还有你最爱的办公桌，你就在这一边吃着牛排喝着红酒吹着空调看着电视写着书，好不好？”

三点钟是吗？进山是吗？那要带长裤长袖还要穿登山鞋。他打开行李箱，把明早两人要穿的拿出来，需要带的放进双肩包，用实际行动告诉她——不行。

“哪有人出门工作还带老公的啊！”她气得直跺脚，自从自己复工，蔚青城就形影不离地跟着自己，就差跟她上刀山、下火海了，多喧闹的环境都不会影响他气定神闲地看书、写东西。

本以为他会厚颜无耻地回答她“你……你就带老公”。

可他说：“还不是因为她们的老公带不出手，所以，都放在家里。”

“就你带得出手，全世界就你最棒了！”

“是的。”

“……”

第二天一早，美景被闹铃叫醒，实在困得很，只好坐在床上一动不动，蔚青城负责帮她穿衣服，再把她抱到浴室的马桶上，给她挤好牙膏，再塞进她嘴里。

他收拾好一切，背上包包，牵着哈欠连天的美景出门集合。

在车上，她打着哈欠往他怀里靠：“老公，我想睡觉。”

“睡。”

“老公，我想先喝一点水再睡觉。”

蔚青城拿出保温杯，将温水递到她的嘴边。

“老公，早餐吃得太少了，没饱。”

蔚青城拿出独立包装的小蛋糕，打开包装袋，放到她的嘴边。

坐在邻座的两个同事边笑边打趣道：“美景，我们终于知道你为什么要带着老公开工了，敢情是你生活不能自理啊！”

她原来也是能自理的，谁知道怎么突然就不能自理了呢，说来都是眼泪。

“老公，我想吃个苹果。”

他又拿出一个苹果。

“老公，你知道你现在像什么吗？”

“哆啦A梦。”

美景惊讶得连瞌睡都没了：“你怎么知道！”

他淡淡地看了娇妻一眼，说：“昨天夜里，你说梦话，你说，哆啦A梦，我是美雄啊，你兜里有榴梿吗？”

美景倒吸一口冷气，居然这么丢人：“然后呢？你和我对话了吗？”

蔚青城点点头，“我说，有的。”

“然后呢，然后呢？”

“然后，你就吧唧嘴，说谢谢老公。”

后记

我可能有点贱，从刚写《美景》的时候就盼着写结局，写到结局了，又有那么一点不舍，幸好我很理智，说不写就不写了，不然多累……

忘记第一次把《美景》的开篇给编辑看是什么时候，反正是在去年，也想不起来当时都在忙什么，明明可以更早动笔，却磨蹭了那么久。

在过去的一年里，我的人生发生了一些大事，这完全打乱了我对未来的规划，也改变了我对未来的憧憬，简单来说，就是我变得没有原来那么快乐。

这直接影响了我的写作，尤其我手上的稿子全部是欢脱向的，我需要在并不高涨的情绪里调动自己仅有的那一点快乐来让我的主角们过得快乐一点，这对我来说挺痛苦的。

好在编辑一直很理解我，没有给我太大的压力，尽管这样，我也不是很感激她，她居然发起我的读者来催稿，多么惨无人道！不过，这问题不大，我通常都能当作自己看不到。

并非有意拖稿，是有难言之隐，别问是啥，说了难言。

有人和我说，原成，你的书的故事情节从来不曲折，可是吃喝拉撒看着也很有意思。

她说得对，这就是我擅长的。我擅长把普通的日子写得很精彩，这是你们向往的，也是我向往的。

然而，向往，并不代表能得到。

但是，我们可以学习学习，对不？

然后，学以致用，对不？

知道你们舍不得合上最后一页，可是该结束的总要结束，注定要再见面的，自然会再见。

毕竟稿费挺高的，我还想再写写。

原成

2017.7.23